MY PERFECT PASSIONATED BOSS

NEW YORK SECRETS

VELVET SCOTT

FSC
www.fsc.org
MIX
Papier aus verantwortungsvollen Quellen
FSC® C083411

Impressum

NEW YORK SECRETS:

»My perfect passionated Boss«

Weitere Informationen unter:

info@velvetscott.de

Federina Books

Krammwinkel 9

45891 Gelsenkirchen

ISBN: 978-3757983017

Herstellung und Druck über tolino media GmbH & Co. KG,
Albrechtstr. 14, 80636 München. Printed in Germany.
Fragen zu Produktsicherheit an: gpsr@tolino.media.

MY PERFECT *passionated* BOSS

NEW YORK SECRETS

Roman

VELVET SCOTT

Emma & Ryan

KAPITEL 1

EMMA

»Wir sehen uns, Baby!«

Wir sehen uns, Baby, wiederhole ich stumm und verdrehe die Augen.

Die Tür kracht ins Schloss, während ich barfuß in einem von Liams weißen Hemden in meiner offenen Wohnküche stehe und aus dem Fenster auf die Stadt sehe, die unter der Morgensonne langsam erwacht. Die ersten Sonnenstrahlen des Tages schieben sich durch die Wolkendecke und wandern über die hellgraue Granitplatte meiner modernen Küchenzeile, auf der zwei benutzte Kaffeetassen stehen.

»Warum kann ich es nicht sein lassen?«, fluche ich lautstark und überstrecke meinen Kopf nach hinten, während ich mir mit den Fingern durch mein langes dunkles Haar streiche und meinen Hinterkopf umfasse. Es ist wirklich zum Haareraufen. Immer wieder lande ich mit Liam im Bett. Immer wieder. Und viel zu oft.

Dabei hätte ich das Thema Liam schon vor Monaten endgültig begraben sollen. Aber nein. Ich bin gegen ihn nicht immun und falle jedes Mal aufs Neue auf mein bescheuertes

Herz herein. Manchmal weiß ich selbst nicht mal mehr, welchen Status wir haben. Der Übergang zwischen on und off ist mittlerweile nahtlos ineinander verwoben.

Aber dieses Kalter-Kaffee-Ding ist auf Dauer so perspektivlos wie das Autofahren auf Manhattans Straßen während der Rushhour. Das bringt einen nämlich auch nicht weiter.

Warum kapiere ich das bloß nicht? Vermutlich, weil da immer noch dieses winzige Flämmchen zwischen uns lodert und ich es nicht schaffe, dieses ein für alle Mal auszulöschen. Aber warum? Wieso das so ist, sollte ich dringend mal für mich herausfinden.

Denn diese Art von »Beziehung« macht mich schon lange nicht mehr glücklich. Ich erwarte mehr. Viel mehr als eine unbedeutende Bettgeschichte. Und wenn ich ehrlich zu mir selbst bin, ist es lediglich das und nichts Beständiges, das ich mir immer für mich gewünscht habe.

Ich schließe die Augen und seufze, ehe ich mich umdrehe und die Überreste unseres Businessfrühstücks, bestehend aus einer Tasse Kaffee und Liams Händen auf meiner nackten Haut, beseitige. Ein Ritual, das mir dummerweise auch noch gefällt. Ansonsten würde ich wohl kaum regelmäßig einer Wiederholung zustimmen.

Während ich die Theke mit einem Tuch abwische, lasse ich meinen Blick in das angrenzende Wohnzimmer gleiten und betrachte das Chaos, das wir auf der Couch und um diese herum hinterlassen haben.

Alle Kissen liegen auf dem Boden verteilt. Mein BH hängt halb über der Rückenlehne des dunkelgrauen Sofas. Liams Boxerbrief, die unter dem Beistelltisch hervorblitzt, und mein zerknitterter Rock erwecken den Eindruck, dass es mal wieder nicht schnell genug zwischen uns ging.

Herrgott, Emma. Du bist eine Idiotin! Oder doch eher eine Chaotin?

Ich presse meine Lippen zu einer schmalen Linie zusammen, während ich die Kleidungsstücke aufsammle und die Dutzend Kissen ordentlich auf der Couch dekoriere.

Fünf Minuten später wirkt es, als ob mein Sofa nie als Spielwiese fungiert hätte. Lediglich der Klamottenhaufen, den ich fein säuberlich auf dem Sessel vor dem Fenster abgelegt habe, deutet darauf hin, dass ich verführerischen Männerbesuch hatte.

Genervt streife ich mir das Hemd ab, lasse es achtlos neben meinen Füßen zu Boden gleiten und springe unter die Dusche, um Liams Duft loszuwerden, der eigentlich kein schlechter wäre, wenn unsere Zukunftspläne zusammenpassen würden.

Zum Glück ist er jetzt erst einmal für ein paar Tage beruflich an der Westküste, ehe wir vermutlich daran anknüpfen, wo wir aufgehört haben: bei heißen Küssen in seinem oder meinem Bett.

Mist!

Während das heiße Wasser über meinen Körper fließt und mein von Liams Fingern verwuscheltes Haar durchweicht, spritze ich mir eine ordentliche Portion von dem fruchtig riechenden Volumenshampoo auf die Hand und massiere die schimmernde Masse in mein feuchtes Haar ein. Sofort flutet der tropische Duft nach Mango und Papaya die stark vernebelte Duschkabine und Liams Geruch gehört der Vergangenheit an. Vorerst.

Vielleicht sollte ich eine neue Identität annehmen, damit ich überhaupt nicht mehr in Versuchung kommen kann, die Tür zu meiner Wohnung zu öffnen, wenn er nach einem kurzen Anruf davorsteht und mich mit einem vielversprechenden *Baby, ich habe dich vermisst* begrüßt. Wie einfältig mein viel zu leicht zu beeindruckendes Herz doch ist.

Kopfschüttelnd starre ich auf meine rot lackierten Fußnägel, während der Wasserdampf sich an der Glaskabine niederschlägt und das Wasser in Rinnsalen an meinen Beinen hinunterläuft. Eigentlich habe ich viel mehr verdient, als stets wie eine geheime Geliebte zurückgelassen zu werden. Eigentlich.

Milly und Ava, meine besten Freundinnen, die ich von Kindesbeinen an kenne, verstehen mein vertracktes Verhalten auch nicht und sind im Team »Gib ihm endlich den Laufpass«. Sie haben leicht reden. Sie gehören zur Sorte »Dauer-Single« und »Pech mit den Männern«. Welche schlauen Ratschläge können sie mir schon geben?

Es ist kompliziert.

Als ich Liam kennenlernte, dachte ich lange, wir würden irgendwann heiraten und eine Familie gründen. Bis er mir eines Tages eröffnete, dass er keine Kinder haben will. Das hat mir einen gewaltigen Stich versetzt und mein rosarotes Kartenhaus zum Einsturz gebracht. Trotzdem habe ich es nicht geschafft, einen Schlussstrich zu ziehen. Und nun drehe und wende ich jedes Blatt herum, um herauszufinden, weshalb ich nicht das Weite suche. Denn die Basis für eine dauerhafte Liebesbeziehung hat er mit diesem einen Satz zunichtegemacht und meine Träume zerplatzen lassen. Seitdem ist das, was wir haben, eine reine Bettgeschichte, ohne Verpflichtungen und ohne Aussicht auf eine gemeinsame Zukunft. Eigentlich ein Albtraum, wenn er nicht so ein großzügiger und leidenschaftlicher Liebhaber wäre. Denn was das angeht, komme ich voll und ganz auf meine Kosten. Das ist aber auch das Einzige.

Wie erbärmlich das nach Einsamkeit klingt.

Nachdem ich angezogen bin, beseitige ich auch noch die letzten Überreste unseres ausgiebigen Dates und werfe seine Anziehsachen mitsamt der Bettwäsche, die den Duft unserer gemeinsamen Nacht trägt, in die Waschmaschine.

Befreiend, und gleichzeitig ein Trugschluss. Denn was sich wie ein Abschied für immer anfühlt, entpuppt sich spätestens dann als Illusion, wenn ich wieder rückfällig werde. Wenn Liam verführerisch grinsend mit einer Reisetasche voller Wechselsachen auf meiner Matte steht und mir zur Begrüßung mit einem intensiven Kuss das Gefühl gibt, zu ihm zu gehören.

Mist! Ich sollte wirklich konsequenter sein und mein Herz schützen. Etwas, das mir in meinem Job als Anwältin problemlos gelingt, während in meinem Privatleben das genaue Gegenteil der Fall ist.

Was für ein miserabler Morgen. Dabei dachte ich gestern Abend noch, dass ich heute im neuen Glanz erstrahle. Frisch gevögelt, tiefenentspannt und happy. Doch davon bin ich meilenweit entfernt.

Die U-Bahn ist maßlos überfüllt. Ich fühle mich wie eine Sardine in der Büchse und sehne mich nach einer zweiten Dusche.

Ich schließe die Augen. Als ich sie wieder öffne, gleiten die Türen nach einem Ruckeln auseinander und ich entkomme ins Freie. Endlich.

Die weiße Bluse und die dunkelgraue Stoffhose wirken an mir wie das Outfit einer biederen Oma, und der streng zusammengebundene Dutt im Nacken unterstreicht meinen langweiligen Look. Vermutlich sorgt mein grimmiger Gesichtsausdruck zusätzlich dafür, dass dieser Eindruck komplettiert wird. Sogar der Wachmann am Eingang wirft mir einen besorgten Blick zu.

Mein Coffee-to-go-Becher hat einen Riss und die Aufzüge in dem Gebäude, in dem unsere Kanzlei untergebracht ist, leiden unter Altersschwäche. Kommt man nur fünf Minuten zu spät, artet der morgendliche Ansturm in ein chaotisches Gedränge aus.

So wie jetzt. Ich warte nun schon seit geschlagenen sieben Minuten darauf, mich mit der nächsten Menschentraube in den Aufzug zu quetschen.

Eine Abneigung gegen engen Körperkontakt und stickige Räume darf man nicht hegen, denn dann bleibt alternativ nur das verlassene Treppenhaus mit dem surrenden, flackernden Deckenlicht, das Schauplatz irgendeines Horrorfilms sein könnte.

Erneut blicke ich auf meine Armbanduhr. Mist. Mein erster Klient ist im Anmarsch und ich habe nicht mal mehr Zeit, durchzuatmen und mich vorzubereiten. Es sei denn, er erlebt nach mir das gleiche Horrorszenario.

Die Türen gehen mit einem leisen *Pling* auf und der damit erfolgte Startschuss, für die nächste Fahrt einen Platz in dem quietschenden Lift zu ergattern, durchbricht kurzzeitig das Gemurmel. Immer wieder bete ich aufs Neue, dass das antike Stück oben ankommt und die Drahtseile unter der schweren Last nicht abreißen. Denn die hölzerne Kammer ist wirklich in die Jahre gekommen. Aber davon will mein Vater ja nichts hören. Altes Gebäude und zu wenig Anwälte. Es könnte alles durchaus strukturierter ablaufen, wenn er nicht so starrsinnig wäre.

Mit dem Rücken quetsche ich mich an die hinterste Wand der Kabine, halte meine Aktentasche und den in ein Taschentuch eingewickelten Kaffeebecher mit beiden Händen krampfhaft vor meinem Körper fest und beobachte, wie die Türen auf jeder Etage auseinandergleiten. Und jedes Mal halte ich die Luft an, wenn sie sich wieder schließen und die Fahrt fortgesetzt wird.

Nach einer gefühlten Ewigkeit komme ich in der zehnten Etage an und steige fast als eine der Letzten aus.

»Guten Morgen, Emma.« Am Empfang werde ich von Kira, unserem Mädchen für alles, mit unbändiger Energie und Herzlichkeit begrüßt.

Ich trete näher und überfliege die Telefonnotizen in meinem Fach. »Guten Morgen, Kira. Wie geht es deinem Vater?«

Nicht nur der Fahrstuhl ist antik, auch unsere Bürotechnik ist überholungsbedürftig. Wo benutzt man heutzutage noch Papier, um Gesprächsnotizen zu machen? Doch mein Vater sträubt sich gegen jegliche Art der Digitalisierung. Manchmal glaube ich, er ist nicht nur starrsinnig, sondern irrsinnig. Vielleicht sollte ich mich mit den anderen Anwälten zusammentun, um ihn vom Gegenteil zu überzeugen. Ich allein komme gegen ihn sowieso nicht an. Manchmal vermittelt er mir das Gefühl, unfähig zu sein. Und das ärgert mich gewaltig.

Sie lächelt. »Besser. In ein paar Tagen darf er wieder nach Hause.«

»Bestell ihm schöne Grüße und gute Besserung.« Das war ein ganz großer Schock, als Kiras Dad bei einem Segeltörn einen Herzinfarkt erlitten hat. Sie war nicht nur hilflos, sondern kopflos und ich stand ihr bei.

»Danke, Emma, das werde ich machen, und ich soll dir noch mal danken, dass du mich sofort ins Krankenhaus gebracht hast.« Ihre Augen glänzen verräterisch, als sie tief Luft holt.

Ich schenke ihr ein aufmunterndes Lächeln. »Sehr gern, Kira«, entgegne ich und eile mit den Telefonnotizen ins Besprechungszimmer, um meinen Mandanten zu empfangen.

RYAN

Knurrend werfe ich das graue Frotteehandtuch auf den kühlen Fußboden und presse meine Faust auf meinen Mund, um meinen Frust herunterzuschlucken, der wie ein Tornado über mich hinwegfegt.

Warum dachte ich, dass mir meine letzte Eroberung, die ich mitten in der Nacht, kurz nachdem der mittelmäßige Orgasmus abgeklungen war, leicht bekleidet mit ihren aufgesammelten Kleidungsfetzen vor die Hotelzimmertür setzte, Erleichterung verschafft? Das hat doch noch nie funktioniert. Warum sollte es also ausgerechnet in New York klappen? Das hier sind immer noch die Staaten und nicht das gottverdammte Paradies. Was habe ich mir von der letzten Nacht versprochen? Bestimmt nicht, an einer Hotelbar die Frau fürs Leben aufzureißen. Das ist außerdem überhaupt nicht mehr mein Wunsch.

Ich habe heißen, sündigen Sex mit einer attraktiven Unbekannten eingefordert und ihn bekommen. Was macht mich dann so rasend? Richtig, ich bin ein egozentrischer Mistkerl, der nur Unheil verbreitet. Der nicht aus seiner Haut kann, weil der Schmerz ihn elendig auffrisst.

Verdammt.

Ich benötigte nur einen herben Longdrink, um das anvisierte Ziel für mich zu gewinnen. Ein Leichtes, wenn man die Gene einer wunderschönen Latino-Mutter in sich trägt und noch dazu die blau-grünen Augen der schwedischen Urgroßmutter in die Wiege gelegt bekommen hat. Meine hübsche Visage war nie der Grund, warum sich mein Leben nach dem College um einhundertachtzig Grad gedreht hat und meine Zukunftspläne auf einen Schlag zunichtegemacht wurden.

»Fuck!«, presse ich ungehalten zwischen den Zähnen hervor, weil der Zünder nun doch entflammt. Kein Wunder, wenn sich das allgegenwärtige Leben nur noch um den gottverdammten Job dreht, wildes Herumvögeln zur Sucht geworden ist und mich lediglich der Sport davon abhält, eine Dummheit zu begehen. Davon, alles zu beenden, wer oder was ich eigentlich bin. Ein einsamer Mann.

Fünfundzwanzig Umzugskisten und zwei Koffer. Der Inhalt meines Lebens thront jetzt wieder in einem luxuriösen Penthouse an der Upper East Side mit Blick auf den Central Park, der unter der Frühlingssonne langsam erwacht. Mein Reich für den Rest meines Lebens. Gott, hört sich das erbärmlich an.

Die morgendlichen Sonnenstrahlen streifen die Glasfassaden der umliegenden Wolkenkratzer, in denen sich die hohen Bäume spiegeln. Feine Nebelschichten ziehen über die frisch geschnittene Grünfläche, die im Sommer viele Besucher anlockt, und ein paar Jogger drehen vor der mystisch anmutenden Kulisse schon ihre ersten Runden. Doch der in New York nie abebbende Straßenlärm durchbricht die idyllische

Ruhe. Das Hupen, Piepen und die Sirenen sind selbst in den obersten Etagen und trotz Mehrfachverglasung nicht zu überhören, ebenso wie das durch meine Adern rauschende Blut.

Manhattan. Ich bin zurück. Und es ist Zeit, mein Leben endlich wieder in den Griff zu bekommen und aufzublühen, wie es die Bäume, Sträucher und Blumen mit Hilfe des Sonnenlichts tun und sich schwerelos im Wind wiegen. Doch Erleichterung will sich bei mir nicht einstellen. Stattdessen fällt mir das Atmen zunehmend schwerer. Selbst der Sexrausch der letzten Nacht hat nicht dazu beigetragen, dass ich mich besser fühle. Der Schmerz ist auch nach all den Jahren mein ständiger Begleiter. Wie ein Schatten, der mir auf Schritt und Tritt folgt, mich daran hindert, ihn loszuwerden, und dessen Präsenz mich schwer belastet.

Bis auf ein paar der braunen Umzugskisten, die noch unangetastet in den Zimmern verteilt stehen, sind alle Kartons ausgeräumt und meine Sachen bereits in den Schränken verstaut. Aber ich bin ja auch erst eine Weile wieder hier.

Während ich mit verschränkten Armen vor der riesigen Fensterfront stehe, die mir einen fantastischen Rundumblick auf die grüne Oase gewährt, kreisen meine Gedanken unentwegt. Ich hasse es, wenn die Erinnerungen mein Hirn fluten, so wie jetzt. Denn ich bin machtlos gegen die Gefühle, die seit dem schicksalhaften Tag vor zehn Jahren unablässig in mir toben. Ich wünschte, die Momente, die sich im Schnelldurchlauf vor meinem inneren Auge abspielen, würden weniger werden und es erträglicher machen. Tun sie aber nicht. Das ist mein Schicksal, mit dem ich leben muss.

Wie soll mir ein Neuanfang gelingen, wenn mich die Dämonen meiner Vergangenheit nicht loslassen? An mir zerren, mich wach halten und mich in den Wahnsinn treiben.

Neben mir auf dem dunklen Fliesenboden liegen das

graue Handtuch und zwei leer getrunkene Wasserflaschen verstreut herum. Mein Blick ist starr nach vorn gerichtet und wird nur durch eine einzelne braune Strähne, die sich aus meinem Man Bun gelöst hat, versperrt.

Manchmal habe ich das Gefühl, dass ich nicht mehr anders kann. Nichts anderes sein kann als ein Eisklotz mit arroganter Hülle, der sich wie ein abgezocktes Arschloch benimmt. Doch diese Fassade ist mein persönlicher Schutzpanzer – mehr nicht. Niemand wagt es mir nahezukommen, es sei denn, ich lasse es zu. Was kaum passiert. Ich meide alles, was mich erinnert und mir irgendwie unter die Haut gehen könnte. Wirklich alles.

Angespannt reibe ich mir mit der Hand über den verschwitzten Nacken, während die Stimmen in meinem Kopf lauter werden, und schließe meine Augen. Manchmal kotzt mich mein Leben an und ich wäre lieber an Amys Stelle.

Ich halte die Luft an und balle wütend meine Hände zu Fäusten, sodass die Adern unter meiner Haut hervortreten. Als der Sauerstoff aus meiner Lunge entweicht und ich drohe meinen Verstand zu verlieren, befreie ich mich aus meiner Starre. Ich kann es nicht ungeschehen machen, auch wenn ich mir selbst Schmerzen zufüge.

»Verdammt, Ryan!«, brülle ich ungehalten los und zucke aufgrund der ungewohnten Akustik meiner Nobelherberge zusammen.

Nach diesem Zwischenfall fühle ich mich endlich etwas leichter und setze mein Workout in meinen eigenen vier Wänden fort.

Mit einem Stöhnen lasse ich mich rücklings auf die Hantelbank sinken und bringe mich in Position, um die Eisenstange mit den Händen zu umfassen und das schwere Gewicht zu stemmen. Still zähle ich bis zehn, ehe ich starte.

Wenigstens ist mir mein Sport geblieben und ich übe ihn ohne Reue weiter aus, weil er mich rettet, mich davor bewahrt, an meinen Erinnerungen zu ersticken. Zumindest an den meisten Tagen.

Doch seitdem ich wieder hier bin, haben sich meine innere Anspannung und der Drang, mich verausgaben zu müssen, noch einmal verstärkt und meine Lust auf belanglose One-Night-Stands nimmt ein unkontrollierbares Ausmaß an. Und auch wenn diese meinen Schmerz nicht auslöschen können, sorgen sie zumindest für ein wenig Ablenkung und helfen mir damit, die Zeit bis zur Übernahme der neuen Kanzlei zu überbrücken. Denn solange der Vertrag nicht unterschrieben ist, heißt es für mich: wieder einleben und klarkommen. Mit Wildkatzen, die mir meinen halben Rücken zerkratzen, und harten Workouts bis an den Rand der Erschöpfung.

Ich schnaube und ächze, als ich die letzten Wiederholungen meines Sportprogrammes absolviere und mit all meiner verbliebenen Kraft das Gewicht zurück auf die Halterung drücke.

Schweißüberströmt rapple ich mich auf und schnappe mir eine dritte Flasche Wasser, die ich in einem Zug austrinke. Meine Muskeln brennen und der feuchte Film auf meiner Haut glänzt im Sonnenlicht.

Während ich meine Augen für einen kurzen Moment schließe, driften meine Gedanken ab und ich rufe mir die Nächte mit meinen Eroberungen in Erinnerung. Es waren viele. Sehr viele wilde Begegnungen mit schönen Frauen, ehe ich die Zelte an der Westküste abbrach, und ich fühle mich wie das allerletzte Schwein. Niemals ist es das, was ich mir vorgestellt habe. Aber es ist die einzig effektive Variante, um nicht vor die Hunde zu gehen.

Etwas atemlos hangle ich mit ausgestrecktem Arm nach

dem Handtuch und verteile einzelne Schweißtropfen auf dem Boden. In einer fließenden Bewegung wische ich mir den Schweiß mit dem bereits feuchten Tuch von der Stirn und betrachte meine stark durchbluteten Hände. Ich lebe. Doch es fühlt sich nicht richtig an.

Natürlich muss ich irgendwann damit aufhören, mich für alles verantwortlich zu machen, was geschehen ist. Aber der Weg dorthin ist hart. Immer noch.

Ein Teil meiner Anspannung fällt von mir ab und ich fühle mich etwas besser, als ich die Trainingsmatte ausrolle und mich flach auf den Rücken lege.

Ich atme tief ein, stelle meine Füße mit gebeugten Knien auf die Matte und denke an die Verabredung mit Stephan, meinem langjährigen Freund vom College. Als ich ihn vor Wochen anrief und ihm sagte, dass ich zurückkomme, meinte er nur: *»Mann, das wird aber auch Zeit. Ohne dich ist hier gar nichts mehr los.«* Tatsächlich entlockte er mir mit dieser unbefangenen Reaktion ein Lächeln. Natürlich weiß er, was passiert ist. Die Schlagzeilen waren damals nicht zu übersehen. Dennoch rieb er es mir nicht unter die Nase, wie es viele andere taten, und das rechne ich ihm hoch an.

Im Laufe unseres Telefonats sprachen wir über die guten alten Zeiten. Einst hatten wir große Pläne und sind beide meilenweit davon abgewichen. Anwalt zu werden, war das Letzte, was ich wollte. Aber es ist das, was ich am besten kann.

Ein letzter tiefer Atemzug strömt in meine Lunge, ehe ich meinen Oberkörper mit vor der Brust gekreuzten Armen anhebe und mit angespannten Bauchmuskeln langsam wieder ausatme.

Wirbel für Wirbel drücke ich mich von der Matte hoch, halte die Position für einen Moment und atme tief wieder ein, als ich mich wieder absenke, ohne die Unterlage mit den

Schultern zu berühren. Diese Übung wiederhole ich so oft, bis sich vollkommene Erschöpfung und ein gutes Gefühl bei mir einstellen. Ich weiß, dass ich übertreibe. Aber mein unermüdlicher Ehrgeiz verleitet mich dazu, stets in jeder Lebenslage an meine Grenzen zu gehen. Das war schon immer so.

Stöhnend stehe ich auf, klaube die Spuren meines harten Workouts zusammen, stelle die leeren Flaschen in die Abstellkammer neben der Eingangstür und ziehe mir auf dem Weg in mein Schlafzimmer das durchweichte ärmellose Shirt über den Kopf. Dort angekommen entdecke ich im Vorbeigehen die Kisten, die ich nie wieder ausräumen wollte und die mir einen brennenden Stich in meine Eingeweide versetzen. Aber ich muss. Das weiß ich. Jetzt ist allerdings der falsche Zeitpunkt – und morgen vermutlich auch.

KAPITEL 2

EMMA

Als ich auf der gegenüberliegenden Straßenseite des Bootsanlegers der Circle Line aus dem Taxi steige, sehe ich von Weitem, wie Milly lässig am Absperrgitter der Rampe lehnt und sich den Wind um die Nase wehen lässt.

Mit ihren einen Meter neunundsechzig, der riesigen Nerdbrille und ihrem dunklen Kurzhaarschnitt, der wie immer modisch gestylt ist, sieht meine beste Freundin nicht nur frech, sondern auch sexy aus. Mal wieder sticht sie aus der Masse heraus und zieht mit ihrem Auftreten wie überall die Blicke auf sich. Heute besonders.

Ich möchte nicht behaupten, dass ich mir neben Milly oder Ava unzulänglich vorkomme, aber heute ist mein Grauer-Maus-Tag. Wenigstens sind meine Haare nun offen, liegen frisch gebürstet in seidigen Wellen auf meinem Rücken und lösen den biederen Knoten ab. Aber mein Erscheinungsbild spiegelt meinen von den kreisenden Gedanken um Liam beherrschten Gemütszustand wider.

Winkend hebe ich einen Arm, um auf mich aufmerksam zu machen, und überquere mit großen Schritten die sonst sehr stark befahrene Straße. Der dichte Verkehr hat sich zum Glück auf dem Weg von der Kanzlei bis hierher aufgelöst und ich habe weniger als eine halbe Stunde benötigt, um pünktlich am Treffpunkt zu sein. Das ist fast rekordverdächtig.

Die tiefstehende Sonne streift die Spitzen der Häuserschluchten und zaubert den Wolkenkratzern goldene Dächer. Es ist ein schöner Frühlingsabend und die jetzt schon milden Temperaturen laden zu luftiger Kleidung ein. Endlich. Es sind erstklassige Bedingungen, um mit meinen besten Freundinnen die Skylinefahrt zu machen, die wir schon so lange geplant haben. Schließlich ist die Schiffstour bei Sonnenuntergang Avas Geburtstagsgeschenk, das wir heute einlösen können. Das schlechte Wetter hat uns bisher nämlich einen gewaltigen Strich durch die Rechnung gemacht. Es war zu kalt und ungemütlich.

Obwohl mich mein Tag an meine Grenzen gebracht hat und ein Zwischenfall den nächsten ablöste, bin ich bester Laune.

»Na endlich«, begrüßt mich Milly und küsst mich auf die Wange. »Ich warte schon eine halbe Ewigkeit.«

Nachdem auch ich ihr zur Begrüßung einen Kuss auf die Wange gedrückt habe, blicke ich auf meine Armbanduhr, die mir meine Mom zum bestandenen Examen geschenkt hat, und verenge die Augen zu Schlitzen. »Hä, wieso das? Ich bin doch pünktlich.«

Milly zuckt mit einem frechen Grinsen die Schulter und schiebt eine Hand lässig in die vordere Tasche ihrer schwarzen Chinohose. »Ich war zu früh.«

»Selbst schuld«, entgegne ich und durchforste meine Handtasche nach meiner Sonnenbrille, die ich jedoch nicht finde. »Hast du die Tickets?«

»Tickets?« Sie sieht mich fragend an.

»Die Fahrkarten, Milly. Du wolltest sie buchen«, erinnere ich meine strukturierte Freundin, die eigentlich nie etwas vergisst.

Das verschwörerische Lächeln, das nun ihre Lippen umspielt, während sie drei Abschnitte aus ihrer Hosentasche zieht, wird mit einer Mischung aus unbändiger Gelassenheit und Vorfreude unterstrichen. »Meinst du diese hier?«, fragt sie und wedelt mit dem Papier vor meiner Nase herum.

Gott bewahre! Milly und mein Dad können sich anscheinend die Hand reichen, weil sie unzählig viel Papier für unsinnige Sachen verkonsumieren. »Wieso hast du denn keine E-Tickets gebucht? Das ist doch viel praktischer – und vor allem umweltschonender«, ermahne ich sie.

»Weil das Freikarten sind, die ich von der Circle Line geschenkt bekommen habe. Ich genieße eben die besten Kontakte. Im Anschluss an die Fahrt erhalten sie im Gegenzug einen Beitrag auf meinem Blog.« Sie grinst verschmitzt und rückt ihre Brille auf der Nase zurecht.

Ich lache, als ein paar Touristen an uns vorbeigehen, die sich über den Besuch im *Museum of Modern Art* unterhalten. »Milly, du bist unverbesserlich. Das ist Avas Geschenk, und du benutzt unseren Freizeittrip, um deinen Blog wieder zum Leben zu erwecken.«

Während sie mit ihrem Schulterzucken ihre Gleichgültigkeit zum Ausdruck bringt, huscht gleichzeitig ein Schatten über ihr Gesicht, wodurch ihre Augen für einen kurzen Moment ihren Glanz verlieren. »Von nichts kommt nichts, das solltest du dir endlich mal merken. Nicht alle genießen ein so sorgenfreies Leben wie du. Ich muss hart dafür arbeiten, um am Ende des Monats meinen Lohn zu erhalten.« Sie rümpft die Nase.

»Tsss ...« Ich schüttle mit dem Kopf. »Was soll das denn

heißen? Ich bin nicht mit einem goldenen Löffel im Mund geboren.«

Milly zieht eine Augenbraue nach oben und drückt sich von der Absperrung weg. »Du weißt, wie ich das meine. Ich zahle nicht für etwas, wenn ich es gratis bekommen kann. Wenn ich uns in die Clubs einschleuse, beschwerst du dich doch auch nicht.«

»Das ist auch etwas anderes. Du schleust uns durch deine Kontakte schließlich nur an den langen Schlangen vorbei«, widerspreche ich und verschränke die Arme vor der Brust.

Sie mustert mich eingehend, ehe sie fortfährt. »Sag mir, worin da der Unterschied besteht. Wir umgehen die endlose Wartezeit und den überteuerten Eintritt in maßlos überfüllte Clubs, deren Sanitäreinrichtungen verdreckt und marode sind.«

Sie ist nicht nur tough, sondern unglaublich hartnäckig. An ihr ist wirklich eine sehr gute Anwältin verloren gegangen. Doch für den ganzen trockenen Stoff während des Studiums konnte sie sich nicht begeistern. Sie provoziert lieber als brillante Journalistin mit Berichten in der Manhattan Week.

»Du hast gewonnen.« Beschwichtigend hebe ich meine Hände vor die Brust.

»Wo bleibt Ava?«, fragt Milly plötzlich und lässt meinen Kommentar unbeantwortet. Stattdessen blickt sie an mir vorbei und zieht ihr Smartphone aus der Tasche.

Ich weiß nicht, wie Milly das immer schafft. Geld, Handy und Lipgloss, nur diese drei Dinge sind in ihrer schmalen Umhängetasche verstaut. Mehr braucht sie nicht, wenn sie in der Stadt unterwegs ist. Ava und ich dagegen tragen, überspitzt gesagt, unseren halben Hausstand mit uns herum und meistens fehlt doch was. Milly ist ein Phänomen.

»Die Mailbox springt an«, sagt sie und lässt ihr Handy in die Hose gleiten.

»Sie wird schon noch kommen«, beruhige ich meine ungeduldige Freundin und suche nun auch die Umgebung mit meinen Augen nach Ava ab.

»Lass uns doch schon mal an Bord gehen«, drängt Milly. »Um Plätze zu reservieren. Ich habe keine Lust, dass uns die Sicht versperrt wird. Den Sonnenuntergang will ich in seiner vollen Pracht genießen.«

Ich stimme nickend zu.

Schweigend passieren wir die Absperrung und laufen die Rampe zum Bootsanleger herunter. Vereinzelt sitzen ein paar Möwen wie Skulpturen auf den hölzernen Pfosten, die rund um die Anlegestelle senkrecht aus dem Wasser herausragen, und halten nach Futter Ausschau. Die Räuber der Lüfte.

Leichte Wellen schwappen ans Heck der Fähre und wehen eine Duftwolke aus Motorenöl auf uns zu, während Milly erneut ihr Handy hervorholt. In der Ferne sticht die Freiheitsstatue fast goldig aus der glänzenden Wasseroberfläche empor, und meine Vorfreude auf unseren außergewöhnlichen Mädelsabend steigt.

Denn normalerweise sind wir mittwochs immer im Robertos, essen dort eine Kleinigkeit, trinken Cocktails und schütten uns gegenseitig unsere Herzen über die unanständig attraktiven Männer aus, die uns den letzten Nerv rauben. Mit ihnen ist es zu kompliziert, ohne sie sind wir einsam. Ein verflixtes Zusammenspiel, das wir bis heute noch nicht entschlüsselt haben. Vielleicht wird uns das auch nie gelingen und wir werden auf ewig Singlefrauen bleiben.

»Ihre Tickets, bitte!«, unterbricht der Offizier mit dem weißen Hemd und der blauen Hose meine Gedanken, als wir die Gangway erreichen.

Mmh … sehr attraktiv. Aber schätzungsweise zehn Jahre zu

jung. Obwohl, Liam ist älter und dennoch unbrauchbar für eine gemeinsame Zukunft. Vielleicht sollte ich mich langsam damit abfinden und nicht darauf warten, dass ein Wunder geschieht.

Milly reicht ihm die Tickets. »Wir sind eigentlich zu dritt. Das Geburtstagskind verspätet sich.«

»In zwanzig Minuten legen wir ab«, klärt er uns auf und lässt uns an Bord gehen. »Sagen Sie ihrer Begleitung, dass sie sich beeilen soll. Wir können den Anleger nicht blockieren«, ruft er uns hinterher, als wir auf die steile Treppe, die uns auf das Oberdeck führt, zusteuern.

Wir erwidern gleichzeitig ein »Geht in Ordnung« und folgen dem schmalen Gang zwischen den Sitzreihen.

»Geh schon mal vor«, sagt Milly, als ich das Geländer umfasse und den ersten Fuß auf die Treppe setze. »Ich besorge uns zum Anstoßen eine Flasche Prosecco.«

»O ja!«, antworte ich überrascht. Den kann ich heute wirklich gebrauchen.

Ein Teil meiner Anspannung fällt von mir ab, als ich mich auf einen der freien Plätze in der vordersten Reihe setze, meine Tasche neben mir auf der Sitzfläche abstelle und meine Beine übereinanderschlage.

Ein leichter Wind weht über das rustikale Oberdeck, das mit einer Glas-Reling umrandet ist. Ich schließe die Augen, als eine sachte Brise mein Haar streift. Die zarte Berührung kribbelt wie ein belebender Schauer über meine Kopfhaut und fühlt sich wie eine wohltuende Massage an. Hm. Wenn sich zu diesem angenehmen Gefühl jetzt wie durch Zauberei noch starke Hände dazu gesellen würden, um meinen verspannten Nacken zu massieren, dann würde ich vor Erleichterung tief seufzen. Und alle Passagiere, die bereits an der Brüstung stehen, würden mein unangebrachtes Verhalten mit einem strafenden Blick quittieren. Aber ich bin eben ein leidenschaftlicher Mensch, und druckvolle Massagen durch geschickte Männerhände führen bei mir zu Tiefenentspannung. Wer würde da schon Nein sagen? Ich jedenfalls nicht!

Ein Schatten legt sich auf mein Gesicht und ich öffne widerwillig die Augen. Milly erscheint in meinem Sichtfeld und grinst.

»Wenn Ava nicht kommt, gehört uns die Flasche allein.« Sie reicht mir die Gläser und tritt an die Reling, während ich aufstehe und ihr folge.

»Meinst du, es ist etwas passiert? So langsam mache ich mir Sorgen, weil Ava noch nicht mal ans Telefon geht.« Mein Blick wandert zu der Rampe, die nun menschenleer ist. Wird sie noch kommen?

Milly schüttelt den Kopf. »Du kennst doch Ava, dann hätte sie uns angerufen. Vielleicht hat sie ihr Telefon zu Hause vergessen.«

Ich presse meine Lippen zu einer schmalen Linie zusammen. Hoffentlich behält sie recht. Avas Leben ist zurzeit mal wieder nicht von Glück gesegnet. Ihr letzter Vorgesetzter war ein Widerling, und morgen tritt sie eine neue Stelle als Assistentin in einem großen Konzern an. Ich hoffe, dass sie dort keine bösen Überraschungen erlebt und wünsche ihr, dass etwas Ruhe in ihr Leben einkehrt. Denn mit ihrem Bruder Jerry hat sie bereits schwere Zeiten durchlebt, die immer noch nachwirken. Deshalb hat sie es verdient, dass sich für sie die Sonnenseiten des Lebens auftun und sie endlich ankommen kann, ohne ständig von vorn beginnen zu müssen.

»Ach, guck mal!« Milly stößt mir mit dem Ellenbogen in die Rippen und deutet mit dem Finger auf unsere beste Freundin, die in diesem Moment auf die Anlegestelle zugeeilt kommt. »Wenn man vom Teufel spricht.«

Gott sei Dank! Sie ist da.

»Ava ...«, ruft Milly und beugt sich so weit über das Geländer, dass ich Angst habe, dass sie bei ihrem Fliegengewicht mitsamt der Flasche über Bord stürzt.

»Ava, wir sind hier oben!«, schreie ich meiner Freundin, die sich suchend umsieht, uns aber nicht findet, über das laute Motorengeräusch hinweg zu.

Sie legt ihren Kopf in den Nacken, sodass ihr blondes Haar fast ihren unteren Rücken streift, und schaut an der Schiffsfassade hoch.

Milly schwenkt den Prosecco und ich winke mit den Sektflöten, während wir ausgelassen grinsen.

»Schnell, beeil dich! Sonst stoßen wir ohne dich an«, ruft Milly lautstark und schiebt sich die Nerdbrille mit den großen Gläsern in ihr Haar.

Typisch Milly! Sie muss meistens noch eins draufsetzen, um Ava zusätzlich Feuer unterm Hintern zu machen, das sie anscheinend sowieso schon verspürt. Ihr hochroter Kopf deutet nämlich darauf hin, dass sie den ganzen Weg hierher gelaufen ist.

»Hey ... Sorry, Mädels. Ich ...«, japst Ava, als sie kurz darauf unsere Sitzreihe ansteuert und mich mit einem verschwitzten Wangenküsschen begrüßt.

»Meine Güte, wir wollten schon einen Suchtrupp losschicken«, beschwere ich mich und umarme Ava. »Wo warst du? Ist irgendetwas passiert?«

»Warum gehst du nicht an dein Smartphone, Ava?«, setzt Milly vorwurfsvoll nach und küsst sie auf die Wange. »Weißt du, die Teile sind dafür da, dass man sie benutzt und nicht, um als Accessoire in der Handtasche versteckt zu werden.«

Während wir unsere Freundin mit Fragen bombardieren, ringt sie um Atem.

»Jetzt hört aber mal auf. Ich bin dreißig Minuten zu spät.

Einen Suchtrupp zu schicken, wäre ein bisschen überzogen gewesen«, entgegnet sie und zieht ihren stylischen Trenchcoat aus, den ich bisher noch nicht an ihr gesehen habe. Sie sieht umwerfend darin aus.

Ava hängt ihren Mantel über die Rückenlehne unserer Sitzreihe und fächert sich mit den Händen Luft zu, während Milly ihre Lippen spitzt und ein beeindrucktes Pfeifen von sich gibt.

Anerkennend zieht sie eine Augenbraue hoch. »Neu?«, fragt Milly und mustert Avas Outfit.

»Über Klamotten können wir später quatschen. Ich will erst wissen, warum Ava so spät ist«, meckere ich, weil sich meine Sorge um Ava wie ein betonschwerer Stein in meinem Magen festgesetzt hat.

Während ich auf eine Antwort warte, streiche ich mir mein Haar nach hinten, das mir vom Wind ins Gesicht geweht wird, und beobachte, wie Milly gekonnt den Prosecco entkorkt. Nachdem sie die Flasche geöffnet hat, verteilt sie die prickelnde Flüssigkeit auf die drei Sektgläser, die wir ihr entgegenstrecken.

Ava lässt sich seufzend auf die abgesplitterte Holzbank sinken und befreit ihre Füße von den todschicken High Heels. Sie streckt und rollt ihre Zehen, deren Nägel rot lackiert sind, und ihr entweicht ein erleichtertes Seufzen.

Sie wirkt total erschöpft. Aber zumindest hat sich ihre Atmung wieder normalisiert.

»Du wirst uns hoffentlich jetzt sagen, dass dein neuer Chef verflucht sexy ist und du nur deshalb so abgehetzt bist, weil er dich aufgehalten hat und dir an die Wäsche wollte«, sagt Milly, schiebt sich das dunkle Horngestell zurück auf die Nase und lässt ihre freie Hand anschließend wieder in die vordere Tasche ihrer Chinohose gleiten.

Ich setze mich neben Ava und schlage meine Beine übereinander. Mit der freien Hand streiche ich den grauen Stoff meiner Hose glatt und drehe das Sektglas in meiner anderen Hand, in dem winzige Bläschen nach oben sprudeln. Am liebsten würde ich den Prosecco auf ex austrinken. Doch dann würden meine Freundinnen merken, dass mein Nervenkostüm überreizt ist. Ich will Ava aber heute nicht die Show stehlen. Sie steht im Mittelpunkt.

»Wenn ihr damit den lauchigen Personalchef mit der Halbglatze und dem unmodernen karierten Hemd mit Fliege meint? Nein, dann muss ich euch enttäuschen. Jerry hatte den Haustürschlüssel in seiner Wohnung vergessen und sich ausgesperrt. Also bin ich mit der U-Bahn zu ihm gefahren und habe mir für den Rückweg ein Uber reserviert. Dummerweise kam es nicht. Motorschaden. Also musste ich zu Fuß gehen. Doch wie ihr wisst, wimmelt es in der Rushhour nur so von Fußgängern und vollgestopften Straßen. Der Weg hierher war der reinste Slalomlauf«, rechtfertigt Ava ihr Zuspätkommen.

Ich bin erleichtert, dass es sich nur um eine Lappalie handelte. Allerdings war Jerry mal wieder ein Teil ihres Problems. Nicht, dass ich ihn nicht mag. Er ist genauso ein liebenswerter Mensch wie Ava. Aber ich habe live miterlebt, wie sie seinetwegen an ihre Grenzen ging und hatte Angst, dass sie mit ihm untergeht. Wir, Milly und ich, haben ihr immer beigestanden, auch wenn es für uns eine genauso belastende Phase in unserem Leben war. Unsere Freundschaft hat dieser jedoch standgehalten. Etwas, das nicht selbstverständlich ist, denn dieses Best-Friends-Forever-Ding wird von vielen missverstanden.

Der Motor des Schiffs beginnt zu rumoren und schiebt es langsam vom Anlegeplatz weg. Ich bekomme dann immer so ein flaues Gefühl im Magen, das sich aber nach den ersten Metern legt und ich mich wieder entspanne.

»Ah. Das klingt schmerzhaft«, meint Milly und starrt mitfühlend auf Avas nackte Füße.

»Auf Ava!«, verkünde ich feierlich und erhebe mein Glas in ihre Richtung.

»Auf uns, Mädels!«, stimmt meine kurzhaarige Freundin mit ein und beugt sich dabei nach vorn, um mit uns anzustoßen.

Grinsend prosten wir uns zu, bevor ich endlich in den Genuss komme, die prickelnde Flüssigkeit zu trinken.

Mmh ..., schmeckt definitiv nach mehr. Dennoch halte ich mich zurück und überspiele meine Probleme mit einem Lächeln.

»Hast du ihn immer noch nicht persönlich kennengelernt, deinen Chef?«, hakt Milly nach, nachdem sie ihr Glas fast in einem Zug leer getrunken hat.

Sie geniert sich nicht. Ich sollte mir ein Beispiel an ihr nehmen. Aber ich bin nicht Milly. Die beiden würden sofort eins und eins zusammenzählen. Und mir ist momentan nicht nach reden, schon gar nicht über meine On-Off-Beziehung mit Liam – oder wie auch immer man diese bezeichnen soll.

Stattdessen widme ich mich Avas Neuanfang. »Wie oft warst du in den letzten Tagen bei der Stark Corp., um deine Festanstellung zum Abschluss zu bringen?«

Einen Atemzug lang dreht sie das langstielige Plastikglas zwischen den Fingern. »Äh ... eigentlich nur drei Mal. Beim Vorstellungsgespräch, zur Vertragsunterschrift und eben heute, weil meine Firmen-ID-Card noch ausgestellt werden musste«, erklärt sie.

»Und du bist dem Big Boss kein einziges Mal über den Weg gelaufen?« Mit weit aufgerissenen Augen sehe ich Ava an.

Auf Avas Stirn bilden sich Falten, als sie eine Augenbraue lässig nach oben zieht. »Nein. Ist das denn wichtig?«

Milly und ich starren sie entgeistert an. Trotz allem wirkt unsere beste Freundin unerschütterlich und strotzt vor Lebensmut und positiver Energie.

Manchmal frage ich mich, wie sie das macht. Sie ist zu beneiden. Privat werfe ich dagegen meistens viel zu früh die Flinte ins Korn und gebe auf.

»Und außerdem fange ich dort an, weil mich der neue Aufgabenbereich und die Unternehmensstruktur total faszinieren und nicht, weil der CEO äußerst ansehnlich ist«, ergänzt Ava.

Der Wind weht stärker, als die Fähre Kurs auf die Freiheitsstatue nimmt, und ich nippe an meinem Glas. Es ist ein schöner Abend, der meine Sorgen vorerst verstummen lässt, und ich lehne mich entspannt nach hinten.

»Vielleicht ist es auch kein Kerl, sondern eine zynische Chefin, die dich morgen empfängt. Das hättest du wenigstens abklären sollen. Hast du den Undercover Boss denn zumindest gegoogelt?«

Milly klingt besorgt. Dennoch finde ich, dass sie jetzt übertreibt.

»Der Personalchef erwähnte, dass bei der ausgeschriebenen Stelle eine neue Assistentin für Mr. Stark gesucht wird. Und ja, ich habe versucht etwas über ihn herauszufinden. Doch leider verlief die Suche im Sande. Ethan Stark ist wie ein Geist. Es gibt keinerlei Fotomaterial, nur Berichte über die Firmengeschichte und Wohltätigkeitsveranstaltungen, bei denen er regelmäßig großzügige Summen spendet. Er bevorzugt offensichtlich ein zurückgezogenes Leben.«

Hört sich doch nach einer sehr aufschlussreichen Recherche an, auch wenn wir dadurch noch immer nicht wissen, wer dieser Ethan Stark ist. Morgen wird sich das Geheimnis um ihn dann wohl endgültig lüften.

»Ja, dann«, sage ich und erhebe mein halbleeres Prosecco-Glas, »auf einen sensationellen Neustart, Ava.«

»Und auf den geheimnisvollen CEO«, ergänzt Milly, während ihr Haar vom Fahrwind hin und her gewirbelt wird.

Ein weiteres Mal stoßen wir miteinander an, als die Sonne kurz hinter den Wolkenkratzern verschwindet.

Milly reibt sich mit der Hand über den straffen Bauch. »Wenn ich noch ein Glas trinke, habe ich einen Schwips. Ich brauche unbedingt etwas Ungesundes, wie einen Hot Dog. Mögt ihr auch einen?«

Ich nicke. »Aber ohne Gurken.«

Ava zieht den Reißverschluss ihrer Tasche auf und greift nach ihrem Portemonnaie. Doch Milly legt ihr die Hand auf die Schulter. »Lass stecken, ich gebe einen aus«, sagt sie und schnappt sich ihre schwarze Handtasche.

»Danke«, murmelt Ava und lässt ihre Geldbörse zurück in die Tasche gleiten.

Ich kann ihr ansehen, wie unangenehm es ihr ist, dass Milly dieses Mal für sie bezahlt. Ich lade Ava hin und wieder auch mal ein, weil ich weiß, dass sie dasselbe für mich tun würde, falls ich in finanziellen Nöten stecken würde. Dafür sind beste Freundinnen doch da. Schließlich kennen wir uns schon unser halbes Leben. Wir sind gleich alt und in Brooklyn aufgewachsen, haben dieselbe Schule besucht und wohnen jetzt in Manhattan – im selben Viertel. Wir wissen alles voneinander und würden gegenseitig die Hand füreinander ins Feuer legen.

»Wie immer, Ava?«, fragt Milly, als sie sich an der Bank abstützt und schon auf halbem Weg nach unten ist.

»Nein, ohne Ketchup, nur mit Senf«, antwortet sie.

Milly verzieht ihre Mundwinkel und ich rümpfe die

Nase. »Dann schmeckt der doch total trocken, er muss triefen.«

»Ich will nicht noch mehr Zucker, der macht alt und dick. Mit dreißig schreit die Haut eben regelrecht nach Antioxidantien und meine Kurven sind schon üppig genug. Mit dem Prosecco verstoße ich bereits gegen meinen selbst auferlegten Gesundheitsplan. Aber es ist Mittwoch: Mädels-Time. Da mache ich eine Ausnahme, nur nicht beim Ketchup«, beharrt Ava.

»Du bist hübsch, sinnlich und intelligent. Wozu benötigst du einen Gesundheitsplan?«, frage ich und lasse meinen Blick prüfend an ihrem Körper entlanggleiten.

»Das musst du gerade sagen, du wiegst genauso viel wie Milly und bist mindestens zwanzig Zentimeter größer. Du gehst ständig joggen und isst eigentlich nur Gemüse, weil du Angst hast zuzunehmen.«

»Quatsch«, werfe ich ein. Ich versuche damit lediglich, vor dem Schwachsinn in meinem Leben davonzulaufen.

»Wollt ihr euch noch ein bisschen übers Gewicht weiterstreiten? Ich gehe dann mal das Essen holen. Mein Magen knurrt«, mischt sich Milly ein.

»Bei deinem Stoffwechsel ist es auch egal, was du alles hinunterschlingst«, stichle ich.

»Ich mache eben viel Sport«, entgegnet sie lachend und stürmt die Treppe herunter.

Kopfschüttelnd starre ich ihr hinterher und denke an den Spaß zurück, den wir mit ihr schon hatten.

»Wie läuft es in der Kanzlei?«, fragt Ava und unterbricht meine Gedanken.

»Momentan möchte ich die ganzen Mandanten in die Wüste jagen. Ständig warte ich auf Rückmeldungen und Bescheide, die sie mir nicht aushändigen. Ich komme mir gerade vor wie deren persönliche Assistentin, dabei vertrete ich sie nur.« Seufzend sehe ich sie an. »Eigentlich sind in der Kanzlei viel zu wenige Anwälte beschäftigt, um die vielen Mandate termingerecht abzuwickeln. Ich weiß auch nicht, was mit meinem Dad los ist, und warum er nicht noch jemanden einstellt.« Ich verziehe meine Mundwinkel und versuche, meinen Ärger auf meinen Vater herunterzuschlucken.

»Vielleicht solltest du mit ihm darüber reden«, rät sie mir.

Ich hebe meine Schultern und blicke in die Ferne. »Du weißt doch, wie er ist. Seine Kanzlei, seine Regeln.«

»Es könnte aber auch sein, dass er von deiner Initiative begeistert ist und seine sture Art ablegt.«

Aufmunternd drückt sie meine Hand und entlockt mir damit wieder ein Lächeln.

»Oje. Das wäre zu schön, aber ich glaube nicht mehr an Wunder.«

Als Milly die Treppe heraufkommt, balanciert sie die in Papier gewickelten Hot Dogs und drei Wasserflaschen auf einem orangefarbenen Tablett. Über ihr kreisen schreiende Möwen am Himmel.

Ausgehungert nehme ich meinen Hot Dog entgegen, den Milly nacheinander an uns verteilt.

»Die fehlen mir noch«, sagt Ava, stöhnt genervt auf und schiebt sich ihr Essen in den Mund.

Genussvoll beiße auch ich in den matschigen Hot Dog und genieße meine erste Mahlzeit – wenn man sie so nennen kann – an diesem miserablen Tag. Momentan sehne ich mich nach meinen persönlichen Glücksmomenten.

Der Ketchup klebt an meinen Lippen und ich lecke mir die Überreste ab, als eine der Möwen zum Angriff übergeht. »Wittern die den Geruch eigentlich meilenweit? Haut ab, der Hot Dog gehört mir!«, rufe ich verärgert und fuchtle wild mit meinem Arm herum.

Milly lacht.

»Wie war eigentlich dein Date mit ... Wie hieß er noch gleich, Milly?«, nuschelt Ava zwischen den Bissen und putzt sich ihren Mund mit der dünnen Papierserviette ab.

Schnaubend verdreht Milly die Augen. »Gott bewahre, erinnere mich nicht daran.«

Ava blickt mich an und ich pruste lachend los, weil ich mir Millys Gejammere schon anhören durfte.

»Evan«, sagt sie und beißt herzhaft in den Hot Dog.

»Und? Was hat er so Schlimmes angestellt, dass ihr schweigt?«, will Ava wissen. Sie hasst es, auf die Folter gespannt zu werden.

»Er liebt beide Geschlechter«, sagt Milly bitter.

»Und warum verabredet er sich dann ausgerechnet mit dir?«, hakt sie nach.

Milly verzieht ihren Mund. »Er wollte ein neues Toy mit nach Hause bringen. Er und sein Ehemann wollten mal etwas Neues ausprobieren.«

»Was? Was sind wir? Versuchskaninchen?« Ava lässt ihrer Empörung freien Lauf.

Ich grunze fast vor Lachen und halte mir meine Hand vor den Mund. »Genau das war das Erste, das ich Milly am Telefon sagte. Unglaublich, oder? Ihr wisst, ich bin nicht prüde, aber das geht selbst mir zu weit. Wenn ich eine Beziehung führe, dann gehöre ich meinem Partner ganz allein.« Wäre nur schön, wenn ich einen Partner hätte, mit dem ich meine Lebenseinstellung teilen könnte.

»Meint ihr, Roberto wird uns verzeihen, dass wir heute fremdgehen und ungesunde Hot Dogs futtern?«, wechselt Ava das Thema.

Milly hebt beschwichtigend die Hand. »Er wird es überleben. Seit der Eröffnung waren wir fast jeden Mittwoch bei ihm im Bistro.«

»Kein Wunder. Das Essen ist super und die Preise sind moderat. Dafür braucht man sich den ganzen Einkaufsstress gar nicht antun«, erkläre ich und öffne eine der Wasserflaschen. »Aber der Hot Dog reicht heute auch mal aus. Auch wenn die Nährstoffampel eine Null anzeigt.« Und da ich mich den gesamten Tag über bloß von tiefschwarzem Kaffee ernährt habe, war er mehr als nötig. Alles nur, weil mein Dad mal wieder mit seiner Abwesenheit glänzte, sich geheimnisvoll gab und ich zusätzlich zu meinen Terminen auch noch seine übernehmen durfte. Was in den letzten Wochen mit ihm los ist, bleibt mir ein Rätsel.

»Eine dicke fette Null«, bestätigt Ava lachend.

»Wann musst du morgen früh antreten?«, hake ich nach.

»Um acht Uhr.«

»Nervös?«, fragt Milly.

»Ich würde lügen, wenn ich Nein sage.« Sie schluckt ihren Bissen herunter. »Natürlich freue ich mich, dass ich so schnell eine neue Stelle finden konnte, die auch noch weitaus interessanter und besser bezahlt ist als mein letzter Job. Aber ich habe totalen Respekt vor der Größenordnung des Unternehmens. Schon allein das Firmengebäude ist imposant. Die Büros sind in dem gesamten Gebäude an der Lexington Avenue untergebracht. Mein zukünftiger Schreibtisch steht nicht mehr in der vierten, sondern in der dreißigsten Etage.«

»Ein Traum«, schwärmt Milly. »Ich komme dich bald besuchen.«

»Ava, du hast ein Händchen für das Unmögliche. Ich bin mir sicher, dass du dich ganz schnell zurechtfindest«, füge ich wahrheitsgemäß hinzu. Denn dass sie sich monatelang aufopfernd um Jerry gekümmert hat, als er einen Entzug machte, gilt nicht als Selbstverständlichkeit und zeugt von ihrer Stärke. Schließlich war das, was sie mit ihm durchgemacht hat, eine kräftezehrende seelische Belastung.

Sie lächelt. »Danke, das ist lieb.«

Milly leckt sich einen Klecks Ketchup aus dem Mundwinkel, rückt ihre Brille zurecht und räuspert sich. »Mädels, ich hole eine zweite Flasche Prosecco. Ich muss mein Kopfkino mit den beiden Toyboys loswerden, Emma war schon wieder mit Liam im Bett und du musst deine offensichtliche Nervosität herunterspülen.«

Als wir an der Brooklyn Bridge ankommen, versinkt die Sonne gerade hinter der Freiheitsstatue. Ausgelassen und mit einem leichten Partyschwips rutschen wir auf der Sitzfläche ganz eng aneinander, um Selfies zu schießen. Das werden die besten Fotos aller Zeiten.

Ava sitzt in der goldenen Mitte und grinst glücklich in die Kamera. Meine blauen Augen glänzen verräterisch, als ich auf dem Display verfolge, wie Milly eine lustige Grimasse schneidet, und ich stimme lachend mit ein. Mein Herz geht auf und ich weiß, dass Tage wie dieser auf ewig in meiner Erinnerung bleiben werden.

Ich liebe es, mit meinen besten Freundinnen zusammen zu sein und mal nicht an morgen denken zu müssen. Und gerade heute ist genau solch ein Tag, an dem ich nicht an morgen erinnert werden will.

RYAN

Ungeduldig trommle ich mit dem Daumen rhythmisch auf das weiße gestärkte Tischtuch, während ich den Eingangsbereich des exklusiven Restaurants nicht aus den Augen lasse.

»Bist du dir sicher, dass der Deal nicht doch kurzfristig platzt und ich umsonst hierhergezogen bin?«, wende ich mich mit einem Schnauben an meinen Vater und muss mich arg zusammenreißen, meine schlechte Laune nicht ungefiltert hinauszulassen. Mein Dad kann schließlich nichts für mein Dilemma. Ich allein bin der Schuldige. Er gibt mir lediglich eine Chance, hier wieder Fuß zu fassen und in der Nähe meiner Familie zu sein.

Er schüttelt mit dem Kopf. »Nein. Darüber brauchst du dir keine Sorgen zu machen. Der Vertrag wird heute mit den Unterschriften besiegelt. Richard Haynes ist ein ehrenwerter Mann. Niemals würde er eine mündliche Zusage zurückziehen. Außerdem weiß ich aus sicherer Quelle, dass er schon auf gepackten Koffern sitzt, um sich in Florida zur Ruhe zu setzen. Sein Zuspätkommen wird sich sicher gleich aufklären.«

Es ist kurz nach acht, und eigentlich sind wir seit einer halben Stunde zum Abendessen mit dem Gründer der Kanzlei Haynes verabredet. Ob sich die Übernahme des Unternehmens womöglich als Flop entpuppt? Ich hasse nichts mehr als Unpünktlichkeit. Wer weiß also schon, wie dort die Geschäfte geführt werden und was möglicherweise im Nachhinein an die Oberfläche gespült wird. Ich habe ein ungutes Gefühl.

»Ich will keine bösen Überraschungen erleben. Ich bin hierhergekommen, um die Kanzlei zu leiten und nach meinen Vorstellungen umzustrukturieren«, brumme ich.

»Wirst du auch«, bestätigt mein Vater mit einem Nicken, wobei sich tiefe Falten um seine Augen bilden, die ihn noch älter wirken lassen, als er ist.

Ich hoffe, dass er recht behält.

Nachdenklich nippe ich an meinem Scotch und beginne zu husten, als der Alkohol meine Kehle hinabfließt. Ich bin nichts gewohnt, schon gar nicht diese schwere Note. Alkohol war nie mein Freund. Aber mein Dad bestand darauf, diese formelle Verabredung zum Anlass zu nehmen, mit diesem edlen Tropfen auf meinen Neustart anzustoßen. Ich trinke die braun-goldene Flüssigkeit ihm zuliebe. Denn so wie wir jetzt, saß er vor dreißig Jahren mit seinem Vater in diesem abgetrennten Bereich des Clubs, der nur für einen ausgewählten Kreis der Mitglieder zur Verfügung steht, an einem der Tische, um ihre Partnerschaft zu besiegeln.

Wenn das Schicksal kein Arschloch wäre, würde ich niemals auch nur eine Sekunde darüber nachdenken müssen, dass Holland & Holland in Manhattan expandiert und ich eine Hauptrolle dabei einnehme.

Die klassische, im dunklen Mahagoni-Stil gehaltene Inneneinrichtung des Restaurants im hiesigen Country Club der Stadt, deutet darauf hin, seit wie vielen Jahren dieser etablierte Club bereits existiert. Ich war nie der Typ, der seine Eltern gern dorthin begleitete. Mir waren die Partys zu steif und das Publikum zu elitär. Ich war wild und voller Lebensfreude, wie professionelle Sportler es eben sind. Jetzt habe ich keine Wahl mehr, ob es mir gefällt oder nicht. Weil ich das riesige Netzwerk für meine Zwecke nutzen muss.

Mein Vater räuspert sich. »Denk daran, dich bei deiner Mutter zu melden. Sie will dich sehen.«

Ich atme tief ein und wieder aus, während ich meine Ellenbogen auf dem Tisch abstelle. »Ich war doch erst letzte Woche da.«

»Du kennst sie. Sie macht sich Sorgen.« Sein Ton duldet keinen Widerspruch und ich spare mir jegliche Art von Konfrontation, die mich sowieso nicht weiterbringen würde.

Und wie ich sie kenne. Am liebsten wäre es ihr gewesen, wenn ich vor zehn Jahren schon hierhergezogen wäre. Doch dazu war ich damals noch nicht bereit.

»Ich rufe sie an«, entgegne ich genervt. Die übermäßige Fürsorglichkeit erdrückt mich. Ich bin froh, dass meine Eltern außerhalb der Stadt wohnen und mir nicht zu nah auf die Pelle rücken. Dennoch muss ich mir eingestehen, dass es besser ist, sie in meiner Nähe zu wissen, als Tausende Kilometer weit entfernt auf der gegenüberliegenden Seite des Landes zu leben.

Zufrieden nickt mein Vater und trinkt einen Schluck von seinem Scotch, als ich einen Mann mit silbergrauem Haar im schwarzen Anzug entdecke, der an unseren Tisch geführt wird. Endlich.

Ich mache meinen Dad mit einem flüchtigen Handzeichen darauf aufmerksam, dass unsere Verabredung im Anmarsch ist, und stehe auf, als Mr. Haynes mir seine Hand entgegenstreckt, um mich zuerst zu begrüßen.

»Bitte entschuldigen Sie mein Zuspätkommen. Aber ich

hatte eine wichtige Unterredung mit meiner Tochter, die ich nicht unterbrechen konnte. Ich hoffe, Sie machen jetzt keinen Rückzieher«, sagt er und reicht meinem Vater ebenfalls zur Begrüßung die Hand.

Will er mich zum Narren halten? Ich lasse doch keine Übernahme platzen, nur weil er zu lange mit seinem Töchterchen geredet hat. Es sei denn, er unterbreitet mir jetzt, dass die drei wichtigsten Mandanten der Kanzlei abspringen, dann zerreiße ich die Vertragsunterlagen vor seinen Augen.

»Um Gottes willen, Richard. Wir wissen doch alle, dass an einem Sonntag die Familie stets vorgeht«, antwortet mein Dad mit einem Schmunzeln.

Was redet er denn da? Muss er ihm wirklich noch Honig um den Bart schmieren? Wir haben einen Geschäftstermin. Ob der an einem Sonntag oder an einem anderen Wochentag stattfindet, ist irrelevant. Sein Verhalten ist unprofessionell. Er hätte seine Tochter versetzen können, aber nicht uns. Schließlich gehen wir hier einen zig Millionen Dollar Deal ein. Wir sind doch keine Clowns, die man warten lässt.

»Vielen Dank«, entgegnet er trocken, als er an unserem Tisch Platz nimmt und sich bei der Kellnerin einen Scotch bestellt, während ich sicherheitshalber auf Wasser umschwenke. Zumindest einer muss noch bei Sinnen sein. Mein Dad wirkt für meinen Geschmack viel zu entspannt.

»Ryan, es ist schön, Sie endlich persönlich kennenzulernen. Ich bin mir sicher, Sie werden den Schritt der Übernahme nicht bereuen.«

Das werden wir noch sehen, denke ich mürrisch und nehme den recht sportlichen Typen mit der braun gebrannten Haut und den hellblauen Augen vor mir genau unter die Lupe.

Er wirkt, als ob er frisch von einer Schönheitsfarm

gekommen ist und anschließend ein Bad im Jungbrunnen genommen hat. Dennoch lässt sich dadurch sein wahres Alter nicht vertuschen.

Hinter meiner Stirn braut sich ein stechender Schmerz zusammen und ich bin mir nicht sicher, ob mein Vater sich nicht vielleicht doch verkalkuliert hat und der Deal als eine schmerzliche Erfahrung abgeschrieben wird. Ich hätte mir vorab ein Bild machen sollen. Aber mein alter Herr war schneller als ich. Und als Familienoberhaupt hat er nun mal noch das Sagen und nicht ich. Das stinkt mir gewaltig. Ich habe es immer gehasst, von ihm abhängig zu sein. Als man mich beim Draft pickte und mich die San Francisco Red Lions in ihr Team holten, dachte ich, dass ich meine Zukunft selbst in den Händen halten würde. Dass ich aber irgendwann mit meinem Dad an einem Tisch sitze, um über unsere Sozietät zu fachsimpeln, hätte ich nie gedacht – und schon gar nicht, dass er die Regeln vorerst noch nach seinem Handeln vorgibt.

»Ab wann kann ich vorbeikommen, um mein Büro einzurichten?«, frage ich und sehe mein Gegenüber kritisch an. Er soll mich bloß nicht hinhalten. Dieses Nichtstun macht mich wahnsinnig. Auch dass ich Stephan an zwei Tagen in der Woche in seinem Fitnessstudio unter die Arme greife, ändert nichts daran, dass ich den Drang verspüre, aus meinem engen Käfig ausbrechen zu müssen. Es muss für mich endlich weitergehen.

Kurz verfällt er in Schweigen und sieht von mir zu meinem Dad.

»Gibt es ein Problem?«, will ich wissen, weil mich sein Verhalten rasend macht. Erst kommt er zu spät und jetzt muss ich ihm alles aus der Nase ziehen.

Die Kellnerin bringt unsere Getränke und ich kann ihn

ansehen, dass er für die Unterbrechung dankbar ist. Verheimlicht er etwas?

Er umschließt mit seinen sehnigen Fingern das Kristallglas und nickt uns kurz zu, ehe er einen Schluck trinkt. Als er das Glas wieder zurück auf den Tisch stellt, räuspert er sich. »Ich habe schon mit Ihrem Vater darüber gesprochen. Meine Tochter arbeitet seit dem Examen bei mir in der Kanzlei.«

»Okay ...« Worauf will er hinaus? Was habe ich denn nun mit seiner Tochter zu schaffen? Sie soll weiterhin ihre Arbeit machen und hat nichts zu befürchten. Ich werde wohl kaum alle Anwälte vor die Tür setzen. Ganz im Gegenteil. Ich strebe an, unser Geschäftsvolumen zu erweitern. Vorausgesetzt, die Zahlen, die mir mein Dad vorgelegt hat, stimmen.

»Sie weiß noch nicht, dass ich beabsichtige, die Kanzlei an Sie zu verkaufen.«

Beabsichtige? Wir sind hier, um die Verträge zu unterschreiben.

Sauber, Daddy. Du unterbreitest uns, dass deine Tochter dich aufgehalten hat, und willst mir jetzt weiß machen, dass sie nichts von der Übernahme weiß. Was tischst du uns als Nächstes auf? Dass du nie einen kosmetischen Eingriff hattest und dein Gesicht von Natur aus derart faltenfrei ist? Du hältst uns doch zum Narren.

»Was ist, wenn sie dagegen ist?«

»Die Entscheidungsgewalt liegt allein bei mir«, entgegnet Mr. Haynes im lockeren Ton.

Perfekt. Der hat ja Nerven. Jetzt habe ich womöglich noch eine zickige enterbte Tochter an den Hacken, mit der ich mich herumschlagen muss.

Meine Nasenflügel blähen sich auf und mein Vater sieht mich eindringlich an.

»Ryan«, sagt er und hebt die Hand. »Diesen Prozess

sollten wir abwarten. Richard wird erst mit seiner Tochter reden müssen.«

Prozess? Mein Vater hat sich doch sonst nicht für irgendwelche Prozesse interessiert. Eiskalt und mit zunehmender Arroganz ist er über Gefühle hinweggefegt. Was ist mit ihm passiert? Er ist wie ausgewechselt.

Ich nicke und fasse es nicht, dass ich hier weichgekocht werde. Verdammt. Warum ziehe ich nicht einfach die Reißleine? Tja, weil ich keine Alternative habe.

Sein Verhalten und auch das von Haynes lassen meine Zweifel noch weiter wachsen. Auf was habe ich mich da nur eingelassen?

Mein Vater öffnet den Verschluss der uralten Ledertasche, in der mein Großvater einst schon wichtige Dokumente transportierte. Man könnte vermuten, dass mein Dad abergläubisch ist, und auf seltsame Weise verziehen sich meine Lippen zum ersten Mal seit dem Eintreffen im Club andeutungsweise zu einem Lächeln, das beim nächsten Atemzug allerdings gleich wieder verschwunden ist.

Nacheinander unterschreiben wir die beiden Ausfertigungen des Vertrags, der bereits mehrmals von einer externen Kanzlei aufgesetzt und geprüft wurde und nur noch eine reine Formsache ist. Mein Schmerz hält mich allerdings von Luftsprüngen ab. Hier besiegle ich nun endgültig meinen Neuanfang, und trotzdem fühlt es sich für mich wie mein Todesurteil an. Es war nie mein Ziel, und dennoch bin ich in den letzten Jahren zu einem gerissenen Anwalt mutiert.

Ryan, du musst loslassen, ermahne ich mich stumm. Ein Mantra, das sich in meinem Hirn manifestiert hat.

»Auf Holland & Holland«, unterbricht die tiefe Stimme von Mr. Haynes meine Gedanken und ich blicke ihn an.

»Auf Holland & Holland«, wiederholt mein Vater und erhebt lachend sein Glas.

Wie ein Echo hallen ihre Stimmen in meinem Kopf wider. Ich möchte verschwinden und mir die Ohren zuhalten, während ich renne. Die Tinte auf den Verträgen ist noch nicht mal getrocknet, und ich wünsche mir bereits, ich könnte die Zeit zurückdrehen.

KAPITEL 3

EMMA

Die Kerze in der Mitte des Tisches flackert im Luftzug, als der süße Kellner mit den braunen verwuschelten Haaren, der athletischen Figur eines Schwimmers und dem verschmitzten Lächeln die drei Martinigläser serviert. Der Duft von Robertos frisch gebackenem Brot weht aus der Küche in den Innenraum und direkt in meine Nase.

Mmh. Sofort meldet sich mein Magen mit einem Knurren.

Nach dem Sport sind meine besten Freundinnen und ich auf direktem Wege in unser Lieblingsrestaurant gegangen. Damit sich Ava sinnlos betrinken und sich ihren Boss aus dem Kopf schlagen kann – das stand zumindest so in ihrer Nachricht, die mich am Nachmittag erreichte.

Sie bat uns um Hilfe, und nun sitzen wir zu dritt an einem Tisch vor unseren Getränken, während Ava von ihrem ersten Arbeitstag, der verdammt erlebnisreich war, berichtet.

So ganz ungelegen kam mir ihr Hilferuf heute nicht, denn mir widerstrebt es, allein in meiner Wohnung zu sitzen und Trübsal zu blasen. Mir Gedanken über mein Liebesleben zu machen, das voll vor die Wand gefahren ist. Und über meine Tätigkeit in der Kanzlei nachzudenken, die sich nur noch wie ein stupider Job anfühlt. Dabei wollte ich nie etwas anderes werden als Anwältin. Mein Vater war mein großes Vorbild. In meinen Träumen agierten wir als eingeschworenes Team. Stattdessen vermittelt er mir immer mehr das Gefühl, dass ich nichts anderes für ihn bin als eine x-beliebige Angestellte. Es ist so still um ihn geworden. Das bereitet mir Angst. Auch die monatlichen Familientreffen entwickeln sich zu einem Trauerspiel. Wir sehen uns zum Abendessen, aber die Gespräche beschränken sich auf oberflächliche Themen. Ob meine Eltern in einer Beziehungskrise stecken? Wäre kein Wunder. Schließlich befinde auch ich mich in einer Lebensphase, die mir total zusetzt.

Ich mustere Ava, die im Augenblick zwar verzweifelt ist, dennoch nie ihren Mut verliert – und ihre Lebensfreude ohnehin nicht. Sie ist zu beneiden. Manchmal wünschte ich, sie würde mir ein wenig von ihrem Optimismus abgeben. Ich trete zu sehr auf der Stelle, aber mir fehlt der Antrieb, endlich etwas an diesem Zustand zu ändern. Und mein Dad macht es mir zusätzlich schwer.

»Auf Ava und ihren Boss, der nicht nur unberechenbar, sondern teuflisch sexy ist«, sage ich mit einem Grinsen, während ich mein Glas mit der roten Flüssigkeit und dem gezuckerten Rand erhebe. »Tolle Kombination, Ava. Langweilig wird es mit ihm bestimmt nicht«, scherze ich und wünschte, mein Leben würde ähnlich aussehen. Mein Boss ist mein Dad, der nichts Besseres zu tun hat, als meine Vorschläge mit nicht mehr als einem tiefen Atemzug zu quittieren. Das letzte Gespräch dieser Art ist erst wenige Stunden her. Daraufhin habe ich mir etwas geschworen: Ich werde ihn nie wieder darauf hinweisen, dass unsere Technik veraltet ist, wir immer mehr verstauben und auf dem besten Weg sind, dass uns bald massenweise Kündigungen ins Haus flattern. Ich bin enttäuscht von ihm. Dann warte ich eben, bis er die Kanzlei an mich abtritt und ich meine Ideen umsetzen kann.

Wir stoßen miteinander an und trinken einen Schluck von dem fruchtigen Cocktail, der nach süßer Sünde schmeckt und irgendwie zu uns zu passen scheint. Wir sind eben die Cosmo-Girls – wie Roberto uns gern nennt – und lieben es sündig süß. Denn mehr als ein heißer Fehltritt ist Liam für mich nicht mehr.

»Hm, wie man es nimmt ...«, entgegnet Ava und verzieht ihre Mundwinkel. »Wenn dich dein neuer Boss fragt, ob du dich generell mit allen Inhabern von Essenseinrichtungen anfreundest, dann verpasst dir das echt einen Dämpfer.«

»Nicht wahr!«, ruft Milly aus und hält sich vor lauter Lachen bereits krampfhaft den Bauch.

Ava nippt an ihrem Cosmo, von dem sie die Limettenscheibe sofort restlos ausgesaugt hat, und zuckt mit den Schultern. »Doch, hat er.«

»Ihr könnt mir sagen, was ihr wollt. Dein sexy Boss wünscht sich, er hätte nun auch einen Foodtruck, um mit dir befreundet zu sein«, füge ich schelmisch grinsend hinzu.

Ein sexy Boss wäre wirklich erfrischend. Aber die Vorstellung, einen neuen Juristen in mein Bett zu lassen, klingt nicht annähernd verlockend. Ich weiß ja noch nicht mal, wie ich die Geschichte mit Liam, dem Staatsanwalt, beenden soll.

»Er bräuchte noch nicht mal einen Foodtruck. Das ist ja das Schlimme ...«, jammert Ava und umschließt mit ihren Handflächen ihr Gesicht, während sie ihre Ellenbogen auf der stark abgenutzten Tischplatte abstützt.

Die Räumlichkeiten des Bistros sind in die Jahre gekommen, aber Roberto hat mit buntem Dekor eine hippe Location daraus gemacht. Mal wieder ist der Laden rappelvoll. Was an seinem wirklich guten Essen und an der lockeren, fast familiären Atmosphäre liegt. Ich mag es hier sehr, und den Abend mit meinen Freundinnen ausklingen zu lassen, ist mein Highlight des Tages.

Leider mussten wir heute an einen anderen Tisch ausweichen. Unser Stammtisch, an dem wir mittwochs bei unseren Mädelsabenden immer sitzen, ist besetzt. Dafür starten wir entgegen dem Mittwochsritual – erst essen, dann trinken – direkt mit den Cocktails. Diese Variante kommt mir heute sehr gelegen.

»Stimmt«, sagt Milly. »Laut dem *Forbes Magazin* könnte er sich eine landesweite Foodtruckkette leisten.«

»Woher weißt du das?«, frage ich und nippe an meinem Getränk, das mit Ananas und Beeren verziert ist. Der starke Wodka wärmt meinen Bauch, als ich das Glas zurück auf den Tisch stelle.

Milly rückt sich die Brille auf der Nase zurecht, bevor sie uns eine Erklärung liefert. »Nachdem Ava erzählt hat, wer ihr neuer Boss ist, musste ich den guten Ethan Stark ein bisschen durchleuchten. Berufskrankheit – ihr kennt mich.«

»Du Schlitzohr. Du bist wie eine Schnüffelnase und hast ein Wahnsinnsgespür für Blender. In der Regel enttarnst du sie alle. Es sei denn, es geht dabei um deine zwanglos praktischen One-Night-Stands. Oder soll ich lieber Sex-Dates sagen?«, kommentiere ich kopfschüttelnd und verfalle ins Lachen.

»Über diese Kerle will ich doch auch gar nichts wissen, sonst wäre es ja nicht mehr zwanglos. Und außerdem geht es hier nicht um mich«, rechtfertigt sich Milly und lässt dabei den ausgestreckten Mittelfinger ihrer rechten Hand über ihr Gesicht gleiten.

Als Antwort kassiert sie von mir meine herausgestreckte Zunge. Vielleicht sollte ich mich auch mit einem Fremden auf einen zwanglosen One-Night-Stand einlassen, um meinem Leben einen Kick zu verpassen. Aber schade ich mir damit nicht selbst? Die Sex-Dates mit Liam tun mir auf Dauer jedenfalls nicht gut. Ich werde zu oft daran erinnert, dass das, was wir haben, keine Zukunft hat. Davon sollte ich mich zuerst befreien und mich nicht gleich wieder in eine ähnliche Lage bringen.

»Sollen wir eigentlich eine Wette abschließen?«, fragt Milly und rammt mir den Ellenbogen in die Rippen.

»Aua!«, heule ich auf und reibe mir schmerzerfüllt über meine Seite. Dieses Biest.

»Worauf?«, will Ava mit einem Stirnrunzeln wissen.

»Das fragst du noch?«, grunzt Milly.

Empört reißt meine blonde Freundin die Augen auf, als es ihr dämmert. »Nein! Untersteht euch. Ich meine, ihr könnt gern wetten. Aber ihr werdet nicht gewinnen.«

»Sagt wer?«, mische ich mich ein und wackle verschwörerisch mit meinen gezupften Augenbrauen. Wir sind wirklich keine netten Freundinnen, denn wir ermutigen sie gerade dazu, eine Dummheit zu begehen. Aber der Alkohol vernebelt meinen Verstand, und der fehlende Verstand lockert meine Zunge. Erneut rufe ich mir die Idee mit einem verlockenden One-Night-Stand in Erinnerung. Heute, nach den ganzen Cosmos, wäre ich vermutlich eine leichte Beute. Kein Wunder, wenn man immer davon träumt, dem Prinzen auf dem weißen Pferd zu begegnen, stattdessen aber einen arroganten Workaholic im Porsche bekommen hat.

»Hallo!«, ruft Ava und tippt sich mit dem Zeigefinger gegen die Stirn. »Er ist mein Boss. Ich gehe nicht mit meinem Boss ins Bett.«

Mit süffisanter Miene lässt Milly ihr Glas mit der Gurkenscheibe kreisen und schnalzt mit der Zunge. »Tsss ... das werden wir noch sehen.«

»Können wir das Thema wechseln?«, bettelt Ava.

Milly und ich stoßen miteinander an und grinsen wie zwei Verrückte.

»Auf Ava«, entgegnet Milly feierlich.

»Die, die sich von ihrem Boss verführen lässt«, füge ich hinzu.

Frech streckt sie uns die Zunge raus, trinkt ihren Cosmo aus und winkt den hübschen Kellner herbei, der seit Kurzem hier arbeitet. Er ist wirklich ein Hingucker. Doch für meine Zwecke taugt er nicht. Ich bräuchte jemanden, der keine Gebrauchsanweisung lesen muss, um zu wissen, wie er mich in den siebten Himmel schicken kann. Wild und rau würde ich bevorzugen. Um das zu vergessen, was sich in meinem Kopf eingenistet hat: einen Traummann zu finden, der mich auf Händen trägt und bereit wäre, mit mir eine Familie zu gründen.

»Ava, ich kann deine Bedenken verstehen. Die oberste Regel besagt: Gehe niemals mit deinem Boss ins Bett«, sagt Milly und legt ihre Hand besänftigend auf ihrer ab. »Aber ist es nicht langweilig, immer angepasst zu sein und seine Gefühle zu verstecken? Warum können wir Frauen nicht den ersten Schritt machen und uns einfach nehmen, was wir wollen, auch wenn wir damit diese bescheuerte Regel brechen?«

Millys Vorschlag gefällt mir zu gut. Angepasst zu sein geht mir gerade auch gewaltig gegen den Strich.

Doch Ava schüttelt energisch den Kopf und sinkt auf ihrem Stuhl zusammen. »Ich will keine Regeln brechen – zumindest nicht diese. Ich brauche diesen Job. Wie soll ich sonst meine Miete bezahlen? Und der Kredit, die monatlichen Kosten, fressen mich auf. Ihr wisst doch, wie schwer es für mich war. Und außerdem hatte ich das alles schon.«

»Ach, Herzchen ... Carter zählt nicht, er war nicht dein Boss, das war sein Dad«, versuche ich sie aufzumuntern und tätschle ihre Hand, die auf dem Tisch liegt. »Nach dem, was du uns auf dem Stepper alles über Ethan erzählt hast, hat es dich aber ganz schön erwischt.« Sie lächelte und sprühte förmlich vor Glück.

»Ach ... das liegt nur daran, dass ich Mr. Unbekannt am Foodtruck unwiderstehlich fand. Gut, als Boss hat er auch verdammt gute Schnitte. Aber er ist so unnahbar und ...«, sagt sie niedergeschlagen und kräuselt gedankenverloren ihre Lippen.

»Extrem heiß«, vollendet Milly ihren Satz.

»Ja ... das auch«, stimmt Ava zu. »Aber ich wollte sagen: herrisch.«

Herrischer, heißer Sex mit einem Wildfremden. Ja, definitiv gehen gerade meine Fantasien mit mir durch.

»Ava, Süße, das ist es ja: herrisch ist heiß.« Milly zwinkert verschwörerisch.

Das Lächeln auf Avas vollen Lippen kehrt zurück, und ich halte nur noch an einem Gedanken fest, als ich mein Glas hochhebe und austrinke: herrischer, heißer Sex. Der Cosmo befördert die dringend ersehnte Entspannung herbei. Fehlt nur noch das Exemplar, das den zweiten Teil übernimmt.

»Wohin soll es eigentlich Samstag gehen?«, fragt Ava und erinnert uns an die Pläne für das anstehende Wochenende.

Der Kellner bringt uns die zweite Runde.

»Ins Vasha«, schlägt Milly vor. »Das müssen wir unbedingt testen. Ich habe nur Gutes gehört. Und wir müssen schließlich meine Pressekontakte ausnutzen, um winkend an der langen Warteschlange vorbeizugehen und den VIP-Eingang zu benutzen.«

»Ich bin dabei«, sagt Ava und erhebt ihr Glas.

»Ich auch«, stimme ich mit ein. Vielleicht begegne ich dort meinem Mr. Unbekannt und lande mit ihm Hals über Kopf in seinen oder meinen Kissen. Hauptsache, diesmal wird es nicht Liam sein.

Wir stoßen an. *Auf uns und das Leben.*

RYAN

Es ist spät, als ich die Straße überquere und den Eingang der Bar in Midtown ansteuere. Ein schwarzer Teppich mit der goldenen Aufschrift »Hudson« ziert vor dem historischen Gebäude, in dem sich die beliebte Szene-Kneipe befindet, den grauen Asphalt, auf dem durch die wechselnden Leuchtreklamen Schatten tanzen. Die Sperrstunde ist noch weit entfernt und entsprechend rege ist das Treiben in dem Viertel, das für sein Nachtleben bekannt ist.

Laute Musik dröhnt aus dem Inneren des Lokals nach draußen, als die dunkle Holztür mit den eingefassten Glasscheiben aufschwingt und ein Türsteher heraustritt. Breite Schultern und ein muskulöser Bizeps zeichnen sich unter seiner schwarzen Lederjacke ab, und über seinen kahl rasierten Kopf verläuft eine bunte, nicht enden wollende Tätowierung.

Zielstrebig gehe ich auf ihn zu und entdecke an seiner Hand, die auf der Türklinke liegt, dasselbe Muster, das an seinem Schädel beginnt. Trotz der eingehenden Musterung, der er mich unterzieht, marschiere ich mit einem Kopfnicken an ihm vorbei und betrete die Bar, in der ich von meinem alten Freund Stephan erwartet werde.

Das Innere des trendigen Lokals ist modern eingerichtet und trifft auf jeden Fall den Geschmack der Hipster-Szene Manhattans. Nichts anderes bin ich von der Stadt, die niemals schläft, gewohnt. Ich mag den Charme und brauchte diese komplette Veränderung.

Die Sitzmöbel sind aus hellbraunem Leder und es duftet nach hochwertigen Spirituosen und süßem Parfüm.

Der Song wechselt und *Closer* von *Kings of Leon* schallt aus der Soundanlage. Mein Blick streift die Gesichter der Gäste und ich halte Ausschau nach meinem Freund, der mir vermutlich gleich den Kopf abreißen wird. Ich, der selbst nichts mehr hasst als das, habe mich verspätet.

Bei meiner Körpergröße von einem Meter fünfundneunzig ist es für mich zum Glück ein Leichtes, ihn aufzuspüren. Ich entdecke meinen blonden Freund mit dem modischen Undercut und der athletischen Figur auf einem Hocker an der Bar, die sich über die gesamte Länge des Raumes erstreckt und schätzungsweise jede angesagte Alkoholsorte im Ausschank anbietet, die es weltweit gibt.

Von den hohen Industrielampen mit den großen Metallschirmen angestrahlt, funkeln die Flaschen vor der verspiegelten Rückwand und zaubern Lichtreflexe in Gold, Grün, Weiß und Braun in den Raum.

Der Barkeeper mixt mit einem silbernen Shaker eine seiner Kreationen und elegant gekleidete Kellnerinnen mit weißen Blusen und schwarzen Schürzen, auf denen das Logo der Bar aufgestickt ist, servieren Getränke an den umliegenden Tischen.

»Hey ...«, dringt eine weibliche Stimme von links zu mir durch, während mir gleichzeitig jemand über den Arm streicht. Ich kann es nicht ausstehen, wenn man mich ungefragt berührt.

Ich drehe mich um und entdecke eine rothaarige Schönheit neben mir. Ihre leuchtenden Locken umspielen ihr blasses Puppengesicht mit den grünen Augen. Ich strafe sie mit einem bösen Blick und wimmle sie ab, indem ich sie ignoriere und einfach weitergehe. Ich bin hier, um mit Stephan ein paar Biere zu trinken – so wie in alten Zeiten. Mir steht nicht der Sinn nach einer neuen Bekanntschaft. Vorerst.

Stephan starrt auf sein Smartphone, das vor ihm auf der Theke liegt, und umschließt mit der linken Hand eine Flasche Bier, als ich mich auf den freien Hocker neben ihm schwinge.

»Hey Süßer, ist hier noch frei?«, veräpple ich ihn und klopfe ihm auf die Schulter.

Er dreht seinen Kopf in meine Richtung und grinst. »Die Masche zieht nicht, Kleiner. Ich stehe nicht auf Typen mit langen Haaren, die zu spät kommen«, entgegnet er mit einem frechen Grinsen und hebt seinen Arm, um dem Barkeeper mit den Fingern ein Zeichen zu geben, dass er noch ein Bier bestellen will.

»Also bin ich nicht dein Typ?«, ziehe ich ihn auf und werfe ein paar Scheine auf die Theke, als der Barmann eine geöffnete Flasche Bier vor mir abstellt. Mit einer Handbewegung gebe ich ihm zu verstehen, dass das restliche Geld sein Trinkgeld ist.

»Nein. In deinen Anzügen siehst du aus wie ein Mafiaboss, und jetzt ...« Prüfend mustert er mich mit seinen blauen Augen. »Wie ein selbstgefälliger Arsch. Verdammt, welche Schönheitspillen wirfst du ein? Ich wünschte, ich wäre eine Frau, dann würden wir heute Nacht noch ficken.«

Lachend schüttle ich den Kopf. »Gott, was habe ich dich

und deine lockere Zunge vermisst. Ich dachte, du wärst nicht nur älter, sondern auch reifer geworden und hättest dich besser im Griff.«

»Niemals!«, sagt er mit einem amüsierten Lächeln, hält seine Bierflasche gegen meine und stößt mit mir an. »Auf dich, mein Lieber.«

»Auf das Leben und darauf, dass ich wieder hier bin ...«, ergänze ich seinen Toast und trinke einen großzügigen Schluck von meinem Getränk.

»Hm ... Irgendwie mache ich mir ernsthafte Sorgen ...«, meint er und stellt seine Flasche auf der dunklen Holztheke ab.

Bei dem Wort »Sorgen« durchzuckt ein Stich mein Herz. Doch Stephan schmunzelt, und ich atme erleichtert auf, weil unser Gespräch nicht wie befürchtet in Sphären abdriftet, die ich heute Abend definitiv nicht betreten will. Daher erwidere ich ein aufgesetztes Lächeln.

»Der Kurs, den du übernimmst, besteht zu hundert Prozent aus weiblichen Mitgliedern. Wie viele wirst du flachlegen?«

»Du bist unmöglich, Stephan.« Ich schüttle den Kopf und denke an all die Frauen, die ich nach Amy hatte. Es waren zu viele. Doch sie alle konnten die verdammte Leere in mir nicht füllen.

»Früher ...«, setzt er an und ich falle ihm ins Wort.

»Damals waren wir auf dem College. Vergleiche jetzt nicht mit damals«, fahre ich ihn scharf an. Ich will, dass er sein Maul hält. Ich will nicht erinnert werden.

»Rede nicht so einen Unsinn.« Stephan verzieht seine Mundwinkel.

»Wer bist du? Bist du neuerdings mein Therapeut?« Ich bin genervt und würde am liebsten schnell mein Bier austrinken und verschwinden. »Lass gut sein. Ich werde deinen Kurs nicht durcheinanderwirbeln, keine Bange. Ich helfe dir und die Ablenkung tut mir gut.«

Er nickt und hält sich zurück.

Tief atme ich ein und schweige für einen Moment, ehe ich die Luft aus meiner Lunge wieder entweichen lasse und die Flasche erneut an meine Lippen setze.

»Hey, Mann. Ich will dir nicht auf den Sack gehen. Ich mache mir bloß Gedanken. Aber nicht nur wegen des Kurses.« Sein besorgter Ton ist trotz der lauten Musik deutlich herauszuhören.

»Ich weiß ...«, entgegne ich und fahre mir mit der rechten Hand über den Nacken. Alle machen sich Sorgen. »Ich helfe dir aus, bis du Ersatz gefunden hast und werde meine Finger bei mir behalten.« Ich will nicht, dass er noch weiter auf meiner Vergangenheit herumreitet.

»Du weißt, wie ich das gemeint habe.« Er grinst und meine Unbeschwertheit kehrt zurück. »Ich bin nur neidisch auf deine hübsche Visage.«

Ich lache und boxe ihm gespielt in die Seite. »Ich weiß, das warst du schon immer.«

Wir bestellen eine zweite Runde und reden über Unverfängliches wie Football, obwohl auch das Thema nicht spurlos an mir vorbeigeht. Allerdings komme ich mit der Tatsache, kein Starspieler mehr zu sein, mittlerweile weitaus besser klar als mit dem, wie es dazu kam.

Doch der Alkohol, der nun durch meine Adern fließt, spült die Gefühle, die an die Oberfläche drängen wollen, fort.

»Was macht die Übernahme der Kanzlei? Seid ihr mittlerweile auf der Zielgeraden?«, hakt Stephan nach, bevor er das Bier an seinen Mund führt, und ich bin erleichtert über diesen Themenwechsel.

Ich schiebe die Ärmel meines Button-Down Hemdes hoch, wodurch das Tattoo an meinem Wurfarm sichtbar wird, und lege meine Arme auf der Theke ab. »Fast«, entgegne ich schnaubend. »Haynes, der Inhaber, veranstaltet meiner Meinung nach einen Eiertanz, auf den mein Vater hereingefallen ist.«

»Was hat er angestellt?«, will Stephan wissen.

»Seit Wochen ist klar, dass wir die Kanzlei übernehmen. Aber ich habe das ungute Gefühl, dass er uns hinhält und mich irgendeine böse Überraschung erwartet.«

Seine gebräunte Stirn legt sich in Falten. »Aber die Verträge sind doch wasserdicht, du hast sie geprüft.«

»Daran liegt es nicht. Seine Tochter ist ebenfalls Anwältin in der Kanzlei. Er hat sie allerdings noch nicht darüber in Kenntnis gesetzt, dass wir sie übernehmen werden.« Ich werfe ihm einen schrägen Blick zu und nippe an meinem Bier.

»Eine Anwältin? Und wie sieht sie aus?«, fragt er und wackelt verschwörerisch mit den Augenbrauen.

Ich zucke mit den Schultern und reibe mir über meinen Dreitagebart, der seit Kurzem mein Gesicht ziert. »Keine Ahnung. Aber es geht auch nicht darum, wie sie aussieht. Wenn er sie erst jetzt über sein Vorhaben informiert, wird sie für mich vermutlich zu einem Problem.«

Wir wechseln einen Blick und Stephan beginnt zu lachen. »Hattest du jemals Probleme mit dem weiblichen Geschlecht?«

»Kannst du auch mal ernst bleiben? Was ist, wenn sie sich als überhebliche Bürozicke entpuppt, die glaubt, dass ich ihr den Chefsessel unterm Hintern weggerissen habe?«

»Dann komme ich und eile zu deiner Rettung«, sagt er wie selbstverständlich. »Ich habe mal gehört, dass Karriere besessene Frauen besonders heiß sind. Stell dir vor: Sie fickt dich und du bist ihr Betthase.«

Dank seines Kommentars kann ich mir ein Lachen nun

nicht mehr verkneifen und setze mir mein eigenes Bild von Mrs. Haynes Junior in meinem Kopf zusammen. Und eben auch eines davon, wie sie mich auf ihrem Schreibtisch nach Strich und Faden vernascht. Hoffentlich behält mein Freund recht und sie zieht mit mir an einem Strang. Das kann nur zu ihrem Vorteil sein.

»Hey ...«, säuselt eine leise Stimme in mein Ohr und im selben Atemzug spüre ich eine Hand, die sich auf meine Schulter legt.

Fuck! Ist Mrs. Haynes etwa hier?

Stephan stößt mich mit einem vielsagenden Blick an, woraufhin ich mich auf dem Hocker zur Seite drehe und in zwei grüne Augen starre.

»Hey ...«, wiederholt die rothaarige Schönheit, »vorhin wirktest du in Eile. Hast du jetzt Lust auf einen Drink mit mir?«

Sie lässt trotz meiner eindeutigen Abfuhr nicht locker. Doch im Gegensatz zu gerade gefällt mir ihre forsche Art und ich lege meine Hand auf ihrer Taille ab, ziehe sie näher zwischen meine Beine und spüre ihren heißen Atem an meiner Wange. Ich wette, sie will nicht nur etwas mit mir trinken.

Durch ihre stark getuschten Wimpern sieht sie mich von unten herauf lasziv an, während sie ihre rechte Hand auf meinen Oberschenkel legt.

»Hier oder woanders?«, frage ich und lasse meinen Blick über ihre feinen Gesichtszüge gleiten. Macht sie so etwas häufiger oder liegt es an mir? Die Frage wird für immer unbeantwortet bleiben, weil ich es erst gar nicht darauf anlege, es herausfinden zu wollen.

Mein Antrieb bei einer solchen Art von Zusammentreffen ist zu vergessen, was geschah. Nicht einen Seelenstriptease hinzulegen. Mir geht es lediglich um unverbindlichen Sex.

Sie vergräbt ihre Zähne in ihrer Unterlippe und senkt ihre Augenlider, als ob sie über meine Frage nachdenken müsste. Wenn sie zu lange mit ihrer Antwort wartet, mache ich einen Rückzieher. Mit mir spielt man nicht.

»Woanders«, wispert sie nach einer Weile zaghaft.

Innerlich stöhne ich genervt auf, weil es eine verdammte Gewohnheit geworden ist, die keinen besonderen Nervenkitzel mehr auslöst, eine Fremde zu vögeln. Mir ist bewusst, dass mich das zu einem noch selbstgefälligeren Arsch macht, als ich sowieso schon bin und für den mich Stephan nicht grundlos hält. Aber ich kann nicht aus meiner Haut.

Ihre schmale Taille kommt in dem eng anliegenden grünen Kleid gut zur Geltung und turnt mich an. Alle Voraussetzungen für hemmungslosen Sex sind erfüllt. Sie ist hübsch. Und ihren kleinen Arsch zu entblößen, reizt mich. Hoffentlich bekommt sie keine Panik und flieht in letzter Sekunde. Ich spreche aus Erfahrung, das ist mir alles schon passiert.

»Okay, Süße. Denn ich habe vor, dir diesen Drink von deinen Brüsten zu lecken.«

Sie beißt sich auf ihre Unterlippe und lässt sie verführerisch durch die Zähne gleiten. Mein Schwanz zuckt.

Unauffällig richte ich meinen Schritt, ehe ich mich erhebe, um mich der Schönheit zu widmen, die mich, wie es scheint, seit meinem Eintreffen in der Bar anhimmelt. *Dir wird dein Lächeln schon noch vergehen, Schätzchen. Spätestens dann, wenn ich tief in dich eindringe und mir alles nehme.*

Ich klopfe mit der Handfläche auf die Theke, verabschiede mich von meinem Freund, der meinen Abgang mit einem schiefen Grinsen kommentiert, dann umfasse ich das zierliche Handgelenk meiner Eroberung. Nicht im Traum würde es mir einfallen, meine Finger mit ihren zu verschränken.

Sie sieht mich an, als ob wir eine gemeinsame Zukunft hätten, und ich ziehe sie stattdessen wie ein reines Lustobjekt hinter mir her.

Keine zwanzig Minuten später fällt die Tür der Suite ins Schloss und ich dirigiere die Rothaarige zur Couch. Im Bett werde ich sie nicht vögeln. Das verstößt gegen meine Regeln. In meinem Bett gab es nur Amy.

Sie stolpert und ich fange sie auf, als sie mir die eisgekühlte Flasche Champagner reicht, die wir unten in der Hotelbar geordert und mit aufs Zimmer genommen haben. Ich hasse Champagner. Aber wenn ich in den Genuss komme, die prickelnde Flüssigkeit von hellrosa Nippeln zu lecken, mache ich gern eine Ausnahme.

Sie krallt sich an meinem Hemd fest und ihr stark duftendes Parfüm zieht in meine Nase.

Die indirekte Beleuchtung hüllt den Raum in gedämpftes Licht.

Mit zwei Handgriffen öffne ich die goldene Folie am Verschluss der Flasche und lasse den Korken knallen. Die Flüssigkeit sprudelt hoch und läuft in Rinnsalen an der schwarzen Flasche hinunter über meine Hand.

Ihre Locken wippen, als ein paar Spritzer unbeabsichtigt ihr Dekolleté treffen und sie zusammenzuckt.

Ein leises »Huch« entweicht ihr und ich schiebe ihr meinen feuchten Daumen in den Mund, an dem sie gierig saugt.

Langsam ziehe ich ihn heraus, streiche damit über ihre Lippen, ziehe eine Spur entlang ihres Kiefers bis zu ihrem schmalen Hals und beobachte, wie sie mich dabei ansieht.

Das ist mein Startschuss.

Energisch umfasse ich mit meiner rechten Hand ihren Hinterkopf, halte sie gefangen und schiebe mit meiner

Zunge ihre Lippen auseinander. Ich koste von ihr. Sie schmeckt gut, aber eben nicht perfekt. Doch das ist mir egal.

Ich taste mich langsam in ihren Mund vor, um zu testen, wie weit ich gehen kann. Ihre Fingernägel pressen sich druckvoll in meine Brust. Sie will mehr, das ist gut.

Sie stöhnt, als ich meine Zunge in ihren Mund stoße und ihren Kopf gleichzeitig mit hartem Griff in eine für mich willkommene Position biege. Sie lässt es sich gefallen, weil sie denkt, sie hat mich erobert. Dabei ist es umgekehrt, das ahnt sie allerdings nicht.

Ihre Hände machen sich an meinem Hemd zu schaffen, ich weiche zurück.

Mit halb geöffneten Lippen, die geschwollen glänzen, sieht sie mich neugierig an. »Was ist los, warum hörst du auf?«

»Zieh dein Kleid aus!«, befehle ich ihr.

Sie lächelt. Ich bin ein Arsch. Warum behandle ich Frauen nur dermaßen herablassend? Weil sie es nicht anders wollen. Ich zwinge sie nicht. Niemals.

Sofort schiebt sie mit einem Funkeln in den Augen erst den einen, dann den anderen Träger des Kleides von ihren Schultern. Der Stoff sinkt fließend zu Boden und enthüllt ihren schneeweißen Körper, der in schwarzen Dessous steckt. Sie lässt sich darauf ein.

Ich trinke einen Schluck von dem Champagner, der für meine Zwecke viel zu kostspielig war, und reiche die Flasche an sie weiter.

Sie trinkt, hört gar nicht auf, und ich sehe, wie sich ihr Kehlkopf beim Schlucken bewegt und die Flasche in ihrer Hand leicht zittert. Hat sie etwa doch Angst? Ich nehme ihr den Champagner ab. Ich will keine Eroberung, die sich während des Aktes übergibt. Außerdem brauche ich die Flüssigkeit, um ihren Duft zu verwischen.

Raubtierhaft umrunde ich sie und öffne ihren halterlosen BH, der postwendend zu Boden gleitet. Ich drehe sie zu mir um und betrachte ihre harten Brustspitzen, die sich mir entgegenstrecken. Sie ist erregt. Ich bin es auch. Allerdings bei Weitem nicht so, wie ich es mir erhofft habe und es sonst der Fall ist.

Ich bin nicht ich selbst. Aber wer bin ich überhaupt?

Vorsichtig benetze ich ihre Brüste mit dem goldgelben Getränk und reibe mit dem Daumen über ihre aufgerichteten Nippel.

Sie stöhnt laut, wirft ihren Kopf nach hinten und biegt ihren Rücken durch, wobei ihre Locken hüpfen.

Ein Schauer der Erregung überläuft mich und etwas Abstoßendes keimt in mir auf. Es liegt an ihr. Ihr Duft ist zu intensiv, daher verteile ich noch mehr von dem kalten Champagner auf ihrem Körper. Sie presst ihre Schenkel zusammen, als ich meinen Daumen um ihre Brust kreisen lasse und mich nach vorn beuge.

Keuchend krallt sie ihre Fingernägel in meine Kopfhaut, während ich ihre harten Knospen mit meiner Zunge liebkose und meine freie Hand in ihren Slip gleiten lasse. Sie ist feucht. Sie ist bereit. Mit kreisenden Bewegungen meiner Finger verteile ich ihre Flüssigkeit auf ihrem Kitzler.

Sie zittert vor Lust. »O Gott, ist das heiß.«

Innerlich zerfrisst mich die Wut. Ich muss die Sache hinter mich bringen. Ich habe keinen Bock, dass hieraus ein längeres Aufeinandertreffen wird. Irgendetwas fühlt sich nicht richtig an.

Verflucht.

Ich stelle die Champagner-Flasche auf dem Beistelltisch ab und fische ein Kondom aus meiner Geldbörse.

Ohne Vorwarnung drehe ich sie um, sodass sie mit dem Rücken zu mir steht. Schnell zerre ich ihr den Slip von den

Hüften, drücke ihren Oberkörper nach vorn, damit sie sich mit ihren Händen auf der Rückenlehne der Couch abstützen kann, und spreize ihre Beine.

Sekundenlang halte ich inne, atme tief ein und wieder aus, blicke durch die bodentiefen Fenster auf die blinkende Skyline der Stadt und fühle nichts. Auch der herrliche Arsch, den mir die Rothaarige in dieser Position präsentiert, ändert nichts daran, sondern erinnert mich lediglich daran, dass ich nur hier bin, um es mir nicht selbst besorgen zu müssen.

Mit einem finsteren Blick öffne ich meine Hose, schiebe sie zusammen mit meiner Boxerbrief meine Oberschenkel hinunter und reiße das eingeschweißte Päckchen mit den Zähnen auf.

Meine Hose rutscht nach unten und bauscht sich um meine Knöchel, als ich das Kondom über mein steifes Glied abrolle. Ein paar Mal stimuliere ich mich selbst, indem ich meinen Schwanz hart auf und ab pumpe, damit das hier keine peinliche Nummer für sie und mich wird. Dann bringe ich mich in Position und dringe beim nächsten Atemzug tief in sie ein.

Sie schnappt nach Luft. Ich keuche und ziehe mich zurück.

Ein paar Sekunden genehmige ich ihr, damit sie sich an meine Größe gewöhnt, dann lege ich los. Wie ein Sturm, der sich einen Scheiß für irgendwelche Gefühle interessiert.

Tief stoße ich in sie hinein, ziehe mich zurück und versenke mich kurz darauf noch tiefer in ihr als zuvor. Sie soll den Schmerz spüren, der auf meiner Seele liegt.

Hart presse ich meine Fingerkuppen in ihr Fleisch, während ich es ihr von hinten besorge. Ich kann ihr dabei nicht in die Augen sehen, das wäre zu intim.

»O jaaa«, stöhnt sie laut, während die klatschenden Bewegungen unserer stetig aufeinandertreffenden Körper durch den Raum hallen und ich die Spannung spüre, die sich in meinem Inneren zu einem Orgasmus zusammenbraut.

Tiefer.

Härter.

Schneller.

Wie ein Wettlauf mit mir selbst, um der Situation rasch zu entkommen.

Ich keuche. Nicht vor Verlangen, sondern vor Erleichterung. Jedes Mal bricht eine Zufriedenheit über mich herein, die nur leider nicht von Dauer ist.

Sie stöhnt. »Du bist perfekt!«, japst sie abgehackt. »Nimm mich.« Sie ist auf dem Gipfel der Lust angekommen und zieht sich zuckend um mich herum zusammen. Perfekt.

Intensiv und schnell bricht die Erlösung auch über mich herein. Vor meinen Augen beginnt es zu blitzen, als ich komme, und ich bin froh, dass es vorbei ist und der Druck in meinem Inneren für ein paar Stunden verschwindet, sodass ich mich zumindest kurzzeitig schwerelos fühle.

»Ich muss dich unbedingt wiedersehen ...«, sagt sie und dreht den Kopf in meine Richtung, als ich noch in ihr bin.

Ihr Blick trifft mich. In mir versteift sich alles, und das ist mein Zeichen, zu verschwinden.

KAPITEL 4

EMMA

Als nach dem Feierabend gegen sieben Uhr die Wohnungstür leise hinter mir ins Schloss fällt, fühle ich mich ausgelaugt und verspannt. Ich schließe meine Augen und sinke mit dem Kopf gegen das Türblatt. Ungeniert laut gähne ich mit weit aufgerissenem Mund.

Ich bin erschöpft und das nur, weil mich die Situation in der Kanzlei zur Verzweiflung bringt. Heute sollten wir – auf Anweisung von meinem Dad – alle offenen Fälle auflisten. Ich habe keine Ahnung, was er damit bezweckt. Ihn danach zu fragen, versuchte ich gar nicht erst. Vielleicht will er unsere Arbeitsschritte mit der alten Technik optimieren.

Sarkastisch zu sein, gelingt mir trotz meiner Verfassung offenbar immer noch.

Nach ein paar tiefen Atemzügen richte ich mich wieder auf, ziehe meinen leichten Mantel aus, hänge ihn zusammen mit meiner Handtasche an der Garderobe neben der Tür auf und schlüpfe aus meinen High Heels.

Eine Wohltat. Nach fast zwölf Stunden die eigenen Füße wieder zu spüren, fühlt sich unglaublich gut an.

Barfuß laufe ich über den dunklen Fußboden, um mir ein Glas von dem feinen Bourbon einzugießen, den meine Eltern an Weihnachten mitgebracht haben. Ich brauche etwas, das mich nach diesem fürchterlichen Tag entspannt. Natürlich weiß ich, dass Alkohol keine dauerhafte Lösung ist. Aber in diesem Moment ist er mein einziger Ausweg.

Aus dem Plastikbehälter im Eisfach fülle ich drei eckig geformte Eiswürfel in ein schweres Kristallglas und lasse den hochwertigen Inhalt aus der bauchigen Flasche darüber laufen. Das Eis beginnt zu knistern und der Duft von starkem Alkohol breitet sich aus.

Als ich den Bourbon wieder abstelle und den Drehverschluss hochnehme, um die dunkle Glasflasche zu verschließen, klingelt es an der Tür.

Gott bewahre. Ich will eigentlich nur allein sein und mich für ein paar Stunden in meinem Selbstmitleid suhlen, ohne gesellschaftsfähig sein zu müssen. Hat denn niemand ein Einsehen mit mir?

Na schön, ich werde nachsehen.

Mit hängenden Schultern schleppe ich mich zur Wohnungstür und betätige die Sprechanlage. »Ja …?«, frage ich genervt.

»Hey, Baby …«, höre ich Liam sagen. »Mach auf!«

Ich rolle mit den Augen. *»Mach auf, ich will rein!«*, füge ich in Gedanken hinzu. Das könnte man auch falsch verstehen. Aber genau darum dreht es sich bei seinem Besuch.

Kommentarlos drücke ich auf den Summer, öffne die Tür sperrangelweit und gehe zurück zur Küchentheke, auf der das Glas Bourbon auf mich wartet.

An einem gewöhnlichen Wochentag empfange ich Liam mit einem schweren Tumbler in der Hand. Ich senke meinen Kopf, nehme einen tiefen Atemzug von der Duftnote der exklusiven Spirituose und trinke die Flüssigkeit in einem

Zug aus. Das ist Premiere. Und vielleicht sogar ein Anstoß, ein weiteres Debüt in die Wege zu leiten.

Eiskalt rinnt der Alkohol meine Kehle herunter, ich schüttle mich, und als er in meinem Magen ankommt, breitet sich eine glühende Hitze darin aus, die augenblicklich durch meinen gesamten Körper rauscht und mich benebelt.

Dennoch ist mein Verstand komplett klar, als ich Liam in meinem Türrahmen entdecke und mir sicher bin, dass ich diese Art von Dates mit ihm nicht mehr will.

»Hey ...«, raunt er, nachdem er die Tür hinter sich geschlossen hat.

Während er mit großen Schritten auf mich zukommt, lockert er seine Krawatte, lässt seine Aktentasche achtlos auf den Fußboden neben dem Kommodenschrank gleiten und bleibt direkt vor mir stehen.

Eine Begrüßung, die zwischen uns schon längst zu einer langweiligen Routine geworden ist.

Er ist ein attraktiver Mann. In seinem maßgeschneiderten grauen Anzug sieht er umwerfend aus. Er hat eine sportliche Statur, die nicht nur, wenn er nackt ist, zur Geltung kommt. Sein blondes kurzes Haar ist immer zu einer modischen Frisur gestylt. Aber es sind eben nur diese Äußerlichkeiten, die ihn begehrenswert machen. Ein perfekter Partner braucht weit mehr überzeugende Attribute.

»Hi ...«, entgegne ich und wir sehen uns an. Normalerweise wäre er innerhalb der nächsten fünf Minuten in mir. Doch dazu wird es nicht kommen. Nie mehr.

Seine rechte Hand schiebt sich in meinen Nacken, mit der linken zieht er mich an der Hüfte näher. Zärtlich fährt er mit seiner Zunge über meine Lippen, neckt mich und presst seine beachtliche Erektion gegen meinen Bauch. Ich wusste es. Selbst dieser Ablauf ist nicht mehr aufregend, sondern monoton.

Ich drücke meine Handflächen gegen seine Brust und löse mich von ihm.

Liam legt den Kopf schräg und sieht mich verwundert an. »Was ist los, Emma?«

»Liam, ich will das so nicht mehr«, antworte ich ruhig und gefasst.

Mit drei Fingern reibt er sich über seinen Dreitagebart und wirkt zerknirscht. Hat er wirklich geglaubt, dass wir das, was zwischen uns zu existieren scheint, lebenslang fortsetzen?

»Und deshalb betrinkst du dich?«, fragt er und deutet mit dem Finger auf das leere Glas und die Flasche Bourbon, die auf der Anrichte in der Abendsonne glänzen.

Irritiert rümpft er die Nase, während er mich ansieht und danach eine für ihn typische Pose einnimmt. Eine Hand wandert lässig in seine vordere Hosentasche und er starrt mich an.

»Ich betrinke mich nicht«, entgegne ich mit einem schwachen Lächeln. »Ich brauchte nur einen Schluck zur Entspannung. Der Grund ist aber ein anderer.«

»Muss ich mir Sorgen machen? Du trinkst Bourbon und stößt mich weg.«

Ich hebe meine Schultern und verziehe meine Mundwinkel, während ich mein Glas für Liam befülle und es ihm über die Granitplatte entgegenschiebe. »Salud!«, sage ich und setze mich auf einen der Hocker an der Frühstückstheke.

Wortlos nimmt er den Tumbler hoch und leert ihn genauso wie ich in einem Zug. Doch ihn scheint die Stärke des Bourbons im Gegensatz zu mir keineswegs zu beeindrucken.

»Und jetzt rede. Was ist passiert?«, fragt er besorgt, während er sich seines Sakkos und der Krawatte entledigt, beides auf die Couch wirft und neben mir auf dem freien Hocker Platz nimmt.

Leichter wäre es, wenn er toben und mich verfluchen würde. Seine charmante Art macht es mir dagegen schwer, ihm den Laufpass zu geben. Aber ich muss.

Ich nehme all meinen Mut zusammen. »Ich bin nicht mehr glücklich. Wir blockieren uns gegenseitig. Du weißt, dass ich schon immer mehr wollte ...« Gedankenverloren streiche ich mit dem Fingernagel über die Marmorierung der Granitplatte und weiche seinem Blick aus. »Ich möchte wieder frei sein.«

»Hast du jemanden kennengelernt?« Mit seinen Fingern schiebt er sanft mein Kinn hoch, sodass ich ihn wieder ansehen muss.

Ich schüttle den Kopf. »Nein.«

Liam lässt laut seinen Atem entweichen. »Okay ... Aber du willst eine Auszeit?«

Irritiert hebe ich eine Augenbraue. »Liam, ich will keine Auszeit. Ich möchte unsere Sex-Treffen beenden. Es fühlt sich nicht mehr gut an.«

Zum ersten Mal erlebe ich, dass Liams Auftreten Risse erleidet und seine selbstbewusste Körperhaltung in sich zusammenfällt. Für mich gibt es trotzdem keinen Weg zurück.

»Das ist hart, Emma. Damit habe ich nicht gerechnet.« Er umschließt mit seiner Hand das benutzte Bourbonglas und schiebt es zu mir. Ich folge seiner stummen Bitte und fülle es fingerbreit auf.

Selbst für mich fühlt sich die Wahrheit aus meinem Mund in diesem Moment paradox an.

»Sieh uns an«, sage ich und zeige mit dem Finger erst auf ihn und dann auf mich, »wir kommunizieren doch nur noch im Bett miteinander. Romantische Abendessen, einen Wochenendtrip zu zweit oder Händchen haltend durch den Central Park laufen und unendlich verliebt sein, das will ich.«

Liam senkt den Blick und studiert konzentriert den Boden. Dort wird er niemals eine Lösung finden. Er muss die Dämonen loswerden, die ihn davon abhalten, sich auf jemanden einzulassen und sesshaft zu werden. Die Ehe seiner Eltern war nie vorbildlich, aber das immer als Entschuldigung für seine Beziehungsunfähigkeit vorzuschieben, ist mir zu einfach.

»Und ich bin der, der dich daran hindert ...«, schlussfolgert er niedergeschlagen und blickt mich durchdringend an.

»Ja ...« Ich nicke. »Du wolltest das alles nicht mehr.«

»Dann habe ich wohl mein Glück mit Füßen getreten«, stellt er wehmütig fest und schwenkt den Bourbon, in dem nur noch ein paar winzige Eisstückchen schwimmen, im Glas.

Ich beobachte ihn dabei, wie er dieses an seine Lippen setzt und trinkt. Ein letztes Mal in seiner Nähe sein. Ein letztes Mal sein herbes Parfüm riechen, das stets noch Stunden nach seinem Verschwinden in der Luft hängt. Ein letztes Mal seine Stimme hören, die tiefer wird, sobald er erregt ist. Ein letztes Mal er hier bei mir. Ein letztes Mal für immer.

Dumpf stellt er das Glas ab und wirft mir einen zerknirschten Blick zu, als er sich leicht nach vorn lehnt. »Es ist dein Wunsch, den ich akzeptieren muss. Ob ich will oder nicht.«

Er muss.

Mit dem Daumen streicht er entlang der Konturen meines Gesichts und verzieht seinen Mund zu einem schrägen Grinsen. »Zum Abschied ...«, sagt er und senkt ein letztes Mal seine Lippen auf meine. Ich schmecke den starken Bourbon und Liam.

Keusch wie bei unserem ersten Kuss tanzen unsere Zungen und besiegeln das Ende unserer zukunftslosen Liaison.

Danach zieht er sich zurück, erhebt sich, klaubt seine Sachen zusammen und geht.

Warum musste er ausgerechnet heute so ein verständnisvoller Gentleman sein? Werden Männer erst wach, wenn auf Worte Taten folgen?

Mit einer angenehm leichten Schwere vom Alkohol stehe ich auf und hole mein Handy aus meiner Handtasche, öffne auf dem Weg zurück in meine offene Wohnküche das Gruppenchatfenster und schreibe Ava und Milly eine Nachricht.

E: Hey, Mädels! Ihr dürft mir gratulieren.

Ohne eine weitere Erklärung drücke ich auf Senden und gieße mir noch einen Schluck von dem feinen Bourbon ein. Dann nehme ich das Glas und mein Smartphone von der Frühstückstheke und mach es mir auf meiner Couch gemütlich.

Ich nippe an meinem Getränk und beginne zu husten. Was ein mörderisches Zeug. Relaxt lege ich meine Füße auf dem Couchtisch ab und kuschle mich in die dicken Kissen.

Ein paar Minuten später kündigt mein Handy die erste Antwort an.

A: Warum?

M: Was ist passiert? Hast du die Batterien von deinem Vibrator gewechselt? Lach-Smileys folgen.

Milly ist unmöglich. Alles dreht sich bei ihr um das Eine. Aber ich habe am eigenen Leib erfahren, wie einsam man dennoch ist.

E: Ich habe mich von Liam getrennt.

A: Ich gratuliere. Wie geht es dir damit?

M: Waas? Ich schicke dir noch ein 10er-Pack Batterien.

Ich verdrehe die Augen über Millys Kommentar. Ava versteht mich, weil sie ebenfalls ihren Prinzen sucht. Milly braucht hingegen unverbindlichen Sex, weil sie sich von einem festen Partner eingeengt fühlt. Sie sträubt sich regelrecht dagegen, sich auf mehr als das einzulassen. Mich würde es jedoch nicht wundern, wenn sie eines Tages ganz unverhofft ihre bessere Hälfte trifft und nicht genug von ihm bekommt. Sag niemals nie ...

E: Befreit und irgendwie glücklich.

A: Dann war es die richtige Entscheidung. Wie hat er reagiert?

E: Niedergeschlagen. Ich habe ihn bisher noch nie so erlebt. Aber darauf kann ich keine Rücksicht nehmen.

Genüsslich nippe ich am Bourbon und feiere meinen Entschluss.

M: Orrr, typisch Mann! Die denken nur mit dem Schwanz.

E: Oder gar nicht. Was auf Liam irgendwie zutrifft.

A: Er hätte dich haben können und hat es nicht begriffen. Vielleicht merkt er jetzt, was ihm entgeht.

M: Ava, lass den Scheiß! Emma, du wirst nicht rückfällig! Schwöre!

Ich lache über die lustigen Emojis, die sie hinzugefügt hat.

E: Ich schwöre.

Zumindest nehme ich es mir fest vor, weil es keine Basis hat, so weiterzumachen wie bisher. Liam müsste sich grundlegend ändern. Das wird er aber nicht. Und eigentlich will ich das auch gar nicht mehr. Denn das sehnsüchtige Kribbeln, das er anfangs in mir ausgelöst hat, ist schon lange verflogen.

Vom Alkohol wohlig beduselt, lasse ich meinen Kopf in die weichen Kissen meiner Rückzugsoase sinken.

Was für ein Tag.

Es wird still um mich herum. Ein Lächeln huscht über mein Gesicht. Zum ersten Mal fühle ich mich wieder leichter. Ich muss mein Leben umkrempeln. Und das war nur ein Anfang.

RYAN

Mit einer Vibration an meinem Handgelenk verkündet meine Smartwatch mir, dass ich mein Trainingsziel gleich dreifach erfolgreich absolviert habe. Kein Wunder, wenn man versucht, sich den Frust im Central Park von der Seele zu rennen und gleich zweimal das Pärchen mit dem dunkelblauen Kinderwagen überholt hat.

Aber das herrliche Wetter an diesem sonnigen Nachmittag hat mich geradezu eingeladen, und meine Frustration war ein zusätzlicher Initiator, mich verausgaben zu müssen. Das Bild, das die jungen Eltern mir bieten, triggert mich einmal mehr und ich erhöhe das Tempo. Ich bin noch lange nicht fertig, erst wenn mein Körper vor Erschöpfung schreit. Doch ich bin in guter körperlicher Verfassung und strotze nur so vor Energie, um auch die letzten Kilometer zu schaffen. Mein Gemütszustand tut sein Übriges.

Die Laufstrecke führt mich am *Wollman Rink,* der berühmten Eisbahn im Winter, dem *Central Park Zoo,* aus dem man, wenn man die Ohren spitzt, sogar die Robben hören kann, und dem *Arsenal Building,* einem sehr alten, historischen, im neugotischen Stil erbauten Gebäude, vorbei. Es gibt Laufrouten, die weitaus weniger reizvoll sind. Viel zu lange habe ich solche simplen Dinge nicht mehr wahrgenommen, geschweige denn zu schätzen gewusst.

Am *Harlem Hill* teste ich meine Fitness aus und sprinte den steilen Hügel hinauf. Als ich nach der schweißtreibenden Herausforderung oben ankomme, werde ich mit einem fantastischen Ausblick über den Park belohnt. Es war gar nicht so verkehrt, auf die Bitte meines Vaters einzugehen und zurückzukommen. Schließlich war ich in meiner Jugend hier sehr glücklich. Damals meinte das Leben es noch gut mit mir.

Nach einer kurzen Verschnaufpause renne ich leicht nach vorn gebeugt mit kurzen Schritten den Hügel hinab und nehme die asphaltierte Route wieder auf.

Mein T-Shirt klebt an mir wie eine zweite Haut und der Schweiß läuft unaufhörlich von meinem Haaransatz über meine Schläfen an meinem Hals hinunter, sodass ich die Schweißtropfen alle paar Meter mit der Handfläche wegwische.

Natürlich bin ich nicht der Einzige, der das schöne Wetter genießt. Die Sonne scheint durch die Schluchten der Wolkenkratzer hindurch und die heißbegehrten Schattenplätze unter den großen Bäumen sind größtenteils besetzt. Andere Parkbesucher wiederum werfen sich ein paar Pässe mit dem Football zu. Mein Herz blutet bei diesem Anblick und ich laufe schnell weiter in Richtung des Sees. Dort ist es wesentlich ruhiger und idyllischer, sodass ich nicht alle paar Meter zu Slalom-Überholmanövern gezwungen werde.

Die grüne Oase inmitten der Weltmetropole lockt nicht nur Einheimische, sondern auch zahlreiche Touristen an, die Selfies und Gruppenfotos schießen. Manchmal ist es Fluch und Segen zugleich in einer der beliebtesten Städte des Kontinentes zu leben.

Als ich den See erreiche, drossle ich das Tempo und beginne mit der Cooldown-Phase. Im mäßigen Laufschritt entdecke ich ein geeignetes Plätzchen, um meine Beinmuskulatur zu dehnen, und laufe über die frisch gemähte Wiese, die nach Sommer duftet.

Unter einem Baum im Schatten stelle ich mich aufrecht hin, greife mit der rechten Hand an meinen rechten Fuß und ziehe das Bein langsam nach hinten Richtung Gesäß, bis ich ein Ziehen in meinem vorderen Oberschenkel spüre. Diese Position halte ich für mehrere Sekunden und genieße währenddessen die spektakuläre Aussicht von dieser Seeseite. Die Sonne glitzert auf der Wasseroberfläche, während im Hintergrund am Ende des Parks die Wolkenkratzer emporragen. Der Weitblick von diesem Platz aus ist genial.

Ich wechsle die Seite und wiederhole die Übung mit dem anderen Bein. Schweiß tropft von meiner Stirn auf meinen Arm und rinnt entlang des Tattoos. Der Kompass mit der abgebrochenen Nadel symbolisiert die Phase meines Lebens, in der alle Konstanten weggebrochen sind. Vielleicht ist es an der Zeit, die Zeichnung zu ergänzen.

In dem Moment, in dem ich mein Dehnprogramm abgeschlossen habe, schiebt sich die Sonne hinter den größten Wolkenkratzer, der sich wie ein großflächiger Schatten über den Park legt. Der See erscheint in mystischem Schwarz und erinnert mich an mein Innerstes – leblos und düster.

Kopfschüttelnd setze ich mich in Bewegung, um meine finsteren Gedanken abzuschütteln, und steuere den Ausgang des Central Parks an.

Meine gute Laune, die ich mir erlaufen habe, will ich mir nicht schon wieder durch meine Erinnerungen kaputtmachen lassen. Selbst das kurze Stelldichein mit der Rothaarigen aus der Bar hat nicht dazu geführt, dass ich mich belebter fühlte. Vielleicht sollte ich von diesen Gelegenheitsficks Abstand nehmen und stattdessen die positive Energie nutzen, um mein Leben endlich wieder auf die Reihe zu kriegen. Wenn dazu kilometerlange Laufeinheiten bis zur Erschöpfung notwendig sind, dann werde ich alles dafür tun, diese in meinen Alltag einzubauen.

Nachdem ich den Park verlassen habe, biege ich nach rechts ab, um mir an Serges Foodtruck eine eisgekühlte Flasche Wasser zu kaufen. Meine Zunge ist so trocken, dass sie mir am Gaumen festklebt. Ansonsten geht es mir ausgezeichnet.

Als ich auf den Verkaufswagen zusteuere, wenden sich einige Köpfe in meine Richtung. Hat man mich erkannt? Aufgeregtes Getuschel bringt mich schon lange nicht mehr aus der Fassung. Dennoch würde ich es bevorzugen, endlich mit meinem alten Leben abschließen zu können und nur noch als erfolgreicher Anwalt in einer Millionenstadt wahrgenommen zu werden. Den alten Ryan gibt es nicht mehr.

Vielleicht sollte ich doch eine optische Veränderung anstreben und mich von meiner langen Mähne trennen. Denkbar wäre es.

Nach ein paar Minuten anstehen, bin ich an der Reihe und bestelle mir eine Flasche Wasser.

»Ryan?«, ertönt eine Stimme hinter mir, als ich das Wasser entgegennehme und bezahle.

Ich drehe mich um und sehe eine Frau, die mich freundlich angrinst. Ihr Outfit deutet darauf hin, dass sie irgendeinen Bürojob hat. Aber ich habe keine Ahnung, wer sich hinter der kurzhaarigen blonden Frau im schwarzen Business-Kostüm verbirgt.

»Hey ...«, grüße ich sie knapp, in der Hoffnung, dass sie

mir einen Tipp gibt und mir verrät, wer sie ist. Obwohl mir nicht gerade der Sinn nach Smalltalk steht. Ich habe Durst.

Sie kommt auf mich zu und reicht mir die Hand. »Schön, dich zu treffen, das ist ewig her.«

Eine Lawine an Gesichtern, die mir vor Ewigkeiten begegnet sein könnten, rattert durch mein Hirn. Ich habe keinen blassen Schimmer, wer sie ist. Auch ihre Hand in meiner weckt keine Erinnerungen. Sollte ich mich überhaupt an sie erinnern?

Ich muss mit offenen Karten spielen. »Tut mir leid, aber ...« Aus meinen Poren dringt immer mehr Schweiß und läuft mir brennend in die Augenwinkel. Ich wünschte, ich könnte mich aus dem Staub machen, um endlich mein Wasser zu trinken, nach Hause zu gehen und mich unter die eiskalte Dusche zu stellen.

Sie verzieht ihre Lippen zu einem Lächeln. »Ich bin Leah, Amys Cousine«, erwidert sie.

Verdammt! Mit Vollgas prescht mein Körper gegen die nächste Wand und ich werde in tausend Stücke zerrissen. *Amy*.

Natürlich, das ist Leah. Mit ihrem kurzen Haarschnitt habe ich sie nicht erkannt, es ist Jahre her, dass ich sie zuletzt gesehen habe.

»Was machst du in New York?«, frage ich und der raue Klang meiner Stimme zeugt von meinem Schmerz. Doch der gilt Amy und nicht der Person, die vor mir steht. Was zum Teufel tut sie hier?

Zumindest kann ich mir jetzt jegliche Höflichkeitsfloskeln sparen. Mit einem schlechten Gewissen oder etwas in der Art braucht sie nicht zu rechnen. Ich bin ihr keine Erklärung schuldig.

Ich öffne die Flasche und trinke einen ordentlichen Schluck. Kann sie sich nicht bitte einfach in Luft auflösen? Sie hat damals schon immer versucht, einen Keil zwischen Amy und mich zu treiben. Doch nichts oder niemand konnte unsere Liebe erschüttern.

»Ich lebe jetzt hier«, sagt sie und legt ihre Hand auf meinen Arm.

Ich weiche zurück und werfe ihr einen bitteren Blick zu. Verfolgt sie mich etwa? Ihre Annäherungsversuche sind mir zuwider. Ich sollte zusehen, dass ich ganz schnell von hier verschwinde. Sie hat großen Anteil daran, dass ein Streit zwischen Amys Eltern und mir entflammte. Beim Gedanken daran wächst meine Wut auf sie. Denn so, wie sie mich anhimmelt, ist sie sich keiner Schuld bewusst. »Ich habe nicht damit gerechnet, dir hier zu begegnen. Und auf eine Wiederholung lege ich keinen Wert«, sage ich und versuche ruhig zu bleiben, während in mir ein Orkan tobt.

Ihr grässliches Grinsen entgleitet ihr und sie stemmt wütend die Hände in die Hüften. »Du warst schon immer ein arrogantes Arschloch, Holland!«, faucht sie, als ich ihr meinen Rücken zuwende und gehe. »Du hältst dich für den König. Und wie es aussieht, hat sich daran nichts geändert.«

Amen.

Aus ihrem Mund sprudelt nur ihr verletzter Stolz darüber, dass sie nie eine Chance hatte, bei mir zu landen. Sie ist nicht mein Typ. Und wird es auch nie sein.

Kopfschüttelnd setze ich die Flasche Wasser erneut an meine Lippen und leere sie in einem Zug. Für so einen Mist habe ich keine Zeit. Das Leben ist zu kostbar.

Verdammt.

Dieser Zwischenfall mit Leah hätte es beinahe geschafft, mir einen Dämpfer zu verpassen und mich fast dazu gebracht, mich am liebsten wieder in meinen vier Wänden verkriechen zu wollen. Aber ich weiß, dass ich kämpfen muss.

KAPITEL 5
EMMA

Es klopft. Ich hebe meinen Kopf und blicke zur Bürotür, während ich den schweren Kugelschreiber auf das ausgedruckte Dokument sinken lasse und rufe: »Ja, bitte!«

Selbst beim Klang meiner eigenen Stimme breitet sich ein schmerzhaftes Pulsieren in meinem Kopf aus. Der Bourbon war eindeutig zu stark.

Die Tür schwingt auf, woraufhin mein Vater im Türrahmen erscheint. »Emma, wir müssen reden.«

Genervt rolle ich innerlich mit den Augen und verschränke meine Arme abwehrend vor der Brust, während sich der Schmerz hinter meiner Stirn verstärkt. »Worüber?«

Sein verkniffener Gesichtsausdruck spricht Bände. Welche Laus ist ihm denn über die Leber gelaufen? Und warum will er ausgerechnet mit mir darüber reden?

Nach unserem letzten Gespräch war ich mir sicher, dass ich ihm in den nächsten Wochen aus dem Weg gehen will. Aber dass er nun hier bei mir im Büro erscheint, stimmt mich um und ich nehme eine bequeme Sitzposition ein, indem ich meine Unterarme auf den Stuhllehnen ablege und meine Hände falte.

Normalerweise bin ich diejenige, die ihn zwischen dem Konferenzzimmer und seinem Büro, das über einen fantastischen Weitblick auf den *Hudson River* verfügt, aufspürt, um Unterlassungserklärungen von ihm gegenzeichnen zu lassen.

Und ganz ehrlich: In meinen Träumen habe ich mich schon mehrmals beim Einrichten seines Büros ertappt. Irgendwann wird dieser Tag hoffentlich kommen. Vielleicht ist sogar jetzt der Moment da, in dem er mit mir über die Zukunft der Kanzlei reden will.

Immerhin ist er nicht mehr der Jüngste, und die meisten haben in diesem Alter bereits ihre Kinder zu Nachfolgern oder zumindest zu Partnern gemacht. Doch ich bin bisher nur seine Angestellte.

»Deine Mutter und ich werden uns scheiden lassen.«

Was?

»Bitte was?«, rufe ich schockiert und mich durchzuckt ein weiterer schmerzhafter Stich, der sich in meiner Magengegend einnistet und mit seiner Intensität das Pochen in meinem Kopf zu übertrumpfen scheint.

Bekomme ich noch genügend Sauerstoff, oder warum wird mir auf einmal schwindlig? Ich muss mich doch verhört haben. Wo kommt dieser komplette Unsinn plötzlich her?

»Ich werde ausziehen«, fügt mein Vater völlig leidenschaftslos hinzu.

Mir wird heiß, beim nächsten Atemzug zieht sich der Knoten in meinem Magen noch fester zusammen, auf den sich ein Gefühl der Ohnmacht dazugesellt. Zum Glück sitze ich. Aber warum steht mein Vater so vollkommen ungerührt da, stützt sich lediglich mit den Handflächen auf der Rücklehne der Besucherstühle ab und sieht mich an, als ob es das Normalste auf der Welt wäre, mir so eine Nachricht zu überbringen? Wieso sagt er mir das hier, in diesem unpersönlichen Rahmen? Ich bin seine Tochter. Ich bin die Tochter meiner Eltern. Ich möchte schreien.

»Du wirst ausziehen?«, wiederhole ich mit hochgezogenen Augenbrauen und sehe meinen Dad irritiert an.

Sein graues Haar wirkt kürzer und wie frisch geschnitten. War er beim Friseur? Er trägt ein rosafarbenes Poloshirt. Hat er jemals ein derart farbenfrohes Oberteil getragen? Wie kann ihm der Sinn nach einer äußerlichen Veränderung stehen, während er doch eigentlich mit gewaltigem Trennungsschmerz zu kämpfen haben müsste? Leidet er überhaupt? Ich wäre am Boden zerstört und müsste mein Herz zusammenflicken. An einen Friseurbesuch würde ich nicht im Geringsten denken, geschweige denn mich dazu aufraffen können. Und mir neue Outfits zuzulegen, wäre das Letzte, wozu ich Lust hätte.

Innerlich sinke ich auf meinem Stuhl zusammen. Ich lag mit meiner Vermutung goldrichtig. Es ist etwas im Busch. Dass sich dieses Etwas allerdings als mittelschwere Katastrophe entpuppt, hätte ich nicht für möglich gehalten.

Meine Eltern lassen sich scheiden.

Tränen sammeln sich in meinen Augenwinkeln. Das letzte Mal, dass ich so einen tiefen Schmerz empfand, war, als mein Hund gestorben ist. Das ist Ewigkeiten her.

Mein Leben tritt nicht nur auf der Stelle, es geht gerade den Bach runter. »Macht eine Paartherapie und rettet eure Ehe«, höre ich mich wie durch dicke Watte sagen. Das Rauschen in meinem Kopf wird lauter und die heiße Flüssigkeit in meinen Augen bricht über die Dämme. Wut und Enttäuschung bringen mein stabiles Konstrukt ins Wanken.

Er räuspert sich. »Emma, es tut mir leid. Aber dafür ist es zu spät.«

Es tut ihm leid? Es ist zu spät? In mir schrillen die Alarmglocken. Verstört starre ich ihn an, als ich mit meinem Stuhl nach hinten rolle und aufstehe. »Paare trennen sich, wenn sie bemerken, dass ihre Zukunftspläne nicht mehr identisch sind. Oder weil sie sich in ihrem Partner geirrt haben.« Natürlich spiegeln diese Argumente in erster Linie meine Erfahrung mit Liam wider. Und mir ist bewusst, dass ich selbst erst viel zu spät die Reißleine gezogen habe, weil es zwischen ihm und mir ausgesprochen gut im Bett lief. Wild gestikulierend durchquere ich mein Büro. »Was davon trifft auf dich und Mom zu?«, frage ich meinen Vater und werfe ihm aus tränenverschleierten Augen einen bösen Blick zu. Ich bin geschockt.

»Wir lieben uns nicht mehr«, liefert er mir als simple Erklärung, die für mich klingt, als hätte ich ihn nach dem Wetterbericht gefragt. Dabei geht es hier um unsere Familie. Ein Keuchen entweicht meiner Kehle.

Wie kann er nur so gefühlskalt sein?

Ich bleibe neben meinem Schreibtisch stehen, den mein Vater als Rednerpult auserkoren hat, und stemme eine Hand in meine Hüfte. Es fühlt sich so an, als ob er meilenweit von mir entfernt ist, fast wie ein Fremder. »Und Mom empfindet genauso wie du?«, will ich wissen. Warum hat sie mich eigentlich noch nicht angerufen?

»Nein.«

Nein. »Nein?«, zische ich ungehalten.

»Emma, hör zu.«

»Hör zu, hör zu«, äffe ich ihn in Gedanken nach. Ich möchte ihn gerade für sein miserables Verhalten lynchen und hochkant aus meinem Büro werfen.

»Es gibt da jemanden ...«

Es gibt da jemanden?

Mein Körper versteift sich, während seine Worte zu mir durchdringen. Ich reiße den Mund auf, lasse ihn wieder zuklappen und schüttle ungläubig den Kopf. Das passiert hier gerade nicht wirklich. Ich dachte, es geht nach der Trennung von Liam endlich bergauf in meinem Leben.

In was für einer schrecklichen Lebensphase stecke ich bloß fest? Es fühlt sich nach Ausweglosigkeit an.

Ohne ein weiteres Wort setze ich mich in Bewegung, nehme meine Handtasche vom Haken und gehe tief verletzt an ihm vorbei.

Dass irgendetwas zwischen meinen Eltern steht, hat sich beim letzten unserer gemeinsamen Abendessen bereits abgezeichnet. Dass es so schlimm um sie steht, habe ich allerdings nicht erwartet.

»Emma ...«, höre ich meinen Vater rufen, als die Fahrstuhltüren auseinandergleiten und ich hastig darin verschwinde.

»Es gibt da jemanden ...«, wispere ich niedergeschlagen, als sich die Türen ratternd wieder schließen und sich zeitgleich die Schleusen an meinen Augen öffnen.

»Meiner Mutter geht es gar nicht gut. Sie hat sich in ärztliche Behandlung begeben«, antworte ich Ava, die mich besorgt ansieht, seit ich die Bombe rund um meinen Vater habe platzen lassen. *Es gibt da jemanden ...* Ein fünfundzwanzigjähriges Model nämlich, um genau zu sein. Ich könnte kotzen, so schwer liegt mir die Geschichte im Magen.

Immer noch fassungslos über die schwer zu akzeptierende Tatsache, ziehe ich meine Sporttights bis zum Bauchnabel hoch und streiche mein T-Shirt glatt. Sich jetzt beim Sport mit meinen Freundinnen auszupowern, wird mich sicherlich auf andere Gedanken bringen.

Nachdem ich mich auf einer der Holzbänke, die zwischen

den zahlreichen Spinden stehen, niedergelassen habe, hole ich leicht nach vorn gebeugt meine Turnschuhe aus der wuchtigen Sporttasche. Der frisch geputzte Boden der Umkleidekabine des Logo Fitnessclubs verströmt einen intensiven Duft nach Zitrone und der Geruch dreht mir den Magen um, als ich in meine Schuhe schlüpfe.

Die Situation geht nicht spurlos an mir vorbei, ich fühle mich elend.

»Wurden ihr Medikamente verordnet?«, fragt Ava, während sie ihre Tasche im Spind verstaut.

Ich nicke. »Ja, aber der Arzt hat ihr nur etwas Beruhigendes für die Nacht gegeben, damit sie schlafen kann.«

»Zum Glück. Wenn er ihr etwas Stärkeres verschrieben hätte ...« Sie verzieht ihre Mundwinkel. »Du weißt ja, wie schnell man davon abhängig werden kann.«

»Das war auch meine Sorge. Meine Tante Georgia ist momentan zu Besuch und lenkt sie ab.« Ich bin froh, dass sie da ist, sodass ich meinen Vater in der Kanzlei im Auge behalten kann. Momentan wirkt er auf mich unberechenbar. Wer weiß, was als Nächstes kommt. Ein kleines Geschwisterchen für mich vielleicht. Ich würge.

»Wenn du magst, kann ich heute Nacht bei dir bleiben«, schlägt Ava vor.

»Nein, schon gut.« Ich lächle sie gespielt fröhlich an. »Du hast bestimmt etwas Besseres vor.«

»Quatsch. Wenn du reden möchtest, dann bin ich für dich da«, sagt sie, während wir die Umkleide verlassen.

»Danke, aber es geht schon. Ich muss das alles erst einmal für mich in meinem Kopf sortieren«, entgegne ich und halte Ava die Glastür zur Trainingsfläche auf.

Meine blonde Freundin streichelt mir aufmunternd über den Arm. »Okay. Aber wenn du mich brauchst, weißt du hoffentlich, dass du dich jederzeit bei mir melden kannst. Egal zu welcher Uhrzeit.«

»Ich weiß ...«, sage ich lächelnd und steige auf das Laufband. Irgendwie war ich immer diejenige, die anderen geholfen hat, während mein Leben harmonisch verlief. Jetzt stecke ich selbst in einer für mich aussichtslosen Situation und kann keine Hilfe annehmen, weil ich es mit mir selbst ausmachen will. Meine Freundinnen wären doch für mich da.

Nachdenklich stelle ich den Timer am Sportgerät ein und laufe in gleichmäßigem Tempo los. Manchmal verstehe ich selbst nicht, warum ich so selbstlos agiere. Diese Charaktereigenschaft hat wohl nicht mein Vater an mich weitergegeben. Im Augenblick ist er in meinen Augen ein egoistischer Arsch.

Ich schrecke zusammen, als Milly lautstark durch die Tür gehüpft kommt. Mit Schwung stößt sie Ava in die Rippen und schubst sie durch ihre hinterhältige Attacke fast vom Laufband.

Ava beginnt zu straucheln, kann sich aber im letzten Moment noch an den Haltegriffen festklammern und einen Sturz abwenden. Andernfalls wäre sie in einem Rutsch von der elektrischen Laufbahn geschossen und knallhart auf dem Po gelandet.

»Milly«, schimpft sie atemlos, »willst du mich umbringen?« Sie läuft in ihrer bisherigen Geschwindigkeit weiter und sieht unsere Freundin böse von der Seite an.

»Na, na ...« Milly wackelt vielsagend mit ihren Brauen und umrundet das Fitnessgerät. »Wie ich höre, erledigt das schon ein anderer.«

Erwischt.

»Emma«, motzt Ava. »Weiß nun halb Manhattan, dass ich mit meinem Boss geschlafen habe?«, setzt sie etwas leiser hinterher und starrt mich gespielt aufgebracht an, während sie mit dem ausgestreckten Finger auf Milly zeigt, die breit grinst. »Sie ist doch normalerweise die Klatschreporterin, nicht du.«

Als ich nach dem aufwühlenden Gespräch mit meinem Vater nach Hause kam, brauchte ich dringend Ablenkung und war tatsächlich kurz davor, Liam anzurufen, damit er mich vergessen lässt. Ich bin so bescheuert. Allein der Gedanke ist schon sträflich.

Zum Glück konnte ich den Rückfall im letzten Moment abwenden und habe stattdessen Milly angerufen, um zu reden. Nicht über meinen Dad, sondern über Avas Glück. Denn nachdem diese mir morgens am Telefon erst von Ethan vorgeschwärmt hatte, kam mir dieses Thema sehr gelegen.

»Nein ...«, sage ich und mache einen Schmollmund. »Ich ...«

»Hey, bin ich halb Manhattan?«, fällt Milly mir empört ins Wort, reckt ihr Kinn in die Höhe und stemmt die Hände in die Hüften. Schon lachen wir laut los.

Beste Freundinnen sind unentbehrlich. Ich bin froh, sie gefunden zu haben.

Entschuldigend hebe ich die Hände. »Sorry, Ava. Aber nachdem wir miteinander telefoniert hatten, musste ich Milly anrufen. Ich konnte es nicht für mich behalten. Schließlich haben wir gewettet.«

Sie lacht. »Und, wer hat gewonnen?«

»Wir. Du hast verloren. Du hast gesagt, es wird nicht passieren«, grunzt Milly und steigt auf das dritte Laufband, während meine Cooldown-Phase startet. »Gib es zu, die Versuchung war zu groß.«

Ein verträumtes Schmunzeln legt sich auf Avas Lippen. »Ich würde lügen, wenn ich Nein sage. Aber ich musste ihn nicht dazu zwingen.«

»Tsss ...«, entweicht es mir und ich wechsle einen Blick

mit Milly. »Zeig mir einen Kerl, den du zwingen müsstest, mit dir zu schlafen.«

Ava rümpft die Nase. »Na super, also gelte ich als allgemeines Sexobjekt?«

»So ein Quatsch, du weißt sehr wohl, wie ich das meine«, widerspreche ich ihr und lasse meinen Blick von Kopf bis Fuß über ihre sinnlichen Kurven gleiten, als mein Laufband zum Stillstand kommt. »Du bist natürlich umwerfend. Du brauchst dich nicht mit Make-up pimpen. Du bist immer hübsch und heute strahlst du besonders. Der Sex tut dir richtig gut.«

»Sex ist ein Wundermittel. Ihr müsst mir endlich mal zuhören, wenn ich euch etwas von meinen Recherchen berichte«, beschwert sich Milly und erhöht das Tempo, während Ava immer langsamer wird. »Los. Ich will Einzelheiten«, fordert sie Ava auf.

Ich steige vom Laufband und desinfiziere mit einem Reinigungstuch die Haltegriffe.

Milly ist nie pünktlich, wenn es um Sport geht. Wie so häufig hat sie sich verspätet und muss ihre Laufeinheit noch absolvieren, bevor das Bauch-Beine-Po-Training beginnt.

Ava stoppt und tupft sich mit ihrem Handtuch die feinen Schweißperlen vom Gesicht. »Es war nett«, gibt sie sich geheimnisvoll.

»Nett … tsss. Untersteh dich. Spann uns nicht länger auf die Folter«, japst Milly abgehackt, als das Sportgerät in den Bergmodus wechselt.

Ich beuge mich vor, um die Schnürsenkel an meinem Turnschuh zuzubinden, und folge mit einem Grinsen der Unterhaltung. Ein paar Einzelheiten hat mir Ava bereits am Telefon anvertraut. Wir erzählen uns alles. Manches vielleicht nicht sofort – so wie meine Probleme, die mich momentan beschäftigen. Aber wenn mich meine Grübelei zu sehr auffrisst, platze ich damit heraus.

»Ethan ist ...« Verträumt dreht sie die Trinkflasche in ihrer Hand. »Was soll ich sagen ... er ist außergewöhnlich.«

»Was soll das heißen? Hat er zwei Schwänze?«, zieht Milly sie auf und lacht über ihren eigenen Witz.

Ava knüllt ihr Handtuch zu einem Ball und wirft es in ihre Richtung. Wie beim Selbstverteidigungskurs wehrt Milly das Geschoss ab und das Frotteetuch segelt zu Boden. »Du bist doof. Wenn du mich nicht ernst nimmst, hülle ich mich eben in ewiges Schweigen.«

»Hey ...«, beschwere ich mich und hake mich bei ihr ein. »Ich spiele hier nicht den Clown. Ich will alles wissen, meine Liebste.«

»Argh. Ich wusste es schon immer, ihr habt Geheimnisse vor mir«, gibt Milly sich entrüstet und bedenkt uns mit einer perfekt gespielten bösen Miene.

Wir lachen.

Ich wusste es. Mit den besten Freundinnen zusammen zu sein, ist die beste Ablenkung. Wir sind ein verrücktes Trio, aber egal was kommen mag, wir sind immer füreinander da und haben uns in all der Zeit, die unsere Freundschaft bereits andauert, nie voneinander entfernt.

Nachdem unser Lachanfall abgeklungen ist, schaue ich auf meine Smartwatch. »Milly, du solltest mal ein bisschen Gas geben, der Kurs beginnt gleich.«

Ohne Vorwarnung drückt Milly auf den Notknopf und springt vom Laufband. »Gehen wir nachher noch gemeinsam etwas essen, damit wir eine ausführliche Zusammenfassung bekommen? Oder bist du anderweitig beschäftigt, Ava?«, fragt sie in eindeutig zweideutigem Tonfall, als wir uns auf den Weg in den Kursraum machen.

Ava schaut von ihrem Handy auf und läuft rot an. »Äh,

ich kann nicht. Ich ... habe ein Date«, sagt sie völlig versunken und tippt irgendetwas auf ihrem Smartphone.

Die Nachricht, die sie empfangen hat, muss ja höllisch heiß sein, wenn diese unserer lieben Ava sogar eine solche Röte auf die Wangen zaubert.

Ich grinse und folge den beiden den Gang entlang. Unsere Schritte hallen leicht auf dem Vinylboden wider, und das gedämpfte Murmeln der anderen Teilnehmer, die sich auf den Weg zu dem Kursraum machen, verstummt, als sie am Ende nach links abbiegen.

»Du hast doch jeden Tag eins mit ihm«, witzelt Milly und reißt ihr das Handy aus der Hand. »Was schreibt ihr euch denn? Oder fällt das unter Betriebsgeheimnis?«

»Hey, gib mir mein Handy zurück«, schnauzt sie.

Doch Milly ist schneller, rennt vor ihr weg und Ava sprintet hinterher. Laute Schritte durchdringen den Gang, gefolgt von einem ohrenbetäubenden Quietschen auf der glatten Oberfläche des Fußbodens, das ihre Auseinandersetzung verstärkt.

Herrgott, was ist nun los? Mal wieder sorgen wir für Aufsehen.

»Du bist unmöglich, Milly. Gib Ava das Handy zurück. Das nennt sich Privatsphäre!«, rufe ich ihnen lautstark nach.

Wie vom Donner gerührt bleibt Milly auf einmal stehen und ist total fixiert auf das Telefon. Ava rennt in sie hinein. Milly verliert ihr Gleichgewicht und im nächsten Moment rollen beide wild ineinander verknotet über den Trainingsboden des Kursraumes.

Herrje, wie peinlich. Sollte ich eingreifen und die beiden Streithähne voneinander trennen? Nein ... Das Schauspiel ist filmreif.

Mit aller Kraft schnappt Ava sich Millys Handgelenk, fixiert sie und hangelt nach ihrem Mobiltelefon.

Milly ergibt sich. Sie hat die Informationen, die sie haben wollte und pustet sich lediglich die kurzen Strähnen aus dem Gesicht.

Sie starrt Ava an und verzieht keine Miene. »Hat er einen Bruder?«

Avas Antwort kann ich nicht verstehen, sie flüstert.

»Ihr führt euch auf wie zwei Verrückte. Wegen euch werden wir noch für immer und ewig aus dem Logo verbannt.« Mit verschränkten Armen erreiche ich die beiden, blicke auf sie hinunter und schüttle augenrollend den Kopf. »Ihr seid unmöglich.«

Alle starren uns an und klatschen teilweise sogar Beifall.

Perfekt. Nun haben wir – eigentlich nur Ava und Milly – uns zum Affen gemacht.

Aber für solche Aktionen sind wir im Dreierpack bekannt. Nach einer langen Partynacht standen wir auch schon mal in voller Montur knietief im *Turtle Pond,* bis die Polizei uns herausfischte. Und das nur, weil Milly meinen Haustürschlüssel in den See geworfen hatte. Dafür könnte ich sie heute noch lynchen. Ich musste nämlich ein komplett neues Schloss einbauen lassen, weil mein Schlüssel trotz unserer Suchaktion heute noch irgendwo auf dem Grund des Sees liegt.

Außerdem haben wir offizielles Besuchsverbot im städtischen Zoo. Als wir nämlich einmal dort waren, bewarfen uns die Affen mit dem Inhalt von Avas Rucksack. Ich hatte ihn aus Versehen zu nah ans Gitter gehalten und einer der Affen entwendete ihn mir. Er war der Dieb, nicht wir.

Doch obwohl wir wirklich unschuldig an diesem Vorfall waren, glaubte uns der Zoodirektor kein Wort. Verständlich.

Zu widersprechen war zwecklos. Ich wollte damit auch nicht meinen Abschluss an der Uni gefährden. Niemals hätte man mich dann noch zum Examen zugelassen.

Langsam rappeln sich Ava und Milly auf und winken den bekannten Gesichtern um uns herum um Verzeihung bittend zu. Ava ist unübersehbar peinlich berührt. Milly dagegen kennt das Wort Scham überhaupt nicht. Sie ist und bleibt eine liebenswerte Chaotin.

»Und wer seid ihr?«, fragt plötzlich eine tiefe raue Stimme.

RYAN

Nachdem ich das Handtuch mit der Trinkflasche auf dem mobilen Pult platziert und die ersten Teilnehmerinnen meines neuen Kurses begrüßt habe, scrolle ich konzentriert durch die Playlisten meines Smartphones, um die geeignete Musik für das heutige Workout auszuwählen.

Plötzlich werde ich durch lautes Gezeter abgelenkt und meine Aufmerksamkeit richtet sich sofort auf den Tumult, der sich auf dem Gang abspielt.

Was zum Teufel ist hier los?

Kurz darauf stürmen zwei Frauen, die offenbar über irgendetwas streiten, wild gestikulierend in den Kursraum. Kreischend und mit vollem Körpereinsatz landen sie ineinander verschlungen unsanft auf dem Boden der Trainingsfläche.

Autsch. Ich schätze, das tat weh.

Die Szene, die sich vor meinen Augen abspielt, ist einfach zu sonderbar.

Meine Güte, läuft das hier immer so ab? Ich war doch nur

zwölf Jahre fort. Was ist mit den Frauen in New York passiert?

Kopfschüttelnd betritt eine Brünette den Raum, reißt erschrocken ihren Mund sperrangelweit auf und starrt mit verschränkten Armen auf die beiden Streithennen hinab.

Sie ist hübsch. Sehr hübsch sogar.

Verdammt, Ryan. Glotz doch nicht so eindeutig auf ihren Mund. Er besteht aber auch aus perfekt geformten Lippen und ist wie für heiße Liebesspiele gemacht.

»Ihr führt euch auf wie zwei Verrückte. Wegen euch werden wir noch für immer und ewig aus dem Logo verbannt. Ihr seid unmöglich«, sagt sie, während ich abwechselnd neugierig den Schlagabtausch verfolge, der von den Anwesenden spöttisch bejubelt wird, und meinen Blick über die braunhaarige Schönheit gleiten lasse.

Sie ist offensichtlich genervt von dem Drama, das sich vor ihren Füßen abspielt, und ich bin von ihr fasziniert. *Sehr sogar.*

Definitiv hat sie meine Aufmerksamkeit geweckt. Doch wenn ich nicht auf die nächste Katastrophe zurauschen will, sollte ich meine Finger bei mir behalten. Denn eigentlich ist mein Bedarf an Komplikationen dieser Art vorerst gedeckt. Die Rothaarige aus der Bar war sofort Feuer und Flamme und wollte mehr. Mehr von mir, das ich nicht bereit bin, zu geben. Davon abgesehen bin ich hier, um Stephan zu unterstützen, und ich habe ihm mein Wort gegeben, keine verbrannte Erde zu hinterlassen.

Ungeachtet dessen wirkt sich ihre Stimme wie ein aphrodisierendes Serum auf mich aus, von dem ich nicht genug bekommen kann. Verflucht. Wenn da nicht neben dem braven Engel auf der linken der dunkelrote Teufel, der mir die Spitzen seines Dreizacks tief in die Haut rammt, auf meiner rechten Seite sitzen würde. Mir immer wieder »Sie ist heiß« zuzischt und mich damit gewaltig in Versuchung führt.

Danke für die Info, Luzifer.

Doch dann säuselt der Engel: »*Ryan, bist du bereit, dich zu öffnen? Sie ist umwerfend und will auf Händen getragen werden. Wenn du das nicht kannst, lass es sein!*«

Ein eiskalter Schauer läuft mir über den Rücken. *Nein. Ich kann nicht. Sicher. Ich habe es verstanden.*

Damit gewinnt der liebliche Engel leider mehr als eindeutig dieses Vernunftsduell.

Frustriert straffe ich die Schultern, setze mein Pokerface auf, das ich über die Jahre perfektioniert habe, und trete näher, um den Schlamassel aufzulösen.

Wenn alles anders wäre, wüsste ich, was ich tun würde: *Sie hart ficken.* Und nicht nur einmal. Doch das Abenteuer mit der brünetten Schönheit bleibt vorerst nur ein Wunschgedanke meiner Fantasie.

Anstatt mich vorzustellen, falle ich direkt mit der Tür ins Haus, als sich die beiden Kontrahentinnen wieder aufrappeln und sich peinlich berührt umgucken. »Und wer seid ihr?«, frage ich.

Sofort erregt das umwerfende Geschöpf erneut meine Aufmerksamkeit, indem sie das Wort ergreift. »Äh ... Emma, Milly und Ava«, erklärt sie mir, wobei sie mit ausgestrecktem Zeigefinger der Reihenfolge nach auf sich und die anderen beiden Frauen deutet. »Und wer bist du?«

Emma also – absolut hinreißend.

»Ryan, der neue Fitnesstrainer«, entgegne ich möglichst locker und betrachte ganz ungeniert ihr Gesicht. Dass ich diesen Job nur vorübergehend ausübe, muss ich dem Trio nicht unbedingt auf die Nase binden.

Wunderschöne blaue Augen, die von dichten dunklen Wimpern umrahmt sind, strahlen mich an. Ihre langen Haare stecken in einem Zopf, der mir eine ausgezeichnete Sicht auf ihre feinen Gesichtszüge und ihren schmalen Hals gewährt. *Sie ist perfekt!* Der Blauton ihrer Augen und die dunkle Haarfarbe stehen in einem göttlichen Kontrast – in der Konstellation selten und unfassbar sexy. Sie ist eine Zehn.

Schätzungsweise ist sie etwas jünger als ich. Was überhaupt nicht tragisch ist. Das mag ich. Warum denke ich noch mal darüber nach? Vor wenigen Sekunden habe ich mir schließlich genau das untersagt.

Ohne Vorwarnung beginnt meine untere Körperregion zu reagieren. Verdammt. Ist der Teufel bescheuert, das ausgerechnet jetzt zuzulassen?

Lächelnd streicht sie sich mit einer auffälligen Geste durchs Haar und ich kann mir ein Schmunzeln nicht verkneifen. Unsere Blicke treffen sich.

Fuck, Ryan. Ja, sie hat ein wunderschönes Lächeln.

Ich räuspere mich. »Stürmt ihr immer wie ein wildgewordener Hühnerhaufen in den Kursraum? Ihr solltet euch eure überschüssige Energie lieber für die Übungen aufheben.«

Betreten blicken die drei von mir zu den anderen und zucken mit den Schultern.

Was ein entzückendes Trio. Zumindest wird es so nicht langweilig – genau das, was ich brauche.

Meine Aufmerksamkeit richtet sich erneut auf Emma und meine Augen fokussieren sich nur auf sie. Die Welt um uns herum scheint zu verblassen, während ich in ihrem Blick versinke. Das unsichtbare Band zwischen uns verstärkt sich. Nur noch sie und ich. In ihren Augen liegt ein freudestrahlender Glanz, der mich zum Leben erweckt.

»Wo ist Cassy?« Der energische Tonfall, der kein Entkommen duldet, unterbricht das intensive Blickduell mit Emma abrupt und lenkt meine Aufmerksamkeit auf die Kurzhaarige im Bunde.

Doch diese Art beherrsche ich ebenfalls. »Cassy ist weg, ich bin nun euer Mann«, fasse ich mich kurz und will mich gerade abwenden, als die nächste Frage auf mich einprasselt.

»Wirst du uns genauso hart rannehmen wie sie?«, hakt sie nach und grinst verschmitzt.

Mein Blick wandert automatisch zu Emma und ich sage: »Härter.« Keine Ahnung, welcher Teufel mich jetzt schon wieder geritten hat. Aber ich musste bei dieser Frage sofort an sie denken. Daran, wie sie ihre schlanken Beine um meine Taille schlingt und mich in sich aufnimmt. *Verdammt.*

Was für ein verrückter Tag. Mein Auto sprang nicht an, in meinem neuen Appartement funktionierte plötzlich das heiße Wasser nicht und jetzt begegne ich einer Frau, bei der ich die Gedanken an uns zusammen in meiner Wohnung nicht mehr abstellen kann.

Wir auf der Kücheninsel, an den bodentiefen Fenstern, in meinem Bett, sie auf allen vieren und ich in ihr. Bescheuertes Kopfkino.

Von mir selbst genervt verziehe ich mein Gesicht. Meine Lenden gehorchen mir nicht mehr und meine Selbstkontrolle stößt an ihre Grenzen. Zum Glück trage ich weite schwarze Shorts.

Zum Teufel mit mir.

Aber ich kann nicht anders. Ich kann meinen verdammten Blick nicht von ihr abwenden. Sie ist ein göttlicher Magnet. Scheiße. Was ist nur los mit mir? Und warum will ich sie mit zu mir nehmen, statt sie wie jede andere auch anonym in irgendeinem Hotelzimmer flachzulegen?

Wie soll ich das auf Dauer durchstehen? Es ist mein allererster Tag hier. Natürlich renne ich nach dieser Stunde nicht sofort zu Stephan und sage: *»Hey, gib mir einen anderen Kurs, in dem weniger attraktive Teilnehmerinnen sind.«* Er würde mich zerquetschen.

Ich bin ein Mann, der mit beiden Beinen im Leben steht, das wird mich nicht umbringen. Meine Eier allerdings schon.

Deshalb bin ich erleichtert, als ich die letzte Bauchübung vorführe und die Minuten herunterzähle, während sich der lange Zeiger langsam auf die Zwölf zubewegt.

Ich habe es geschafft. Das Drama wird sich dann hoffentlich erst in der nächsten Woche wiederholen. Es sei denn, Emma ist häufiger zur selben Zeit wie ich hier. Gleichzeitig versetzt mir der Gedanke, es könnte nicht so sein, einen Stich.

Denn auch wenn es nicht gut für mich ist, freue ich mich aus unerklärlichen Gründen auf ein Wiedersehen. Ich liebe es eindeutig, mich selbst zu drangsalieren. Zumindest deutet alles darauf hin, dass das meine Lieblingsbeschäftigung geworden ist.

Mein Kopf scheint doch einen Pakt mit dem Teufel geschlossen zu haben. Ich sollte beides irgendwie ausschalten.

»Wenigstens sind es keine leeren Versprechungen, die aus seinem verführerischen Mund kommen«, höre ich die atemlose Stimme der Kurzhaarigen zu mir durchdringen. »Ich werde mich in den nächsten Tagen noch nicht mal mehr anziehen können. Mir tut ja jetzt schon alles weh«, jammert sie.

Schmunzelnd starre ich an die Decke. Ich hasse leere Versprechungen. Niemals würde ich sie auch nur ansatzweise zu meinem Vorteil nutzen. Ich bin kein lausiger Sprücheklopfer. Wenn ich jemandem mein Wort gebe, dann halte ich mich daran – egal, um was es geht.

Mit angespannter Bauchmuskulatur stemme ich meinen Oberkörper vom Boden hoch, wechsle in die sitzende Position und lasse meinen Blick durch den Raum schweifen.

Emma liegt immer noch ausgestreckt auf der Matte und rührt sich nicht.

Mist. War mein Programm doch zu hart?

Ihre beiden Freundinnen belächeln ihren Zustand und wollen sie hochziehen.

»Aua«, jammert sie.

Sofort schrillen bei mir die Alarmglocken, als ich die regungslose Emma beobachte. Hat sie sich verletzt?

»Stopp!«, rufe ich und alle Köpfe schwenken direkt in meine Richtung.

Wenn sie sich einen Nerv eingeklemmt hat oder aus anderem Grund Schmerzen verspürt, ist es meine Aufgabe nachzusehen. Ob ich will oder nicht. *Verdammt.*

Ihre Nähe bringt mich gerade echt um. Aber es ist nun mal mein Job, wenn auch nur aushilfsweise.

War ja klar, dass an diesem ohnehin schon sonderbaren Tag auch noch so etwas passiert.

Durch den Zwischenfall mit einem seiner Mitglieder wird Stephan meine Qualifikation als Trainer nicht anzweifeln, da bin ich mir sicher. Wir kennen uns seit dem College, waren Teamkollegen, bis ich wegzog. Während des Jurastudiums habe ich nebenbei die Lizenz zum Fitnesstrainer gemacht. Ich brauchte Ablenkung – und davon viel.

Emma wird sich vermutlich nur eine Muskelverspannung zugezogen haben. Dennoch bin ich beunruhigt und mache mir Vorwürfe.

Besorgt schlängle ich mich in Windeseile durch die Reihen, während ich mir die Haare eilig neu zu einem Zopf zusammenbinde, da sich dieser durch die Übungen in Rückenlage etwas gelockert hat.

Mein Herz klopft ein bisschen schneller, als ich mich nähere und sofort frage: »Was ist los?«

Milly lacht: »Sie wurde zu hart rangenommen.«

»Hör auf, Milly!«, schimpft die Blondine. »Reiß dich doch jetzt mal zusammen.«

Scheiße, nicht schon wieder diese Zweideutigkeiten. Mein Problem, mich von der heißen Kursteilnehmerin fernzuhalten, ist groß genug. Meine Sorge um sie noch größer. Aber wenn ihre beste Freundin mein Gedankenkarussell wieder anwirft, wird alles nur noch schlimmer.

Was ist eigentlich los mit mir? Liegt es an der Abstinenz, die ich mir selbst auferlegt habe und die ich unbedingt nach nur wenigen Tagen wieder kippen will? *Ryan …*

Ich wende mich jetzt an Emma und knie mich auf Brusthöhe vor ihr hin. »Was ist los?«, frage ich noch einmal und betrachte ihr Gesicht. Feine Schweißperlen stehen auf ihrer Stirn. Am liebsten würde ich die Feuchtigkeit wegwischen. Sie berühren. Ihre Lippen sind leicht geöffnet und fordern mich regelrecht auf, sie zu küssen. Eine süßliche Note ihres Parfüms schwebt auf mich zu und der Wunsch, meine Nase an ihrem Hals entlang gleiten zu lassen, wird immer stärker. Ich bin ein dummer Narr. Ich habe eine Schwäche für gut aussehende Frauen und katapultiere mich damit geradewegs in die Hölle.

Sie wirft mir einen hilfesuchenden Blick zu und schnell sind meine Gelüste verschwunden. Sie braucht meine Hilfe.

Angespannt presst sie die Zähne zusammen und verdreht die Augen. »Nichts Schlimmes. Das geht gleich schon wieder.«

Von wegen. Ihre schmerzverzerrte Mimik sagt mir etwas anderes. Trotzdem versucht sie, die Starke zu spielen. Leider beeindruckt sie mich damit sehr. Ich mag Frauen, die sich von nichts erschüttern lassen. Zugegebenermaßen habe ich nichts dagegen einzuwenden, ihr Retter in der Not zu sein. Schließlich bin ich der Auslöser für ihr leidvolles Befinden.

Mir das genauso einzureden, wird meine Ausflucht für alles Unüberlegte sein.

»Wo tut es dir weh?«, frage ich und berühre sie leicht an der nackten Schulter, die von dem eng anliegenden Sporttop freigelegt wird.

Verdammt, fühlt sich ihre warme Haut an meiner Handfläche gut an. Sie zittert vor Schmerzen, und ich will sie in meiner Fantasie flachlegen.

Großartig, Ryan. Die Hölle ist nicht mehr weit.

Emma schnappt hörbar nach Luft. »Am unteren Rücken. Bei der letzten Übung hat es plötzlich wehgetan und dann schoss der Schmerz durch meinen ganzen Körper«, erklärt sie mir nach mehreren Anläufen abgehackt.

Hexenschuss, ist mein erster Gedanke.

»Kannst du dich bewegen, spürst du alle Gliedmaßen?«

Sie nickt.

Puh. Zum Glück. Erleichterung durchflutet mein Innerstes. Die Erinnerungen an Amy, die ungefragt nach oben sprudeln wollen, blinzle ich mit nur einem Wimpernschlag fort. Das hier ist Emma, und sie braucht jetzt meine Hilfe.

Schnell durchquere ich den Raum und schnappe mir einen Gymnastikball aus der Halterung. Jetzt etwas Entlastung und später ein bisschen Wärme werden ihr guttun. Nicht unbedingt hilfreich, dass ich bei Wärme automatisch an meine Hände auf ihrer glatten Haut denke. Grundlegend sollte ich mir diesen ganzen Schwachsinn schnell aus dem Kopf schlagen. Es wäre ein Fehler.

Auf dem Rückweg verabschiede ich mich von den restlichen Kursteilnehmern, die den Raum verlassen, bis schließlich mit Ausnahme meines turbulenten Trios alle verschwunden sind.

»Ich versuche jetzt Emmas Beine anzuheben und du

schiebst den Ball bis an ihr Gesäß«, gebe ich Milly die Anweisung.

»Jawohl, Chef!«, ruft sie lautstark und salutiert auf der Stelle. Das ist zu komisch. Wenn die Situation nicht von Emmas Leid geprägt wäre, würde ich laut loslachen.

Derweil hat Ava, die Blonde der drei, ein feuchtes Handtuch besorgt und tupft Emma die Stirn ab, als ich mit Millys Hilfe den Ball unter Emmas Beinen einklemme. »Spürst du die Entlastung oder verursachen die angewinkelten Beine einen tieferen unangenehmen Schmerz?«, frage ich leicht nach vorn gebeugt.

»Es ist ein angenehmes Gefühl und der Schmerz lässt nach. Danke, Ryan«, sagt sie und lächelt mich an.

Verflucht. Sie ist bezaubernd.

Und da wäre ich beim nächsten Punkt, der mir unbegreiflich ist. Jahrelang habe ich mein Herz abgeschottet, und ausgerechnet diese eine Begegnung bereitet mir nicht nur das reinste Vergnügen, sondern belebt mich mehr als jede heiße Eroberung in den letzten Jahren. *Ryan, renn.*

KAPITEL 6

EMMA

Wie eine Oma, die an Arthritis leidet, schleiche ich durch meine Wohnung, um mir eine zweite Tasse Tee an diesem Morgen zuzubereiten.

Die Wärme der heißen Dusche und das Massageöl mit den Arnikablüten, das mir Milly gestern Abend aufgetragen hat, haben die Muskulatur einigermaßen gelockert, doch ganz verschwunden ist der Schmerz im unteren Rücken noch nicht.

In meiner Küche an der Spüle befülle ich den elektrischen Kocher mit Wasser und schalte ihn ein. Das Gerät beginnt zu zischen, während der Kochvorgang einsetzt. Ich hole einen neuen Teebeutel aus dem Küchenschrank, entferne die Verpackung und hänge den Beutel in die Tasse.

Natürlich hätte ich nichts dagegen einzuwenden gehabt, wenn Ryan, der Fitnesstrainer, mich nach Hause begleitet hätte. Aber er machte keine Anstalten, es zu tun.

Vielleicht habe ich seinen durchdringenden Blick auch falsch gedeutet und er war lediglich von unserem stürmischen Eintreffen im Kursraum überrascht. Die Wahrheit lautet, dass ich jedoch sehr von ihm angetan bin. Er ist wirklich attraktiv, fast schon hübsch, und ihn umgibt etwas Geheimnisvolles, das ich gern ergründen würde.

Als das Wasser zu sprudeln beginnt, nehme ich den Behälter rasch aus der Halterung und gieße die dampfende Flüssigkeit vorsichtig in die bereitstehende Tasse.

Sofort verbreitet sich ein angenehmer Duft nach Kräutern und Süßholz.

Schmerzerfüllt stöhne ich auf, als ich eine ruckartige Bewegung mache und verschütte den Kräutertee auf dem Parkett.

»Mist ...«, fluche ich und stelle die leere Tasse zurück auf die Frühstückstheke.

Als ich gerade den Boden mit einem Tuch säubere und mich mit der Hand an der Küchenzeile abstütze, klingelt es an der Tür. Verwundert blicke ich auf die Wanduhr neben dem Esstisch, rapple mich auf und gehe zur Wohnungstür, um zu überprüfen, wer mir einen Überraschungsbesuch abstattet.

In Schonhaltung betätige ich die Sprechanlage und höre ein Rascheln, als ich »Ja, bitte?«, sage.

»Emma?«, ertönt eine männliche Stimme.

»Ja ...«, antworte ich unsicher.

»Ich bins, Ryan. Kann ich kurz raufkommen?«, fragt er und mein Herz beginnt schneller zu schlagen.

Oh mein Gott, das kann doch nicht wahr sein. »Natürlich. Ich mache auf«, krächze ich. Mit einem Anflug von Nervosität drücke ich auf den Summer für die Haustür und öffne ihm die Wohnungstür.

Das ist wie Magie und Gedankenübertragung. Was macht er hier?

Ich schaue an mir hinab und entdecke ein paar Tropfen

des fast braunen Tees auf meiner hellgrauen Jogginghose. *Perfekt, Emma.*

So schnell wie mein Rücken es zulässt, laufe ich unter Schmerzen unbeholfen in mein Schlafzimmer und ziehe mir eine dicke Sweatjacke mit Kapuze über mein Schlaftop. Vor dem bodentiefen Spiegel neben dem Kleiderschrank richte ich mein Haar. Ich sehe aus wie eine Vogelscheuche und mache das Beste aus meinem gestern nach dem Duschen luftgetrockneten Haar, indem ich es neu zusammenbinde. Was gar nicht so einfach ist, denn sobald ich meine Arme hebe, meldet sich der Schmerz mit einem Stich in meinem Rücken zurück.

Ich beiße die Zähne zusammen und wickle das Haargummi locker um meine Haare.

Schnell wische ich mir mit der Innenseite des Zeigefingers über die Vorderzähne, benutze das Deospray, das auf dem Sideboard mit den Unterwäscheschubladen steht, und kneife kurz mit den Fingern in meine Haut oberhalb der Wangenknochen.

»Hallo …«, höre ich Ryans gedämpfte Stimme aus dem angrenzenden Wohnraum, gefolgt vom leisen Klicken der Wohnungseingangstür.

O nein! Er ist schon oben.

Ein letztes Mal lasse ich meinen Blick durch das Schlafzimmer gleiten. Das Bett ist durchwühlt, auf dem Sessel türmen sich abgelegte Klamotten. In diesem Raum sieht es aus, als ob eine Bombe eingeschlagen hätte. Aber warum stört es mich? Ich werde Ryan schließlich nicht hier drinnen empfangen. Mein optischer Zustand ist viel entscheidender. Und der ist eine Katastrophe. Aber mir bleibt nichts anderes übrig, als ihm in diesem Aufzug gegenüberzutreten.

Orrr, Emma. Ich bin sichtlich nervös, fast wie ein Teenager beim ersten Date. Mein Herz schlägt immer schneller. *Los jetzt, sei kein Feigling.*

Leise öffne ich die angelehnte Tür des Schlafzimmers und erblicke ihn. Ein Hauch seines umwerfenden Geruchs liegt in der Luft und berauscht meine Sinne. Heute trägt er eine modische Jeans und einen eng anliegenden dunklen Pullover, der sich perfekt an seinen trainierten Oberkörper anschmiegt. *Sexy.* Innerhalb von Millisekunden sauge ich alles von ihm auf. Seine Haare sind zu einem lässigen Man Bun zusammengebunden. Im Gegensatz zu mir sieht er aus wie aus dem Ei gepellt. *Mist.*

Ein Mann mit langen Haaren ist für mich eine Premiere. Meine Finger kribbeln beim Gedanken daran, sie durch Ryans seidige Haarpracht gleiten zu lassen. Bisher bin ich noch nicht in den Genuss eines solchen Erlebnisses gekommen. Und je mehr ich darüber nachgrüble, desto größer wird meine Sehnsucht, es tun zu wollen.

Mmh.

Sein Teint hat eine natürliche Bräune, die niemals zu verschwinden scheint, da sie ihm genetisch implantiert wurde. In meiner Wohnung wirkt er noch größer als gestern. Seine Körpergröße gefällt mir. Wie eigentlich alles an ihm.

»Hallo, Ryan«, begrüße ich ihn und klinge so atemlos wie nach einem Sprint. Sein Anblick bringt mich regelrecht aus der Fassung. Mir ist plötzlich unerträglich heiß und ich merke, wie mein Höschen feucht wird.

Er sieht mich mit seinen blau-grünen Augen an und auf seinem Gesicht breitet sich ein strahlendes Lächeln aus. Meine Knie werden weich, als ich den großen Blumenstrauß wahrnehme, den er wie durch Zauberhand auf einmal hochhält. Ich werde verrückt. Hat er mir etwa Blumen mitgebracht?

»Blumen? Für mich ...?«, stottere ich und möchte am

liebsten augenblicklich unter dem flauschigen Teppich auf meinem Wohnzimmerboden verschwinden. Ich räuspere mich. »Sind die Blumen für mich?«

»Hey, Emma.« Seine Augen funkeln belustigt. »Ich schätze, ich bin dir wenigstens einen Krankenbesuch schuldig, wenn du dich schon in meinem Kurs verletzt.«

Rumms.

Mein wildes Herzklopfen erlischt auf einen Schlag, mein Höschen ist postwendend staubtrocken und mein freudestrahlendes Lächeln verblasst. Ungebremst komme ich auf dem Boden der Tatsachen an. Nicht ich bin vorrangig der Auslöser für seinen unerwarteten Besuch, nein, das schlechte Gewissen führt ihn hierher. Wovon träume ich eigentlich nachts?

Er runzelt die Stirn, als er mir den Strauß aus rosa Lilien, weißen Gerbera und lilafarbenen Pfingstrosen überreicht, der ausgezeichnet zu meiner Inneneinrichtung passt. Das Blumenbouquet ist wunderschön. Ich hoffe inständig, dass nicht die Hälfte seines Haushaltsgeldes dafür draufging. Denn ich weiß, was ein Blumenbukett in dieser Größenordnung kostet. Ein halbes Vermögen. Und als Fitnesstrainer verdient man nicht unbedingt gutes Geld.

»Wie geht es dir?«

»Danke, gut«, antworte ich höflich, obwohl ich gekränkt bin. »Und danke für die wunderschönen Blumen.« Mit dem Strauß in den Händen, senke ich meine Nase an die Knospen, um daran zu riechen – wie ich es immer mache. Leider war ich in letzter Zeit mein eigener Geschenkbote. Allerdings war keines der Blumenpräsente an mich selbst so schwer wie dieses.

Er hätte mir die Aufmerksamkeit auch per Kurier schicken können. Aber er ist persönlich hierhergekommen. Das rechne ich ihm hoch an und verdränge meine trüben

Gedanken daran, dass das Interesse vermutlich nur einseitig ist.

Schwer atmend lege ich die Blumen auf der Anrichte ab und streiche mir eine Strähne hinters Ohr, die sich aus meinem unordentlichen Zopf gelöst hat.

»Kann ich dir bei irgendetwas behilflich sein?«, bietet er mir seine Unterstützung an und zeigt auf den Strauß.

Ich schüttle den Kopf. »Nein, nicht nötig, danke. Ich besorge nur eine Vase«, erkläre ich und beobachte, wie er sich die Ärmel seines Pullovers bis zu den Ellenbogen hochschiebt, wobei sein Tattoo, das mich gestern schon sehr fasziniert hat, zum Vorschein kommt. Ob der Kompass sein Leben bestimmt?

»Möchtest du etwas trinken?«, frage ich, als ich zum Wohnzimmerschrank schleiche, um ein geeignetes Gefäß zu finden, und drehe mich noch einmal zu ihm um.

Sein Blick wandert an meinem Körper entlang und als er bemerkt, dass ich ihn dabei erwischt habe, fixiert er mich mit seinen Augen.

Hoppla. Wie kann ich diesen Blick nun deuten?

»Sehr gern«, antwortet er, ohne peinlich berührt zu wirken, weil ich ihn ertappt habe. Aber wobei? Nur weil er mich angesehen hat, haben wir schließlich nicht am nächsten Wochenende ein heißes Date.

Trotzdem legt sich ein siegessicheres Schmunzeln auf meine Lippen, als ich die Vase aus dem Schrank nehme und zurück in den Küchenbereich gehe.

Neugierig sieht er sich in meiner Wohnung um und folgt mir nach ein paar Minuten.

»Kaffee, Wasser oder Tee?«, frage ich ihn, ehe ich mich zur Küchenzeile umdrehe, um die Vase mit frischem Wasser zu befüllen.

Als das helle Keramikgefäß halb voll ist, lasse ich den

duftenden Strauß hineingleiten und richte die Blumen, sodass alle Blüten schön zur Geltung kommen.

Ich sehe ihn an und er verzieht seinen Mund zu einem teuflischen Grinsen, bei dem sein sexy Kinngrübchen deutlich zum Vorschein kommt.

Frauen sollten in seiner Nähe ihre Höschen in Sicherheit bringen, denn sie drohen bei diesem Anblick in Flammen aufzugehen – so wie meines gerade.

Verdammt, dieser Mann macht mich fix und fertig.

»Ich nehme einen Kaffee«, antwortet er, während er näher kommt und die Blumenvase hochnimmt, die neben der Spüle steht. »Wo sollen sie ihren Platz finden?« Suchend schaut er sich um.

Wow. Ein wahrer Gentleman, der liebe Ryan. »Äh ...« Ich bin sprachlos. Wo ist der Haken? Ist er verheiratet? Liebt er Männer? Spielt er mir etwas vor?

Mist. Traummänner existieren nur in Träumen – deshalb heißen sie ja auch so. Aber Träume sind nun mal auch dazu da, sie wahr werden zu lassen.

RYAN

»Sie würden sich optisch sehr gut auf dem Sideboard vor dem Fenster machen«, sagt Emma, während sie zwei Tassen unter den hochglanzpolierten Kaffeeautomaten stellt und das Mahlwerk der Maschine zu rattern beginnt.

Kurze Zeit später steigt Dampf aus den Düsen und ich erfülle ihr den Wunsch, indem ich die Vase mit dem Blumenstrauß auf dem Schrank abstelle.

Was tust du hier nur, Ryan?

Innerlich in Aufruhr schaue ich für einen Moment aus dem Fenster, um mich zu sammeln. Es war eine dumme Idee, hierher zu kommen. Aber ich musste sie unbedingt wiedersehen. Ihre Verletzung und die Blumen konnte ich als Ausrede vorschieben, um nicht wie ein Irrer unangekündigt bei ihr auf der Matte zu stehen.

Ich weiß nicht, welcher Teufel mich heute Morgen geritten hat, aber ich war nicht in der Lage, ihm eine Abfuhr zu erteilen. Und nachdem ich Stephan erfolgreich Emmas Adresse entlockt hatte, gab es für mich kein Zurück mehr. Auch seine Drohung, *bloß keine Scheiße zu verzapfen*, kommentierte ich lediglich mit einem Grinsen. Jetzt zweifle ich meine Entscheidung an und würde am liebsten einen Rückzieher machen.

Der Ausblick von hier oben ist weniger spektakulär als der, den ich von meinem Penthouse genieße. Dennoch hat Emma eine auffallend gemütliche Wohnung und *Hell's Kitchen* ist ein sehr belebter Stadtteil von New York. Auf seltsame Weise fühlt es sich für mich nicht so an, als wäre das mein erster Besuch hier, sondern vielmehr so, als ob ich zum hundertsten Mal meinen Fuß in das alte Backsteingebäude mit den hohen Decken gesetzt habe. Das Bedürfnis zu verschwinden, vereinnahmt mich.

»Danke dir, Ryan. Sie sehen hübsch aus, und Lilien gehören eindeutig zu meinen Lieblingsblumen«, sagt sie mit einem Lächeln, als ich mich wieder zu ihr umdrehe und der Raum mit frischem Kaffeeduft erfüllt wird.

Ihre sanfte Stimme lässt meinen Namen verdammt verrucht klingen. Ich will hören, wie sie ihn stöhnt, wenn sie kurz davor ist zu kommen. Ich will sehen, wie Lust in ihre blauen Augen tritt, wenn ich sie berühre. Ich will erleben, wie sie jegliche Zurückhaltung ablegt und sich mir vollkommen hingibt. Und dass ich mit der Auswahl der Blumen bei ihr einen Volltreffer gelandet habe, sorgt dafür, dass bei mir die Alarmglocken schrillen.

Wir schauen uns abermals einen Herzschlag zu lang an. Sie sieht in ihrem derangierten Schlafzimmerlook zum Anbeißen aus, gern würde ich wissen, wie sie heute duftet. Aber ich traue mir selbst nicht. Ich bin ein Schwein und denke nur an das eine. Doch dieses Mal ist etwas anders. Die behagliche Wärme, die von Emma und der komfortablen Inneneinrichtung ausgeht, bringt mich durcheinander.

»Gern«, ist alles, was ich sage. Mit einer geschmeidigen Bewegung lasse ich mich auf einem der Hocker an der Frühstückstheke nieder. Ich versuche, möglichst lässig zu wirken, doch mein Gedankenkarussell ist zu konfus. Ich stütze meine Ellenbogen auf der glatten Arbeitsfläche ab und beobachte Emma, die sich mit beiden Tassen in der Hand umdreht und mir eine davon anreicht.

»Wie trinkst du deinen Kaffee? Mit Milch oder Zucker?«

Sanft berühren sich unsere Fingerspitzen, als ich meine Tasse entgegennehme. Wenn ich behaupten würde, dass mich diese simple Berührung kalt lässt, wäre ich ein gnadenloser Lügner. Das Feuer in mir ist entfacht und ich kann mich schwer von dem Gedanken lösen, sie zu wollen.

»Danke. Ich trinke ihn bevorzugt stark und tiefschwarz«, sage ich heiser und bemerke, wie angeschlagen meine Stimme plötzlich klingt. Ich sollte verschwinden, aber ich genieße es, sie anzusehen und kann mich nicht davon abhalten, es zu tun.

Sie lächelt. Verdammt, dieses Lächeln bringt mich echt um.

»Genau so mag ich ihn auch am liebsten«, antwortet sie, während sie umständlich neben mir auf einem der Hocker Platz nimmt und ihre Tasse an die Lippen setzt.

Ihre Wimpern streifen fast ihre Wangen, als sie mit halb geschlossenen Augen Luft in die Tasse pustet, und der Wunsch, ihren Mund mit meinem zu erobern, wächst. Sie ist wie ein Engel. *Mein Engel.*

Warum fühle ich mich so leicht in ihrer Nähe? Das ist es, was mich so aus der Fassung bringt, den dunklen Himmel über mir aufreißen lässt. Und dieses neuartige Gefühl in meiner Brust verfestigt sich.

Nachdenklich und irgendwie beeindruckt von meiner wirklich seltsamen Wandlung, trinke ich einen Schluck Kaffee und lasse den nussigen Geschmack auf meiner Zunge zergehen. Er schmeckt ausgezeichnet. »Mmh. Der ist gut.«

»Ich beziehe die Bohnen von einem kleinen Händler in *Tribeca.*« Grinsend zuckt sie mit ihren Schultern und legt ihren Zeigefinger zum Pssst-Zeichen an ihre einladenden Lippen. »Keine Ahnung, woher er sie schmuggelt. Aber solange er genügend auf Lager hat, um meine Koffeinsucht zu stillen, bezahle ich gern.« Sie nippt an ihrem Kaffee und leckt sich danach über die Lippen.

Verdammt, Emma. Und du könntest der Stoff sein, nach dem ich süchtig werde, dabei habe ich noch nicht mal von dir gekostet.

»Dann weiß ich ja jetzt, wo ich die besten Kaffeebohnen kaufen kann. Vielen Dank für den Tipp«, entgegne ich locker.

Sie runzelt die Stirn und kräuselt ihre Nase, was irgendwie süß aussieht. »Bist du nicht aus New York?«

»Eigentlich schon. Für ein paar Jahre habe ich aber an der Westküste gelebt.« Normalerweise fahre ich in diesem Augenblick meine Mauern weiter hoch, um nicht mehr von mir preisgeben zu müssen. Doch Emmas Neugierde lässt meine Fassade bröckeln.

»Wo genau?«, hakt sie nach.

»In San Francisco.« So wie sie mich ansieht, hat sie überhaupt keine Ahnung, wer ich mal war. Was auch gut ist.

Sie nippt an ihrem Kaffee. »Hm. Auch bestimmt sehr schön«, sagt sie nickend. »Ein Ortswechsel stand für mich nie zur Debatte. Ich wollte immer in Manhattan bleiben. Ich liebe die Stadt.«

Plötzlich vibriert ihr Handy, das neben ihr auf der Granitplatte liegt. Kurz wirkt sie abgelenkt und wirft einen raschen Blick aufs Display. Sie verdreht die Augen und schnauft genervt. Innerhalb der nächsten Sekunden fängt sie sich jedoch wieder und sieht mich mit einem aufgeschlossenen Grinsen an. Wer ist der Übeltäter, der für ihren Stimmungswechsel verantwortlich ist? Will ich es wissen?

»Ist es bequem genug für dich?«, erkundige ich mich stattdessen nach ihrem Wohlbefinden. »Oder bereitet dir der Rücken Probleme?«

Sie streift sich eine lose Haarsträhne hinters Ohr und legt ihren Kopf schräg. »Ryan, du kannst dich entspannen. Es ist nicht deine Schuld, dass ich mir etwas gezerrt habe. Aber ich finde es durchaus sehr ritterlich von dir, dass du hier bist und dich nach meinem Wohlbefinden erkundigst.«

Wenn du wüsstest, wie unritterlich meine Gedanken sind, dann würdest du deine lobenden Worte zurücknehmen und mich verfluchen. Oder würde ich damit auch deinen Geschmack treffen?

»Lebst du allein?«, sprudelt es unkontrolliert aus meinem Mund, während ich nach Indizien suche, die darauf hindeuten, dass sie hier mit ihrem Partner lebt. Warum will ich das jetzt wissen?

Schmunzelnd stellt sie die Tasse ab. »Ryan, ist es möglich, dass du herausfinden möchtest, ob ich Single bin?«

Ja, verdammt. Ich muss wissen, ob ich einen Nebenbuhler habe. Ich sehe sie an, liebkose ihr Gesicht mit meinen Augen. Zu gern würde ich mit meinen Fingern über ihre Konturen fahren. Doch ich halte mich zurück und nicke stattdessen. »Ja, ich muss sichergehen, dass niemand Besitzansprüche anmeldet, wenn ich dich nach unserem Date mit meinem Mund verwöhne«, gebe ich ganz offen zu.

Emma beißt sich verzweifelt auf die Unterlippe, während sich eine feine Röte auf ihren Wangen ausbreitet. »Sollte ich dir diese Frage ebenfalls stellen? Gibt es eine Frau in deinem Leben, die mich zum Teufel wünschen würde, wenn ich es in Betracht ziehe, mich von dir lecken zu lassen?«

Fuck. Ich schlucke schwer und werde hart. Damit, dass sie diese schmutzige Fantasie so offen ausspricht, überrascht sie mich.

Mein Arm schnellt nach vorn. Mit dem Daumen streiche ich an ihrer Wange entlang. »Nein.« Ich schüttle mit dem Kopf. »Es gibt niemanden.« Meine Stimme ist ungewohnt rau. Niemanden außer mir und meinem inneren Konflikt, der viel einnehmender ist als eine eifersüchtige Partnerin.

Ihre Handfläche schmiegt sich an meine Hand, während ich zärtlich an ihrem Hals entlang streiche. Es tut so gut, sie zu spüren. Die Art und Weise, wie sie mich ansieht, lässt Schauer über meinen Körper laufen, die in dieser Intensität neu für mich sind. Ich atme tief ein und wieder aus, während ich gegen den Drang ankämpfe, die Reise meiner Hand fortzusetzen. Ich muss mich zurückhalten. Ich habe mich zwar unter Kontrolle, aber in mir tobt ein Sturm aus unergründlichen Gefühlen.

»Und bei dir?«, bohre ich weiter, während ich in ihrem Blick ertrinken möchte.

Ihre ozeanblauen Augen funkeln mich an. »In meinem Leben gibt es auch niemanden, der mich davon abhalten könnte, mich mit dir in deiner und meiner Welt zu verlieren.«

Scheiße. Kann sie das wiederholen? Mein Herz beginnt unkontrolliert schneller zu schlagen.

»Hemmungslos?«, hake ich nach.

»Und vollkommen«, ergänzt sie meine Frage.

Es ist Ewigkeiten her, dass mich eine Frau dermaßen nervös gemacht hat. Emma schafft es zwischen Kaffee und Küchentresen und befeuert meinen Wunsch, sie unbedingt zu einem richtigen Date auszuführen.

Die Luft zwischen uns steht kurz vor einer Explosion. Es knistert gewaltig. Ein intensiver Blick, eine sachte Berührung oder ein Wort könnten der Auslöser für einen leidenschaftlichen Ausbruch sein. Ich bemühe mich, dagegen anzukämpfen.

Mit gesenkten Lidern streicht sie langsam mit ihren Fingernägeln über meinen Arm, entlang der tätowierten Linien, die sich um den Kompass schlängeln, und ich lasse ihre Berührung zu. In der Regel sträube ich mich dagegen und gehe auf Abstand. Aber sie lindert damit meinen Schmerz.

»Hilft dir der Kompass, den Weg ins Glück zu finden?«, fragt sie leise und sieht mich mit einem verträumten, fast schon sehnsüchtigen Blick an.

»Ja, den Weg zu dir.«

In diesem Moment wirken wir beide wie zwei Ertrinkende, die sich gegenseitig vor dem Untergehen retten wollen. Wie zwei Fremde, die nicht viel mehr voneinander wissen müssen, um einander zu vertrauen. Eine gefühlte Ewigkeit verstreicht, in der wir uns lediglich ansehen. Und ich will nichts mehr, als mich in ihrer Welt zu verlieren und herauszufinden, wie unvollendet diese aussieht.

KAPITEL 7
EMMA

Manchmal realisiert man erst, was einem fehlt, wenn man es verloren hat. Das trifft auf Liam exakt in diesem Wortlaut zu. Seit gestern überschüttet er mich mit Nachrichten und Anrufen.

Er bittet um eine zweite Chance. Was soll das bringen?

Ich seufze und schließe die Tür zu meinem Büro, als die nächste Nachricht von ihm eintrifft. *»Emma, ein Abendessen zu zweit. Was spricht dagegen? Komm, lass uns reden.«*

»Eine ganze Menge, mein Lieber!«, protestiere ich stumm. Exakt so würde meine Antwort lauten, wenn ich ihm zurückschreiben würde. Was ich aber nicht tue.

Von seinen ganzen Forderungen schwirrt mir der Kopf. Und dann gibt es da jemanden, der mir seit seinem Krankenbesuch nun gar nicht mehr aus eben diesem gehen will: Ryan.

Die schlaflose Nacht, die ich wegen ihm hatte, macht durchaus mehr Sinn. Was völlig verständlich ist. Seit der Unterhaltung in meiner Küche, die definitiv ein heißes

Vorspiel war, kann ich nicht mehr aufhören, an ihn zu denken.

O Gott. Das Gespräch klingt jetzt noch in meinen Ohren nach. Allein bei dem Gedanken daran werde ich feucht. Sein intensiver Blick, seine Hand an meiner Wange und an meinem Hals, jede Berührung setzte mich mehr in Brand. Zum Abschied legte er sie auf meiner Hüfte ab und sagte: »Ich will dich wiedersehen.«

In Erinnerung an seine raue Stimme, die federleicht auf mich herabrieselte, wird mir jetzt noch ganz anders und auf meinem Körper breitet sich eine wohlige Gänsehaut aus.

Noch nie, wirklich noch nie, ist es mir passiert, dass ich im Laufe des Tages den Vibrator mehrfach benutzen musste. Und das trotz meiner Verletzung. Es war so heiß, und der Protagonist meiner Fantasie war ausschließlich Ryan. Kein Liam. Er soll mich mit seinen permanenten Nachrichten nicht wahnsinnig machen.

Ich muss grinsen, als ich meinen Coffee-to-go-Becher auf dem Tisch abstelle, mich auf meinen Bürostuhl sinken lasse und den PC einschalte. Ich habe ein Date mit Ryan.

Es sind zwar noch mehr als vierundzwanzig Stunden, die gefühlt endlos andauern, bis wir uns wiedersehen, dennoch mache ich mir Gedanken, was ich anziehen und was wir unternehmen werden. Ich bin richtig nervös.

Ich scrolle durch die Ordner mit den abgelegten Dateien für Arbeitsrecht und öffne eine neue Dokumentenvorlage, als mein Handy vibriert und eine Nachricht ankündigt.

Nicht schon wieder.

Mit einem Auge schiele ich auf das aufleuchtende Display, während ich den Vertrag der IT-Firma Solutions anlege.

Ryan. Die Tatsache, dass die Nachricht von ihm stammt, zaubert mir ein Lächeln auf die Lippen. Nachdem wir gestern die Handynummern ausgetauscht haben, steht mein Telefon nicht mehr still.

Sofort stoppe ich die Eingabe der Daten, nehme mein Handy hoch und öffne den Chat.

»Hallo, meine Schöne! Konntest du schlafen oder spürst du immer noch den Druck meiner Hand auf deinem Körper?«

Mir wird heiß. Hitze schießt mir zwischen die Beine. Ich presse sie zusammen, um das köstliche Ziehen zu lindern. Ich spüre seinen Atem wie eine sanfte Brise auf meiner Haut. Ich will ihn küssen und berühren. Aber er ist nicht da. Dennoch habe ich das Gefühl, als ob er es wäre.

Mit klopfendem Herzen lehne ich mich auf meinem Stuhl nach hinten und drehe ihn mit den Füßen in Richtung des Fensters, sodass ich beim Überlegen meiner Worte nach draußen sehen kann. Es ist noch früh, der Himmel ist bedeckt, die meisten Anwälte sind morgens bei Gericht, und ich grüble darüber nach, was ich ihm antworten kann.

»Guten Morgen, Hübscher! An Schlaf war nicht zu denken«, gebe ich mich geheimnisvoll und überfliege noch einmal seine Nachricht.

Nach ein paar Sekunden verfärben sich die beiden Häkchen blau und die drei hüpfenden Punkte signalisieren mir, dass er schreibt. In Erwartung seiner Antwort kribbelt ein wohliger Schauer über meine Haut.

»An was hast du gedacht?«

Kurz überlege ich. *»An dich.«*

Nervös tippe ich mit den Fingernägeln auf die Kunststoffverkleidung der Armlehnen. War es ein Fehler, so offen zu sein? Läuft das, was sich eventuell zwischen uns anbahnt, nicht wieder auf dasselbe hinaus wie mit Liam? Aber ich kann es nicht unterdrücken. Der Vorsatz, es langsam angehen zu lassen, ist mal wieder vergessen, weil es viel zu sehr in meinem Bauch kribbelt. Ich bin ein hoffnungsloser Fall.

Unsicherheit keimt in mir auf, die sofort von meinen nächsten Gedanken verdrängt wird. Ich weiß, dass er mich will. Dass *er* mich vor unserem Date noch einmal angeschrieben hat, ist der beste Beweis.

Mein Handy brummt in meiner Hand und kündigt eine weitere Nachricht an. Sie ist von Ryan. Sie nicht sofort zu öffnen, wäre genauso dumm, wie sie zu öffnen. Das Abwägen überfordert mich, ich will mich endlich wieder gut fühlen und streiche mit dem Finger über das Display.

»Dann geht es dir nicht anders als mir. Und glaub mir, es wäre gelogen, wenn ich etwas anderes behaupten würde. Ich fühle mich zu dir hingezogen – mehr, als ich zulassen sollte.«

Ich stoße die Luft aus, die ich unbewusst angehalten habe, während mein Puls unkontrollierbar in die Höhe schnellt. ... *mehr, als ich zulassen sollte.* Die letzten Worte lassen mich aufhorchen und bestärken mein Gefühl, dass Ryan ein geheimnisvoller Mann ist. Und schon wieder möchte ich meine Finger zwischen meine Schamlippen gleiten lassen, um mir vorzustellen, dass es sich dabei um Ryans Finger handelt.

Das Smartphone vibriert ein weiteres Mal, während ich es mit dem immer noch geöffneten Chatfenster in der Hand halte.

»Und Emma, trag etwas Blaues, das passt hervorragend zur Sternennacht und zu deinen Augen.«

Mit dieser Bitte habe ich nicht gerechnet. Ich hätte ihn niemals für einen Sternennacht-Typen gehalten.

Aber wie soll ich mich jetzt bitte schön auf die Arbeit konzentrieren?

Angestrengt überfliege ich die ersten Zeilen des Vertrags und brüte vertieft über ein paar Veränderungen, als es klopft.

Verwundert blicke ich zur Tür. »Ja, bitte«, sage ich.

Wie bei einem Déjà-vu erscheint mein Vater im Türrahmen. Da waren mir Ryans Nachrichten doch tausend Mal lieber.

»Guten Morgen, Emma«, begrüßt er mich und schließt die Tür hinter sich. Schon wieder betritt er mein Büro modisch auffällig wie ein Hipster gekleidet. Meine Güte. Was ist nur in ihn gefahren? In einem hellen Sakko und modernen Chinos nimmt er auf einem der Besucherstühle Platz.

Hm, sein Besuch wird sich wohl ausdehnen. »Guten Morgen«, brumme ich verstimmt. Ich kann immer noch nicht fassen, dass er Mom für eine andere Frau verlässt. Auch wenn ich dreißig und längst erwachsen bin, möchte ich mit seiner Wandlung nicht klarkommen. Ich weiß, dass ich mich wie ein unreifes Gör verhalte. Leider hat er nichts anderes verdient, als meine Feindseligkeit zu spüren zu bekommen. Schließlich ist das das Ende der Familie Haynes – und er trägt die alleinige Schuld daran. Es sei denn, er kommt zur Besinnung, was ich stark anzweifle, wenn ich mir seine Freizeitverkleidung ansehe. Fehlt nur noch eine Pilotensonnenbrille, dann lasse ich ihn einweisen.

»Emma ...«, setzt er an, lehnt sich leicht nach vorn, faltet seine Hände und legt sie auf dem Schreibtisch ab. »Du gehst mir seit unserem letzten Gespräch aus dem Weg.«

»Wundert dich das etwa?« Ich koche innerlich.

Er trägt eine neue protzige Uhr an seinem Handgelenk. Er sieht glücklich aus. Mom und ich sind es nicht.

Ein frischer Duft nach Karibik und Sünde zieht in meine Nase. Definitiv ist das nicht der Geruch von meinem Dad, dem Dad, den ich kenne. Mir wird schlecht und er raubt mir mal wieder den letzten Nerv. Auf meinem Schreibtisch stapeln sich die Akten. Im Gegensatz zu ihm habe ich viel zu tun und muss arbeiten.

Seine Gesichtszüge werden ernst. »Du reagierst emotional. Ich schätze, dass ich mit meiner Entscheidung richtig lag.«

Entscheidung? »Welche Entscheidung? Ich verstehe nicht, was ich damit zu tun habe, dass du gehst.« Will er mir jetzt die Schuld geben? Mein Herz klopft ungewöhnlich stark in meiner Brust.

»Mich mit Mimi in Florida zur Ruhe zu setzen und die Kanzlei zu verkaufen.«

Was?

Mein Herz bleibt stehen und ich presse meine Handflächen auf die dunkle Tischplatte. Das Unheil will diese Woche wohl nicht abreißen. Was kommt morgen? »Du willst die Kanzlei verkaufen?«, rufe ich aufgeregt. »Und was wird aus mir?« Mein Vater sollte einen Psychiater aufsuchen, der ihn mal kräftig in die Mangel nimmt. Das ist doch nicht mehr zum Aushalten. »In einer Woche unterbreitest du mir gleich zwei Überraschungen und erwartest, dass ich das einfach hinnehme und nicht emotional darauf reagiere?«, fahre ich ihn wütend an. Meine Stimme ist so schrill, dass ich sogar Gläser zerplatzen lassen könnte. »Das meinst du nicht ernst.«

»Emma, um eine Kanzlei erfolgreich zu führen, benötigt man eine gewisse Härte. Frauen können in dieser einflussreichen und karriereorientierten Männerwelt nur schwer mithalten«, sagt er, als ob er das Ergebnis einer Studie vorträgt.

Unglaublich! Das übertrifft alles. Er hält mich für unfähig. In Ansätzen habe ich das schon kommen sehen, aber es aus seinem Mund zu hören, setzt dem Ganzen die Krone auf.

Mit den Absätzen verpasse ich meinem Schreibtischstuhl einen Schubs und bringe Abstand zwischen mich und den Mann, den ich nicht mehr wiedererkenne. Ich schlucke den Kloß in meinem Hals herunter. »So hart wie du? Gehst über

Leichen, lässt uns zurück und verkaufst nun die Kanzlei, die einmal mir gehören sollte, weil ich deine Erbin bin. Erwartet mich demnächst eine weitere Überraschung und du tischst mir einen Stiefbruder auf?«, entgegne ich zickig.

Ich bin mit den Nerven am Ende. Mein Kopf droht zu platzen und das Loch in meinem Herzen versucht mich zu verschlucken.

Meine Enttäuschung nimmt ein so großes Ausmaß an, dass ich kaum mehr einen klaren Gedanken fassen kann. Dieser Scheiß hat sich seit Monaten abgezeichnet. Ich war nur zu sehr mit mir selbst beschäftigt, um die Anzeichen richtig zu deuten.

»Emma, sei vernünftig. Du bleibst der Kanzlei selbstverständlich weiterhin als Anwältin erhalten. Du wirst sehen, das ist die beste Entscheidung.«

Oh, wie gnädig.

Ich will nicht mehr vernünftig sein. Ich will alles hinschmeißen. Und schreien. »Und ich habe noch nicht mal die Chance, Einspruch einzulegen?« Jetzt höre ich mich an wie eine verkappte Bürozicke, der man den Job gekündigt hat.

Er schüttelt den Kopf. »Nein, Emma. Meine Entscheidung ist endgültig. Mein Nachfolger übernimmt die Kanzlei, sobald ich mein Büro ausgeräumt habe«, sagt er und alles um mich herum beginnt zu verschwimmen.

Der dicke Kloß in meinem Hals ist irgendwann im Laufe des Tages in meinen Magen gerutscht, wo ich ihn gerade mit einer großen Portion *Cookie Dough* gefrieren lasse.

Zum Glück bin ich nicht mehr mit mir und meinen Tränen allein und muss ohne Unterstützung mit meinen

Problemen klarkommen. Milly und Ava sind bei mir. Wir haben es uns mit Taschentüchern, Eiscreme und Junkfood auf meiner Couch gemütlich gemacht und schauen *Holidate.*

Welch ein schöner Trost für einen echt beschissenen Tag. Haufenweise Kalorien und Jackson in Großaufnahme auf dem TV-Bildschirm. Vermutlich erleide ich in den nächsten Stunden einen hochgradigen Zuckerschock und verliere endgültig meinen Verstand.

Avas Augen sind genauso gerötet wie meine und der Klang unserer Stimmen wechselt von nasal bis verheult. Ihr neuer Boss hat sich doch als arroganter Herzensbrecher entpuppt, und aus lauter Frust und Enttäuschung kündigte sie mit einer handgeschriebenen Notiz an ihren Chef ihren erst vor Kurzem neu angetretenen Job.

Zum Glück blieb zumindest Milly von Drama und Herzschmerz verschont und hat nun die ehrenhafte Aufgabe, uns wieder in die Spur zu bringen. Deshalb ist sie die Initiatorin unseres *Seelentröster-Abends.* Auch nichts Neues, sie ist irgendwie immer unsere Anführerin und die Stärkste im Bunde. Etwas, wofür ich sie insgeheim bewundere und worum ich sie momentan besonders beneide.

Als Ava in Tränen aufgelöst bei mir eintraf, schütteten wir uns gegenseitig das Herz aus und jammerten um die Wette.

Etwas später rettete Milly uns mit prall gefüllten Papiertüten von Bakers-Burger und Vanille-Shakes.

Die Sonne geht bald unter. Doch durch die zugezogenen dicken, grauen Vorhänge liegt mein Wohnzimmer bereits die ganze Zeit über genauso im Dunkeln wie mein Herz. Nur die winzige Tischlampe und der große Fernseher erhellen den gemütlichen Wohnraum, der direkt an die offene Küche mit Theke grenzt.

»Wenn wir den Film ein drittes Mal gucken, dann will ich auch nur noch Holidates – aber mit Jackson«, murmle ich und denke automatisch an Ryan, der für mich in nächster Zeit vermutlich der einzige Lichtblick sein wird. Meine Zukunftspläne wurden innerhalb von wenigen Sekunden mit nur einem Satz von meinem Vater zerstört.

Er benimmt sich wie ein hormongesteuerter Sechziger. Dann darf ich mich auch wie eine verständnislose Tochter aufführen und muss seine Beziehung zu der viel jüngeren Frau nicht akzeptieren. »Wie kann ein Typ nur so perfekt sein?«, schwärme ich und lecke die fast geschmolzene Eiscreme von meinem Löffel.

Ava nickt mir zustimmend zu, während Tränen über ihr Gesicht kullern.

»Niemand ist perfekt«, knurrt Milly. »Das gibt es nur in Filmen und ist alles Augenwischerei. Lasst euch bloß nicht von dem Scheiß blenden. Diese Typen haben auch nur einen Schwanz und zwei Eier. Und einen hübschen Kopf, in dem ein Verstand existiert, der maximal den Umfang einer Erbse aufweist«, sagt sie, während ihr ausgestreckter Arm in unserem Sichtfeld erscheint und sie uns die wahre Größe des besagten Verstandes mit Hilfe von Daumen und Zeigefinger an Jacksons Kopf demonstriert.

Grinsend schauen wir uns an und brechen in schallendes Gelächter aus.

»Könntest du uns bitte noch Jacksons Schwanzlänge vorführen ...«, japst Ava und reibt sich über die Nase.

»Ja, bitte!«, fordere auch ich Milly auf.

Ich verschlucke mich an der Eiscreme, als Milly vor dem Fernseher mit ihrem Po herum wackelt und eindeutige Auf- und Abbewegungen mit ihrer Hand macht.

Mit ihrem losen Mundwerk und ihrer gespielt lasziven Vorführung bringt sie uns zum Lachen – und der Schmerz über das Verhalten meines Vaters und die Sorgen um meinen Job rücken in den Hintergrund. Ich bin ausgelassen und fühle mich in diesem Moment richtig gut. Dennoch weiß ich, dass dieser Zustand nicht von Dauer sein wird.

Aber vorerst flicken wir unseren Herzschmerzkummer mit sündhaft süßer Eiscreme, bis uns schlecht wird, und einem Film fürs Herz.

Es gibt kein besseres Heilmittel für die Seele.

Milly war zwar anderer Meinung darüber, wie man Kummer loswird, aber in Flanellhemd, Leggings und Schlabberlook wollten wir nicht unbedingt die Clubs der Stadt unsicher machen.

Heute fehlt mir jegliche Energie, mir ein hübsches Outfit überzuziehen und meine geschwollenen Augen mit Make-up zu kaschieren, um mich gut gelaunt auf der Tanzfläche zu bewegen. Ich bevorzuge eine Jogginghose und ein altes Shirt von den *New York Giants*, das am Halsausschnitt einen ausgefransten Riss hat, den Milly vor Jahren verursacht hat, als wir uns um den Bestellflyer von Tonis Pizzeria stritten. Das Shirt hat Seltenheitswert und wird erst beerdigt, wenn es nicht mehr in einem Stück aus der Waschmaschine herauskommt. Aber als sexy Cluboutfit eignet es sich nicht.

Auf meinem Kopf thront ein unordentlicher Dutt und mein Atem stinkt nach Knoblauch. Niemand will in diesem Aufzug mit mir gesehen werden. Noch nicht mal mein Spiegelbild.

Nach unserem Lachanfall kuscheln wir uns wieder unter der Wolldecke, die ausgebreitet über unseren Beinen liegt, ein.

»Manche Typen haben zwar einen Schwanz, aber keine Eier«, sagt Ava nach einer Weile.

Ich weiß, dass sie dabei an ihren Boss denkt, und ich sehe auch, wie schlecht es ihr geht und dass ihr Herz genauso blutet wie meins. Nicht ohne Grund bricht sie alle paar Minuten in Tränen aus und steckt mich damit an, obwohl mein Tränenvorrat eigentlich bereits versiegt sein müsste. Ist er aber nicht. Die heiße Flüssigkeit rinnt mir aus den Augenwinkeln und läuft an meinem Hals entlang.

Perfekt, Emma. Und morgen hast du ein Date mit Ryan, der dich kaum wiedererkennen wird, wenn du ihm derart derangiert gegenübertrittst. Ich sollte mir über Nacht eine Kühlkompresse auf mein Gesicht legen, damit die Schleimhäute abschwellen, und mir dringend eine Mundddusche verpassen, damit der Knoblauchgestank verfliegt.

Momentan ist alles aussichtslos. Natürlich werde ich eine Lösung finden. Zur Not brenne ich durch. Mit Ryan. Vielleicht kann ich ihn dazu überreden, mitzukommen, damit mein Herz und meine Haut wieder Feuer fangen. Einen Anfang hat er ja schon gemacht. Gegen eine Fortsetzung am anderen Ende der Welt hätte ich nichts einzuwenden.

Schniefend reibe ich mir mit der Hand über mein Gesicht und kratze Eiscreme aus dem Becher. Verheult und vom Schicksal überfahren, lasse ich mir die cremige Sünde auf der Zunge zergehen. Hoffentlich geht morgen nichts schief. Mein Soll an Katastrophen ist für diese Woche erfüllt. Ich nehme keinen weiteren Fehlschlag mehr hin. *Basta.*

»Was willst du jetzt eigentlich tun?«, fragt Ava und legt ihren Kopf auf meiner Schulter ab.

Ich starre ins Leere. »Keine Ahnung. Vielleicht die Pläne meines Vaters durchkreuzen, damit er in New York bleibt?«

»An was dachtest du?«, mischt sich Milly neugierig ein. »Flugzeuge in die Luft sprengen? Das neue Haus voll Wasser laufen lassen? Der neuen Lebensgefährtin eine verpfuschte Schönheits-OP schenken? Sag Bescheid. Ich bringe mich gern ein.«

Typisch Milly. Während für uns kein Ausweg in Sicht ist, schafft sie es, uns mit ihrem schwarzen Humor zum Lachen zu bringen.

Das tut gut.

Was wäre das Leben ohne Freundinnen? Nicht denkbar. Zumindest nicht, wenn man solche wundervollen Menschen an seiner Seite hat wie ich.

»Wir sollten die Kanzlei abfackeln, dann kann er sie erst gar nicht verkaufen«, schlägt Ava vor und springt auf Millys Zug auf.

»Perfekt!«, rufe ich. »Darauf bin ich noch gar nicht gekommen.« Lachend umarme ich sie und spüre einen Anflug von Zuversicht. »Ava, du wirst sehen. Bald können wir wieder richtig lachen, ohne diesen ganzen Ballast mit uns herumzuschleppen.«

Milly linst auf ihr Handy und verzieht ihre Lippen. »Mist.«

»Was ist?«, fragen Ava und ich unisono.

Sie nimmt die Brille von ihrer Nase und reibt sich über die geschlossenen Lider. »Ich habe morgen einen Termin mit dem Big Boss. Ihr wisst ja, wenn er mich um diese Uhrzeit noch kontaktiert, muss es wieder etwas ganz Eiliges sein.« Sie verdreht die Augen. »Verdammt. Ich bin urlaubsreif. Aber wenn er das Wort nur hört, lacht er mich aus.«

»Reich den Urlaubsschein doch einfach ein«, schlägt Ava vor und schnappt sich die Fernbedienung vom Tisch.

Milly verschränkt die Arme vor der Brust. »Wenn das so einfach wäre. Er würde ihn vor meinen Augen zerreißen und sagen: *Milly, Sie sind die Beste auf dem Gebiet. Ich kann nicht auf Sie verzichten.* Und mein Ego schwillt an.« Sie seufzt genervt auf und fällt rücklings zurück in das dicke Sofakissen.

»Dann schick dein Ego in den Urlaub, bevor du deinen Urlaub einreichst«, schlage ich vor.

Meine kurzhaarige Freundin stöhnt. »Hast du noch etwas von dem feinen Bourbon, den dein Vater an Weihnachten hiergelassen hat? Ich betrinke mich einfach sinnlos und lasse den Termin sausen.«

»Kommt gar nicht infrage«, beschwere ich mich und erinnere mich an die starken Kopfschmerzen, die ich erst kürzlich von diesem Teufelszeug hatte. »Wir stecken auch tief in der Scheiße und überbrücken es mit Eiscreme statt Alkohol.«

»Ihr könntet mittrinken, dann sind wir wenigstens alle beduselt.«

»Nein«, widerspreche ich. »Ich muss morgen hübsch aussehen. Und Alkohol macht so faltig.«

»Warum?«, fragen nun Milly und Ava unisono.

Mit einem geheimnisvollen Grinsen lasse ich die Bombe platzen. »Ich habe ein Date.«

»Mit wem?«, will Ava wissen.

»Nennst du die Treffen mit deinem Ex immer noch Dates?«, fragt Milly und rümpft die Nase. »Nenn es doch gleich Fickdate.«

»*Fickdate* ...«, stößt Ava aus. »Milly, du ziehst heute mal wieder alle Register.«

Lässig zuckt sie mit den Achseln.

»Ich treffe mich nicht mit Liam«, verteidige ich mich.

»Mit Ryan, dem süßen Fitnesstrainer«, mutmaßt Ava.

»Stehst du nun auf Gesundheitsfreaks?«, fragt Milly mit einem provokanten Unterton.

Welche Laus ist ihr denn über die Leber gelaufen?

»Du musst deine schlechte Laune jetzt nicht an mir auslassen. Er ist sehr sportlich, aber ob er gesund lebt, das kann ich dir noch nicht beantworten«, ermahne ich sie.

»Sorry. Meine Stimmung ist gerade echt scheiße. Es sollte nicht so rüberkommen, wie ich es gesagt habe«, entschuldigt sich Milly.

»Lasst uns nicht auch noch streiten, gerade prasselt schon genug auf uns ein. Okay?«, sagt Ava beschwichtigend.

Verschwörerisch zwinkert Milly. »Vielleicht sollten wir uns doch ein Glas von dem edlen Tropfen teilen?«

»Nein!«, rufen Ava und ich gleichzeitig.

»Er war bei mir und hat mir einen Krankenbesuch abgestattet«, gestehe ich meinen Freundinnen verträumt und weiß, dass ich mit diesem Geständnis unser Lieblingsthema befeuere. Männer.

»Nicht wahr!« Ava stupst mich an.

Ich nicke und kann meine Euphorie kaum verbergen. »Und die Blumen sind von ihm.« Ich zeige auf den wunderschönen Strauß, der im schummrigen Licht leider nur unscharf zu erkennen ist.

»Wow ...« Ava ist beeindruckt.

»Warst du beim Waxing? Hast du neue, unbenutzte Unterwäsche? Wohin führt er dich aus? Kauf dir ein neues Parfüm. Hast du Kondome in Extra-Large?« Nach einem Moment des Schweigens hat sich Milly wieder gefangen und kehrt zu ihrer alten Stärke zurück.

»Moment. Halt! Stopp!«, bringe ich sie lachend zum Schweigen. »Bist du jetzt meine Dating-Managerin?«

»Emma.« Tadelnd mustert sie mich wie mein Tutor an der Uni, als ich kurz vor meiner ersten Prüfung stand. »Ich will, dass dir jemand Liam aus dem Kopf vögelt und du voll und ganz auf deine Kosten kommst. Ryan ist Fitnesstrainer. Du weißt, was das bedeutet?«

Okay, dieses Thema war kein Bestandteil des Gesprächs damals während des Studiums.

»Äh ... Nein. Worauf willst du hinaus?« Heute hinke ich mit meinen Gedanken hinterher. Was will sie damit andeuten?

»Er kann ficken wie ein Duracell-Hase«, platzt sie heraus und zuckt lässig mit der Schulter.

Perplex schnappe ich nach Luft. »Milly! Du bist versaut«,

rufe ich empört und schlage die Decke mit einem Ruck zurück.

Ava verschluckt sich und beginnt zu husten. »Ihr seid unmöglich. Jetzt habe ich die Eiscreme auf die Decke geschmiert.«

»Du etwa nicht?«, quietscht Milly mit hoher Stimme. »Du bist auch kein Kind von Traurigkeit, Schwester! Der Staatsanwalt hat dich viel zu lange für sich beansprucht. Du hast mit Sicherheit längst vergessen, wie es ist, einen neuen Schwanz kennenzulernen.«

Ich verdrehe meine Augen und reiche Ava die Box mit den Papiertüchern. »Wenn ich dich nicht hätte ...«, ziehe ich sie auf. »Beim Waxing war ich erst letzte Woche. Neue Unterwäsche kann ich mir noch zulegen. Was wir unternehmen werden, hat er mir nicht verraten. Aber wie kommst du darauf, dass er ausgerechnet Kondome in Extra-Large benutzt?«

»Das interessiert mich allerdings auch«, fügt Ava hinzu und richtet sich auf.

»Mensch, Emma, das sieht man doch«, meint Milly wie selbstverständlich.

Nach dem heutigen Tag habe ich nicht erwartet, dass ich mich ausgerechnet mit Ryans bestem Stück auseinandersetzen werde. »Was sieht man? Jetzt spann uns doch nicht so auf die Folter«, motze ich.

»Na, wegen seiner Körpergröße«, antwortet Milly knapp.

»Was ist das wieder für ein Unsinn, Milly? Nur weil er mich um mehrere Zentimeter überragt, hat er doch nicht automatisch einen großen Schwanz.« Ich seufze und schlage die Beine auf dem Tisch übereinander.

»Und was, wenn doch? Du musst vorbereitet sein. Stell dir vor, die anderen Kondome sind zu klein und er muss ihn dort hineinquetschen. Das tut doch weh. Hast du das mal gesehen? Das sieht echt eklig aus.«

»Iiiih«, kommt es schockiert aus Avas Mund.

»Milly, verschone uns mit deinen Recherchen. Sag mal, ich dachte, du schreibst Artikel über Wirtschaftsnews.« Ich schüttle belustigt mit dem Kopf, sodass sich die Haare etwas aus meinem Dutt lösen.

»Stimmt, das ist mein Resort. Aber privat widme ich mich weitaus interessanteren Themen als der Liquidität einzelner Unternehmen«, sagt sie und zwinkert uns zu.

Ich lache. »Vielen Dank für dein Fachwissen, ohne dich würde ich morgen gnadenlos versagen.«

»Und ich werde das Bild von dem eingequetschten Ding in dem Kondom nicht mehr los. Danke schön, Milly. Das habe ich heute gebraucht«, entgegnet Ava gähnend.

»Denkt an meine Worte«, mahnt meine durchgeknallte Freundin, als sie aufsteht und sich ihre Turnschuhe anzieht. »Ich muss los, ihr Süßen. Ich muss morgen fit sein, wenn die nächste trockene Recherche auf mich wartet.«

Wir verabschieden uns voneinander und das Erste, worüber ich nachdenke, ist Ryans Schwanzlänge. Meine Güte. Milly ist echt unglaublich. Wie soll ich jetzt noch ans Schlafen denken?

RYAN

Die Auffahrt zum Haus meiner Eltern ist mit unzähligen Autos sämtlicher Luxusmarken zugeparkt. Es ist schwer, noch einen freien Parkplatz in der Nähe des Anwesens zu ergattern. Doch zum Glück muss ich das nicht selber tun. Der Parkboy kommt auf meinen heranrollenden Wagen zugelaufen und gibt mir per Handzeichen zu verstehen, dass ich anhalten soll.

Kurz umfasse ich das Lenkrad fester, sodass meine Knochen sichtbar unter der Haut hervortreten. *»Du musst nicht lange bleiben«*, wiederhole ich instinktiv und schalte den Motor aus.

Ich bin hier, um mich auf der noblen Wohltätigkeitsveranstaltung meiner Eltern blicken zu lassen. Dieses Mal fließen die Gelder in die Krebsforschung der *Columbia-Universität*. Die dreitausend Dollar, die den Eintritt in unser Haus gewähren, um am exklusiven Dinner teilzunehmen, sind ein guter Grund, bei diesem Charity-Event dabei zu sein. Aber mir widerstrebt, dass mich alle ansehen werden, als ob der verlorene Sohn heimgekehrt ist und ich mit einem Lächeln auf den Lippen Smalltalk führen muss. Ich will nur weg von hier. Und meinen Safe Place aufsuchen. Emma erscheint vor meinem inneren Auge und sofort ist mir klar, wo ich sein will. Mich mit ihr zu beschäftigen, löst ein viel besseres Gefühl in mir aus.

Dennoch komme ich nicht drumherum, auszusteigen, den Autoschlüssel an den Parkservice zu überreichen und das Haus des Schreckens mit diesen vielen Gästen zu betreten. Kein Weg führt daran vorbei. Eine vorgeschobene Krankheit wäre albern und nicht mein Stil.

Also steige ich aus meinem schnittigen Sportwagen aus, werfe dem jungen Typen vom Parkservice den Schlüssel zu und straffe meine Schultern, ehe ich durch die massive Eingangstür mein Elternhaus betrete.

Das mehrgeschossige Haus empfängt mich mit seinem vertrauten Duft nach Lilien. Meine Mutter liebt sie. Ganzjährig, außer an Weihnachten, sind sie im Eingangsbereich aufgestellt und erstrahlen in ihrer Blütenpracht. Heute hat sie sich für eine weiße Variante entschieden.

»Hallo, Ryan«, begrüßt mich Grace, die Haushälterin meiner Eltern, die schon hinter mir herrennen musste, als ich noch ein kleiner Junge war.

»Grace«, erwidere ich und reiche ihr meine Hand, die sie wie immer mit ihren beiden umfasst und mir ein Schmunzeln entlockt.

»Wie schön, dass du es einrichten konntest, hier zu sein. Deine Mom wird sich freuen.«

Ich nicke und halte Ausschau nach ihr und meinem Dad.

Grace bemerkt meinen suchenden Blick. »Sie sind nebenan im großen Saal, dort, wo das Podium für die Rede aufgestellt wurde.« Sie kommt näher und stellt sich auf Zehenspitzen. »Wenn du nachher flüchten willst, ich bin für den Garten verantwortlich«, flüstert sie fast liebevoll und zwinkert mir verschwörerisch zu.

Erinnerungen an meine Kindheit flammen auf. Wenn ich etwas ausgefressen hatte, bin ich zu Grace in die Küche geflohen und sie hat mich mit warmer Milch und Keksen versorgt. Sie war immer meine Bezugsperson im Haus und hat mich vor so mancher Strafe bewahrt.

Ich streiche ihr flüchtig über den Arm, der in einer gestärkten weißen Bluse steckt und zusammen mit dem schwarzen Rock unter einer Schürze verschwindet. »Danke, Grace. Geht es dir gut?«

»Aber ja doch, Ryan. Es ist ein aufregender Abend. Hoffentlich bleibt es trocken, damit die Möbel und Dekoration draußen nicht nass werden.«

»Bestimmt. Ich bin jetzt hier und es wird alles gut gehen«, sage ich mit einem Zwinkern, woraufhin sie mir ein warmes Lächeln schenkt. Ich war schon immer gut darin, Leute aufzumuntern, auch wenn in mir nichts außer Leere herrschte.

Ich schnappe mir einen O-Saft von einem der Tabletts, die von geschäftigen Kellnern herumgereicht werden und der in meiner Hand nicht ganz so fade wirkt wie ein Glas Wasser. Kurz nippe ich daran und folge dem immer lauter werdenden Stimmengewirr.

Gläser klirren und die Stimme meiner Mutter ertönt. Ich erblicke sie am Mikrofon. Sie sieht heute Abend einfach umwerfend aus. Zu dem schwarzen langen Kleid trägt sie die funkelnde Diamantkette, die sie zu meiner Geburt bekommen hat. Ihr dunkles Haar hat sie zu einer Hochsteckfrisur zusammengefasst. Sie ist eine beeindruckende Frau. Sie hat meinen Vater stets in allem bestärkt und ihm den Rücken freigehalten. Eine Traumfrau. Ohne sie wäre er heute nicht da, wo er jetzt steht. Er ist manchmal zu hart. Aber wem sage ich das, ich bin nicht besser.

»... ich danke Ihnen von Herzen, dass Sie auch in diesem Jahr meiner Einladung gefolgt sind und mit Ihrer Unterstützung einen wichtigen Beitrag zur Krebsforschung leisten. Heute bin ich seit fünf Jahren krebsfrei«, sagt meine Mom und erhebt ihr Glas. »Auf viele weitere gesunde Jahre.«

Ich habe sie damals im Stich gelassen, aber ich konnte nicht aus meiner Haut. Ich bin froh, dass sie den Kampf gegen die Krankheit gewonnen hat, darauf erhebe ich mein Glas ebenfalls. »*Auf dich, Mom.*«

Grinsend schwenkt sie das Glas in der Hand und verlässt das Podium, was ich zum Anlass nehme, sie zu begrüßen.

Ich breite meine Arme aus, als sie in meine Richtung läuft und mich entdeckt. »Hey, Mom. Du siehst umwerfend aus. Hat der alte knöcherige Typ es auch schon bemerkt?«

Wir umarmen uns und ihr vertrauter Duft zieht in meine Nase. Ich bin zu Hause.

»Schön, dass du da bist«, sagt sie liebevoll und streicht mir über die Wange, als sie mich ansieht. »Wo denkst du hin?« Sie winkt ab. »Neuerdings will er sein Geld mit irgendwelchen Aktienpaketen vermehren und kontrolliert andauernd die Börsenkurse auf seinem neuen Smartphone.«

Ich schüttle den Kopf. »Typisch Dad. Hat er noch nicht genug davon auf seinem Bankkonto liegen? Schließlich konnten wir die Kanzlei Haynes ohne Einschränkungen übernehmen.«

»Ach, ich habe es aufgegeben.« Sie lacht und sieht glücklich aus.

»Glückwunsch zum Ergebnis«, gratuliere ich ihr und küsse sie auf die Wange.

»Danke, du weißt ja, wie nervös ich immer bin.«

Ich nicke und schlucke den Kloß herunter, der sich umgehend in meinem Hals gebildet hat. Wenn sie sich vor fünf Jahren nicht beide Brüste amputieren lassen und die Chemotherapie nicht angeschlagen hätte, wäre sie nicht mehr hier.

»Deine neue Frisur gefällt mir.« Sie streicht durch mein Haar, das nur noch knapp bis über meine Ohren reicht. »Es sieht frisch und jugendlicher aus. Bereit für einen Neustart.«

»Damit könntest du richtig liegen. Ich dachte mir, eine Veränderung könnte nicht schaden.« Ich schmunzle.

Heute Morgen habe ich mich dazu aufgerafft, es zu tun, und das Ergebnis hat mich dazu verleitet, Kontakt mit Emma aufzunehmen und ihr eine Nachricht zu schreiben. Gegen diesen Drang war ich genauso machtlos wie dagegen, ihr diesen riesigen Blumenstrauß zu kaufen und ihn ihr persönlich zu übergeben. Sie fasziniert mich. Und ihre selbstsichere Art übt einen ganz entscheidenden Reiz dabei aus. Nur wird sich diese Art von Frau nicht damit begnügen, in einem schwach beleuchteten Hotelzimmer flachgelegt zu werden.

»Der dunkle Anzug steht dir ausgezeichnet«, lobt meine Mutter meine Erscheinung und reißt mich aus meinen Gedanken an Emma heraus.

»Ryan, da bist du endlich«, begrüßt mich mein Vater und klopft mir auf die Schulter.

»Du weißt ja, der Verkehr ist die Hölle.« Ich bin pünktlich losgefahren, aber New Yorks Straßen sind maßlos überfüllt – wie immer besonders dann, wenn man einen Termin hat.

Den weichen Kern, der ab und zu bei mir zum Vorschein kommt, habe ich definitiv von meiner Mom geerbt. Mein Dad ist eher nüchtern und verbindlich veranlagt. Der maximale Erfolg steht bei ihm im Fokus.

»Ryan, ich möchte dich ein paar Leuten vorstellen.« Er macht eine ausladende Armbewegung, der ich Folge leiste.

»Bis später«, ruft uns Mom hinterher und wird sofort von

ein paar stinkreichen Frauen ins nächste Gespräch verwickelt.

»Richter Jenkins, Abgeordneter McGregory, das ist mein Sohn, Ryan«, sagt mein Vater mit Stolz erfüllt und stellt mich den Herren im Smoking mit dem grau melierten Haar vor.

Wir schütteln einander die Hände. »Sehr erfreut«, begrüße ich sie und schlüpfe in die Rolle des erfolgreichen Anwalts.

»Wir hörten, Sie werden eine neue Kanzlei in Manhattan leiten«, merkt Jenkins anerkennend an und lässt seine buschigen Augenbrauen nach oben wandern.

Lässig schiebe ich mir die linke Hand in die vordere Hosentasche. »Richtig. In ein paar Tagen geht es los und ich freue mich auf die neue Herausforderung in meiner Heimatstadt«, entgegne ich knapp. Mit vorgespielter Höflichkeit und sachlichen Antworten erreiche ich mehr, als wenn ich irgendwelche Hintergründe offenbare, die sowieso niemanden etwas angehen.

»Wir hoffen, dass wir sie zukünftig im Country Club sehen«, sagt McGregory und prostet mir mit seinem Bourbon zu.

Orangensaft trifft auf Bourbon. Ein Bild für die Götter. Nicht, dass sie mich für eine weichgespülte Pussy halten. Aber ich weiß leider viel zu gut, was Alkohol hinterm Steuer bewirken kann, und verzichte deshalb bewusst darauf.

»Je nachdem, wie stark ich eingespannt bin. Aber einen gewissen Freiraum werde ich mir zugestehen, um mein Handicap zu verbessern«, antworte ich und balle meine Hand in der Hosentasche zur Faust, um meine wahren Gefühle zu verstecken. Aber ich reiße mich am Riemen – meiner Mutter zuliebe. Denn der Hintergrund des exklusiven Events, bei dem sich unter den Gästen Millionäre, Politiker und Spitzenunternehmer tummeln, ist zu wichtig, um jemanden bloßzustellen. Diese Selbstdarsteller und gepuderten Lackaffen muss ich nicht immer ertragen. Ich werde da sein, wenn ich es für nötig halte. Die Kanzlei wird der Mittelpunkt meines Lebens sein.

Aus dem Augenwinkel bemerke ich eine Frau, die mir bekannt vorkommt. Ist das Leah? Was tut sie hier? Ich dachte, sie arbeitet als Angestellte in irgendeinem Büro in Manhattan. Warum trägt sie jetzt volle Tabletts und verschwindet damit in unserer Küche? Ich muss nachsehen.

Kurz blicke ich meinen Vater an und behalte gleichzeitig die Tür auf der anderen Seite des Raumes im Auge. »Wenn Sie mich bitte entschuldigen. Ich muss jemanden begrüßen«, lüge ich und folge der Person, die ich auf keinen Fall hier in meinem Elternhaus in *New Rochelle* sehen will.

Als ich mit großen Schritten den Raum durchquere, werfe ich einen Blick über die Schulter und sehe meine Mom, die mir mit einem Lächeln hinterher sieht. Dad hatte recht, ich habe ihr gefehlt.

Doch im Augenblick verfolge ich ein anderes, viel wichtigeres Ziel: Leah rauszuschmeißen.

In der gleichen schwarz-weißen Arbeitskleidung, die auch Grace trägt, steht sie mit dem Rücken zu mir und befüllt das silberne Tablett mit neuen Gläsern. Sie ist allein.

Als ich die Tür der aufwendig renovierten Landhausküche mit einem Klicken hinter mir schließe, dreht sie sich um und zuckt zusammen.

»Was machst du hier?«, frage ich sehr deutlich.

»Hoppla, hast du mich erschreckt.« Sie fasst sich an die Brust und läuft rot an. »Ryan, du kannst froh sein, dass ich das Tablett nicht in den Händen gehalten habe. Alles wäre zu Bruch gegangen.«

Mit einem feindseligen Blick trete ich ihr gegenüber. »Du

kannst froh sein, dass ich dich nicht abführen lasse. Also beantworte meine Frage: Was willst du hier?«

Sie blickt sich um. »Äh. Arbeiten.«

»Warum hier?« Mein feines Radar für Ausreden und Lügen springt an.

»Man hat mich für dieses Event eingeteilt.« Sie kommt näher und lächelt. »Es ist eine Überraschung für mich, dich hier zu sehen.«

Rafft diese Frau eigentlich rein gar nichts? Wie viele Abfuhren will sie sich noch einfangen?

»Ich dachte, du arbeitest in der Stadt, in einem Büro. Deine Kleidung deutete darauf hin, dass es so ist«, entgegne ich scharfsinnig, um ihr ein paar ihrer Absichten zu entlocken. Ich traue ihr nicht.

»Das hier ist mein Zweitjob«, säuselt sie und Wut brodelt in mir hoch.

»Sag deinen Vorgesetzten, dass es dir schlecht geht und du gehen musst.« Ich ziehe ein paar Scheine aus meiner Tasche und drücke sie ihr in die Hand. »Das müsste reichen, damit du von hier verschwindest.«

Ihre Augen formen sich zu Schlitzen. »Du bist widerlich.«

»Du solltest gehen, wenn du weiterhin in Manhattan bleiben möchtest«, drohe ich ihr. Es wäre schon ein verdammter Zufall, dass sie ausgerechnet einen Job bei der Eventagentur angenommen hat, die die Charity-Veranstaltung der Hollands ausrichtet. In diesem Fall glaube ich nicht an Zufälle.

»Du hast gar nichts zu entscheiden. Ich gehe, wann ich will. Und von dir lasse ich mir diesen äußerst lukrativen Job nicht kaputtmachen.«

Ich umfasse den glänzenden Griff der Tür und öffne sie, während mein Blut in meinen Adern kocht. »Leah, ich wiederhole mich echt ungern. Bitte geh!«, fordere ich sie letztmalig auf.

»Das wird dir noch leidtun«, sagt sie und stürmt aus dem Raum.

War das eine Drohung?

Mit etwas Abstand folge ich ihr, geleite sie aus dem Haus, vom Grundstück meiner Eltern – und hoffentlich endgültig aus meinem Leben.

KAPITEL 8

EMMA

War ich jemals dermaßen aufgeregt vor einem Date? Nein. Insgesamt habe ich fünf Mal mein Outfit gewechselt und zwei Mal meine Haare hochgesteckt, um festzustellen, dass ich sie doch lieber offen tragen will und sie wieder glatt geföhnt habe.

Jetzt warte ich mit klopfendem Herzen an der offenen Tür meiner Wohnung, dass Ryan am oberen Treppenabsatz ankommt und mich abholt. Ich habe keine Ahnung, was mich erwartet. Außer dass ich auf Ryans Wunsch hin ein blaues knielanges Kleid trage, das ich mit einem breiten Gürtel kombiniert und mich dazu für sportliche weiße Sneaker entschieden habe, bin ich komplett ratlos. Gut, die Uhrzeit hat er mir schon verraten. Mehr nicht. Zugegebenermaßen ist das wahnsinnig aufregend. Es könnte ja *alles* sein.

Wenn Liam mich ausführte, wusste ich, wo es hingeht und wie der Dresscode lautete. Einen besonderen Reiz machte das nicht aus.

Ryans Schritte werden lauter und ich kann es kaum erwarten, ihn wiederzusehen. Langsam zähle ich Stufe für

Stufe mit, um mein wildes Herzklopfen zu überspielen – und dann steht er vor mir.

Himmel. Ich schlucke. Sein Hemd hängt locker über der verwaschenen Jeans und er hat die Ärmel etwas hochgerollt, sodass seine muskulösen Unterarme perfekt zur Geltung kommen. Definitiv habe ich jetzt schon eine Vorliebe für Ryans Unterarme entwickelt, und sein unverkennbar herber Duft hat auf mich die Wirkung eines aphrodisierenden Serums.

»Hey ...«, raunt er leise, während er näher kommt und mich zur Begrüßung sanft auf die Wange küsst.

Seine dunkle, wie immer etwas raue Stimme beschert mir eine wohlige Gänsehaut. Seine Bartstoppeln kratzen leicht über meine Haut und lösen ein unbändiges Verlangen in mir aus, sie auch an der Innenseite meiner Schenkel spüren zu wollen. Wie sie sich dort wohl anfühlen würden ...? Mmh. Ich bin kurz davor, mich ihm an den Hals zu werfen.

Verzweifelt beiße ich mir auf die Unterlippe, ehe ich meine Stimme wiederfinde. »Deine Haare sind kürzer.« Meine Fingerspitzen verirren sich in seinem dichten Haar entlang seiner abrasierten Konturen. Ich lächle. »Was eine Wandlung. Es steht dir. Ich mag die neue Frisur an dir.« Jetzt komme ich zwar nicht mehr in den Genuss, herauszufinden, wie es ist, mit meinen Fingern durch sein langes Haar zu streichen. Aber Ryan besitzt vermutlich noch weitere Vorzüge, die unbedingt von mir entdeckt werden sollten, da bin ich mir sicher.

Sein Grinsen lässt die Schmetterlinge in meinem Bauch wild mit den Flügeln schlagen. »Wenn es dir gefällt, war es die richtige Entscheidung«, sagt er und ich erwidere seinen intensiven Blick.

Die Botschaft in seinen Augen ist eindeutig: Ich will dich. Und mal wieder laufe ich Gefahr, dass mir ein Mann allein mit seinem Auftreten den Kopf verdreht. Auch ohne mein Kompliment besitzt er genügend Selbstbewusstsein, um zu wissen, wie er auf das andere Geschlecht wirkt. Er ist ein Frauenmagnet. Sein karamellfarbener Teint, seine außergewöhnliche Augenfarbe und seine Körpergröße erzeugen genug Wirkung, um die Herzen der Damenwelt höherschlagen zu lassen. Und meins ist komplett außer sich vor Freude. Alle aufleuchtenden Warnsignale blende ich aus. Ich fühle mich von dem Knistern, das seit unserer ersten Begegnung zwischen uns entfacht ist, berauscht und genieße das unbeschreibliche Gefühl, das mich belebt.

»Aber jetzt zu mir: Nimmst du mich so mit?«, frage ich möglichst lässig und überspiele meine Nervosität mit einem Lächeln, während ich mit beiden Daumen auf mein Outfit deute.

Wie eine zärtliche Liebkosung gleitet sein Blick über meinen Körper. »Es ist perfekt, Emma.« Kurz verdunkeln sich seine Augen. Aber das, was ich darin entdecke, kann ich nicht greifen. Ist es unbändige Begierde oder sogar Angst, die ihn kontrolliert?

Natürlich kommen in solchen Situationen gern die Anwältin und das Bedürfnis, jedes noch so kleinste Zeichen entschlüsseln zu wollen, in mir durch. Doch jetzt ist es viel mehr meine Neugierde, die das Rätsel um sein wechselhaftes Verhalten lüften will.

»Entspann dich«, fügt er in ruhigem Ton hinzu und ich stelle fest, dass er mit seiner Bitte ins Schwarze trifft. Alle sensiblen Zonen meines Körpers sind auf ihn ausgerichtet und ich bewege mich wie ein Roboter. *Meine Güte, bringt er mich durcheinander.*

»Wollen wir los?«, hauche ich etwas zu atemlos, als ich den Haustürschlüssel in meine schmale Umhängetasche gleiten lasse.

Mit einem Nicken legt er seine Handfläche auf meinem unteren Rücken ab. Die Wärme, die von dieser Berührung ausgeht und durch den dünnen Baumwollstoff meines Kleides dringt, breitet sich wie ein Flächenbrand über meinen Körper aus, und meine Vagina zieht sich in freudiger Erwartung zusammen.

Hoffnungslos verzückt nage ich an meiner Unterlippe. Was ein fantastisches Gefühl es ist, an seiner Seite mit wackligen Knien die Treppen herunterzuschweben. Ich fühle mich unendlich sexy in meinem Casual Dress und mustere sein hübsches Profil, als wir am Straßenrand den Weg nach links Richtung 58. Straße einschlagen.

Wir gehen zu Fuß. Die Tatsache, dass er mich nicht in irgendeinem schicken Sportwagen abholt, überrascht mich ein weiteres Mal. Und meine Sympathiepunkte für Ryan klettern ins Unermessliche.

Allein für den Spaziergang entlang der verspiegelten Wolkenkratzer, die von der untergehenden Abendsonne in orange-rotes Licht getaucht werden, gebe ich ihm die volle Punktzahl auf dem Love-Barometer. Ob er das Ganze im Verlauf unseres Dates mit weiteren Highlights toppen kann?

»Was machst du eigentlich, wenn du nicht gerade nach meinem harten Workout unter höllischen Muskelschmerzen auf dem Boden der Trainingsfläche liegst?«, fragt er und reißt mich aus meinen verträumten Gedanken heraus, während eine leichte Windböe um die nächste Häuserecke weht und unsere Haare zerzaust. *Wild romantisch.*

Am liebsten würde ich mit meinen Fingern durch seine Haare fahren, um sie zu richten. Doch ich belasse es bei der Vorstellung und beantworte ihm lieber seine Frage.

»Ich bin Anwältin«, platze ich voller Stolz heraus. »Viele behaupten, dass man mir das nicht ansieht. Solche Kommentare finde ich unangebracht und überflüssig. Man kann

Menschen ihre Berufe eben nicht an der Nasenspitze ablesen. Es sei denn, man trägt eine Uniform, die es eindeutig hervorhebt.« Ich bin gespannt, wie Ryan reagiert.

Sein neutraler Gesichtsausdruck verwandelt sich in ein Lächeln. »Anwältin. Interessant. Welches Fachgebiet?«

Seine Reaktion überrascht mich und mein verdammtes Mädchenherz hat das Gefühl, vor einem waschechten Traumprinzen zu stehen. »Zivilrecht. Etwas weniger spektakulär als Strafrecht, aber genau meins.«

Grinsend nimmt er meine Hand und umschließt sie mit seiner, während sich mein Kleid im Wind an meine Beine schmiegt. »Zivilrecht, also. Zufälle gibt es ...«

Ich runzle die Stirn. »Und welche wären das?«, hake ich neugierig nach.

Er senkt den Blick.

Die Minuten des Schweigens dehnen sich zwischen uns aus und der Schwarm Schmetterlinge in meinem Bauch gerät in Turbulenzen, indem die Tierchen nacheinander gegen meine Bauchdecke stoßen und mit gebrochenen Flügeln abstürzen. *Habe ich etwas Falsches gesagt?*

Ein fieser Schauer kriecht über meinen Rücken, und auf der Stelle ziehen dunkle Gewitterwolken über meiner rosaroten Welt auf.

Ich räuspere mich und werde das Gefühl nicht los, dass Ryan irgendeinen Ballast mit sich herumträgt, der ihm schwer zusetzt. Ich bin für klare Verhältnisse. Ich bin schon zu oft auf die Nase gefallen und brauche keinen weiteren Egoisten in meinem Leben.

»Hör mal, wenn du Frau und Kind zu Hause hast und unser Date nur als Flucht aus deinem festgefahrenen Alltag siehst, dann bin ich nicht die Richtige.« Meine Stimme ist klar und mit einer Portion Schärfe gespickt.

Anstelle einer Antwort erhöht er mit einem leichten

Schnauben den Druck um meine Hand und beschleunigt das Tempo seiner Schritte. In seinem Schlepptau tipple ich wie ein ungezogenes Gör hinter ihm her, um die belebte Straße zu überqueren.

Autofahrer hupen und schreien uns wilde Flüche hinterher. *Der große Typ ist der Übeltäter. Nicht ich.*

Sein rücksichtsloses Verhalten macht mich richtig wütend. Aufgebracht will ich mich losreißen. Doch als er am Eingang zum Central Park im Schatten einer Baumallee stehen bleibt und mich loslässt, setzt mein Herz wie bei unserer ersten Begegnung aus und ich ringe um Atem.

Das Blau, das das Grün in seinen Augen überwiegt, wirkt unerschütterlich – und leider auch immer noch anziehend. Die Intensität seines Blickes spricht Bände, ich hingegen möchte ihn mit meinem am liebsten töten.

»Es gibt niemanden, das sagte ich dir schon«, knurrt er und verringert den Abstand zwischen uns.

Reflexartig weiche ich zurück und verschränke die Arme schützend vor der Brust. Dabei bohrt sich der Riemen meiner Handtasche unter Spannung in meine Haut.

Einige Spaziergänger mustern uns argwöhnisch, als sie an uns vorbeigehen, während Ryan seine Handflächen an meine Wangen legt und näher rückt. »Lügengeschichten sind was für Schwache. Ich lüge nicht.«

Ich bin gezwungen, meinen Kopf in den Nacken zu legen. »Dann erklär mir, was dich beschäftigt«, fordere ich ihn selbstbewusst auf und lasse seine Nähe zu, weil meine Wut auf ihn langsam verraucht und durch das aufgeregte Pochen meines Herzens ersetzt wird.

»Du gehst mir nicht mehr aus dem Kopf.«

Seine Stimme ist so nah, und ich will nur noch eins: wissen, wie es ist, Ryan zu küssen.

»Dann lass es zu …«, wispere ich, lege meine Hände auf

seine Brust und hefte meine Augen auf seine schön geschwungenen Lippen.

Ich bin bereit.

Einem inneren Impuls folgend, schließe ich voller Erwartung meine Augen und spüre beim nächsten Atemzug einen von Ryans Fingern, der über meine Lippen streicht.

»Wenn ich jetzt von dir koste, werde ich nach unserer Verabredung nicht allein nach Hause gehen.«

Wieder spüre ich, wie sich seine Brust kurz unter meiner Berührung anspannt und sich einen Moment später löst, während ich vor Erregung beinahe umkomme. »Das will ich auch nicht.«

Nach der süßen Folter wird sein Finger durch seine Lippen ersetzt und er dringt mit seiner Zunge gierig in meinen Mund ein. Ein lustvolles Seufzen entweicht meiner Kehle und Ryan vertieft diesen überhaupt nicht jugendfreien Kuss.

Endlich! Mit kräftigem Aufwind und reparierten Flügeln flattern die Schmetterlinge in ihren prächtigsten Farben in meinem Bauch durcheinander.

Die Stoppeln um seine Mundpartie kratzen über meine Haut. Ich will mehr von ihm und schiebe meine Hände an seinen Hinterkopf, kralle meine Finger wie eine Ertrinkende in seinen neuen Haarschnitt und verdränge alle bösen Geister in meinen Gedanken.

Hitze sammelt sich zwischen meinen Beinen und rauscht wie ein angenehmer Sommersturm durch meinen Körper. Ich spüre ihn hart an meinem Bauch. Seine Erektion ist beachtlich. Er ist unverkennbar erregt, genauso wie ich. Wie gern würde ich ... Doch meine Fantasie wird augenblicklich durch seinen plötzlich fehlenden Mund gestoppt. Fast möchte ich wimmern und darum betteln, dass er weiter macht.

Stattdessen lehnt er seine Stirn gegen meine, und ich öffne meine Augen. »Ich will nicht, dass unser Date hier endet und wir zurückgehen, nur weil ich mit dem Kuss alles durcheinandergebracht habe.« Seine Stimme ist rau und belegt. »Ich bin kein Blender, Emma. Ich bin Ryan. Hauptberuflich eigentlich Anwalt. Ich helfe meinem Freund Stephan gelegentlich im Logo aus, weil ich sportbesessen bin.«

»Du bist Anwalt?« Ich lächle überrascht. *Er ist Anwalt.*

»Ja, deshalb sprach ich von einem Zufall. Und ich bekomme die Vorstellung nicht mehr aus meinem Kopf, wie es wäre, dich die ganze Nacht zu ficken«, raunt er dunkel.

Die Hitze, die sich in den letzten Minuten in meinem gesamten Körper ausgebreitet hat, schießt ruckartig zurück zwischen meine Beine. Ich schnappe nach Luft und spüre, wie sich die Feuchtigkeit in meinem Slip verteilt. »Ich dachte, Anwälte verlieren nicht die Kontrolle?«, frage ich, während ich meine Hand zwischen uns schiebe und langsam der Länge nach über die Beule in seiner Hose streiche.

»Sagt wer?«

RYAN

Es sind nur noch wenige Besucher unterwegs, die unseren Weg kreuzen. Emmas zaghafte Schritte sind auf dem Holzboden deutlich hörbar. Ich folge ihr.

Während draußen in der Dämmerung die Straßenbeleuchtung anspringt, setzen wir die einzigartige Reise im Inneren des *Museum of Modern Art* fort.

Ich liebe die Ruhe, kurz bevor das Museum schließt. Eine Eigenschaft, die ich seit ein paar Jahren für mich entdeckt habe. Und wenn ich den Glanz in Emmas Augen richtig deute, habe ich mit der Auswahl der Location unseres Dates einen Volltreffer gelandet.

Immer noch, aber zum Glück unauffälliger erregt, endlich wieder kontrollierbar und mit einer inneren Ausgeglichenheit, lasse ich meinen Blick über die hübsche Frau an meiner Seite gleiten und versuche, diesen Augenblick in meinen Gedanken abzuspeichern. Emma in ihrem marineblauen Kleid, wie sie den Lederriemen ihrer Handtasche mit den Händen umklammert und gedankenverloren *Vincent van Goghs* Gemälde *‚Sternennacht'* betrachtet.

Ich atme tief ein, um die Momentaufnahme zu genießen. Es ist Ewigkeiten her, dass ich mich so frei und losgelöst gefühlt habe. Liegt das allein an Emmas Anwesenheit? Darauf habe ich nur eine Antwort: Ja. Sie fasziniert mich.

Nicht nur die vielfältige Kunst der unterschiedlichen Epochen ist inspirierend. Emma bildet in der beeindruckenden Kulisse die Hauptattraktion. Sie ist definitiv der Star des Abends. Meine gesamte Aufmerksamkeit gilt ihr.

»Ich denke, er war ein einsamer Mann ...«, flüstert Emma und reißt mich aus meinen Gedanken an sie heraus. »Die dunklen Töne des Bildes wirken bedrückend, kalt und traurig.« Mit ihrem Zeigefinger deutet sie auf den unteren Teil des Kunstwerks. »Und dennoch hat sich Vincent nicht aufgegeben. Die Sterne und Wellen sind sein Wegweiser, dort wieder herauszufinden. Was meinst du?« Lächelnd dreht sie ihren Kopf zur Seite und sieht mich an.

Redet sie von mir? Ihre Zusammenfassung des Bildes wirkt beinahe wie der Schnelldurchlauf meines Lebens. »Der Baum ragt in den Himmel. Er wollte mehr. Doch irgendetwas hat ihn aufgehalten. Die Stadt hat ihn verschlungen. Den hellblauen Berg im Hintergrund muss er erklimmen.« Einen Atemzug lang läuft mir ein kalter Schauer über den Rücken. Oder ist die Rede vom Tod? Aber als Emma ihren Kopf unterhalb meiner Schulter anlehnt, sind die düsteren Gedanken auf einen Schlag verflogen und ich lege meinen Arm ganz automatisch um ihre Taille. »Sein Ziel ist der stark leuchtende Mond.« *Und du bist mein Mond,* denke ich und drücke ihr wie ein liebender Ehemann einen Kuss auf ihr seidiges langes Haar. Der Einfluss dieser einnehmenden Atmosphäre bringt das sonst so stabile Gerüst, das ich um meine Gefühle herum errichtet habe, gewaltig ins Wanken.

»Er war einsam, aber stark«, sagt sie verträumt.

Und wieder steckt so viel Zweideutigkeit hinter ihren Worten. Wenn sie wüsste ...

»Vielleicht war er auch zu stark und deshalb einsam.« Mir gefällt der äußerst anregende Austausch mit dieser Frau. Sie ist klug und wortgewandt. Bei ihr geht es mir nicht ausschließlich darum, meine Lust zu befriedigen. Sie wirkt wie meine Seelenverwandte und ein sexy Betthäschen zugleich. Eine Kombination, die mich dazu ermutigt, mich ihr zu öffnen. Und ich will ihr all meinen Scheiß anvertrauen, der mich jahrelang davon abgehalten hat zu leben.

Ich habe keinen Bock mehr auf Ausflüchte und Angst, mich auf neue Gefühle einzulassen. Ich will loslassen.

»Dann hätte er nicht diese Farben gewählt«, widerspricht sie mir und holt mich postwendend zurück ins Hier und Jetzt. Ihre Nase kräuselt sich, als sie mich nachdenklich ansieht. »Ach ..., deshalb sollte ich das blaue Kleid tragen. Ist das dein Lieblingsbild?«

Sie hat mich erwischt.

»Möglicherweise ...«, gebe ich mich mit einem schrägen Grinsen geheimnisvoll.

Sofort bohrt sie mir ihren spitzen Finger in den Bauch und ich schnappe nach Luft. »Los, raus mit der Sprache. Ich will deine dunkelsten Geheimnisse kennenlernen.«

Und ich deine!

»Dieses Bild schafft es in meine Top Ten«, gestehe ich.

Lächelnd dreht sie sich im Kreis. »Du bist also ein sportbesessener Kunstexperte. Hast du sonst noch Vorlieben, von denen ich wissen sollte?«

Dich.

In diesem Moment würde ich alles dafür geben, vor ihr auf die Knie zu sinken und meinen Kopf in ihren Schritt pressen zu können. Ich bin mir sicher, dass sie auch dort fantastisch schmeckt. Doch ich konzentriere mich wieder auf das mystische Bild im Hintergrund. »Neben dem Sport ist das eine weitere Schwäche von mir. Hast du auch eine Vorliebe für Ungewöhnliches?«

»Findest du Kunst etwa ungewöhnlich?« Sie faltet ihre Hände und spitzt ihre Lippen. Ich will sie unbedingt wieder küssen.

»Vielleicht nicht unbedingt das typische Männerding.«

»Was sind typische Männerdinge?«, greift sie meine Aussage auf und ihre Augen blitzen belustigt. »Bier, Football und freche Anmachsprüche?«

Sie nimmt kein Blatt vor den Mund. Ihre Art macht mich total an und ich überbrücke die kurze Distanz zwischen uns, um sie wieder an mich zu ziehen.

»Zu dieser Sorte gehöre ich definitiv nicht, Emma.«

»Zu welcher denn dann?«, fragt sie, und die Luft um uns herum beginnt erneut gewaltig zu knistern. Wie konnte ich nur verdrängen, wie erfrischend eine wilde Flirterei ist?

Ich lebe.

Zärtlich streiche ich mit dem Daumen über ihre Wange. »Intensive Workouts, vielversprechende Ausdauer und leidenschaftliche Küsse.«

Sie lacht so herzhaft, dass die Vibrationen in meinen Brustkorb übertragen werden. »Steht das auch in deinem Profil bei Tinder?«

»Ich nutze Tinder nicht.«

Ein amüsierter Ausdruck huscht über ihr Gesicht, der von einer feinen Röte auf ihren Wangen abgelöst wird. Ist sie etwa dort angemeldet?

»Aber zurück zu dir. Welche tiefen Abgründe verbirgst du?«, hake ich interessiert nach und vergesse ihre eventuelle Präsenz auf der Plattform.

Sie setzt dazu an, etwas zu sagen, unterbricht sich mit einem weiteren Atemzug, ehe sie antwortet. »Finde es selbst heraus …«

Verdammt.

Mit dieser Antwort habe ich nicht gerechnet. Und genau damit aktiviert sie meinen Siegerinstinkt. Ich bin ein Player. Sie weiß nur noch nicht, dass ich es mir nun zur obersten Aufgabe mache, genau das herauszufinden, und nicht lockerlassen werde, das Spiel zu gewinnen.

Verdammt. Emma hat die Macht, mich zu zerstören.

»Kennst du die wahren Hintergründe zur Entstehung des Bildes?«, frage ich stattdessen, nachdem ich meine Fassung wiedergefunden habe, und führe sie weiter zum nächsten Highlight der Ausstellung.

»Nein.« Sie schüttelt den Kopf. »Ich denke mir lieber selbst eine Geschichte dazu aus. Dahinter steckt doch genau der Sinn von Kunst. Dass man Impressionen auf sich wirken lässt. In meinem Job muss ich jeden Paragrafen auswendig kennen. In meiner Freizeit will ich mich von Gefühlen und Spaß leiten lassen. Ich habe keine Lust …«

Ich verschlucke ihre letzten Worte, indem ich meinen Mund auf ihren presse. Ich kann mich nicht zügeln. Sie jetzt in diesem Augenblick küssen zu müssen, weil sie mit ihrer Erklärung einen weiteren Schalter bei mir umgelegt hat, befördert Gefühle zutage, die ich nicht mehr stoppen kann. Und ich weiß, wie gravierend sich unsere Konstellation bereits von allen anderen zuvor unterscheidet.

Sie ist keine belanglose Affäre, die ich in einem unpersönlichen Hotelzimmer ficken und anschließend nie wiedersehen werde. Ich will sie bei mir zu Hause in meinem Bett verwöhnen. Intim und gefühlvoll, wie bei unserem Kuss im Park, mit dem ich alle meine Grenzen gesprengt und überwunden habe. Obwohl das, wenn ich ehrlich bin, schon als ich mit dem Blumenstrauß bei ihr auf der Matte stand, der Fall war. Es gibt kein Zurück mehr. Gefühle machen angreifbar. Ich weiß, wovon ich rede. Aber ich bin bereit, das Risiko einzugehen.

EMMA

Mein Atem beschleunigt sich. Wie er mich heute während des Dates ansah und zwischen all den Bildern versuchte, mich mit den Augen auszuziehen. Der Kuss im Park. *Mein Gott.* Voller Wut und Verlangen sind wir übereinander hergefallen. Und wir sind unserem Ziel so nah.

Die Tür seines Penthouse ist gerade mit einem Klicken ins Schloss gefallen. Eine einzige Lampe erhellt den offenen Wohnraum. Es duftet nach Ryan. Natürlich bin ich nervös.

Wir sehen einander tief in die Augen.

Ich seufze.

»Danke für den schönen Abend ...«, wispere ich und entlocke ihm ein Schmunzeln.

»Er ist noch nicht vorbei, Emma.«

Fast klingen seine Worte wie eine Drohung. Gleichzeitig aber auch wie eine Aufforderung, den ersten Schritt zu machen.

Ich trete näher an ihn heran und öffne den Gürtel an meinem Kleid.

Er stoppt mich, indem er seine Hand auf meine legt.

»Lass mich das machen, darauf habe ich gewartet, seitdem ich dich zum ersten Mal gesehen habe.«

Ich nicke und lasse los.

Mmh ... der Wunsch besteht also schon länger. Das Gefühl ist unbeschreiblich. Denn in seiner Nähe fühle ich mich nicht nur sexy und begehrt, sondern verstanden.

Mit zwei Handgriffen entfernt er das modische Accessoire und lässt es zu Boden gleiten. Er umfasst meine Hand mit seiner und zieht mich weiter in das Designer-Wohnzimmer mit den dunklen Möbeln und farblich abgestimmten Wohnaccessoires. Er muss ein Spitzenanwalt sein, wenn er sich diesen Komfort in dieser Lage leisten kann. *Wer bist du, Ryan?*

An der Wand neben dem Esstisch hängt eine Schwarz-Weiß-Fotografie, auf der fast in Lebensgröße ein Footballspieler in Aktion abgebildet ist. Ich dachte, er steht nicht auf typische Männerdinge?

Tsss ... Darum kümmere ich mich wohl später.

Manche Männerdinge sind nämlich so unfassbar sexy, dass ich leider immer wieder darauf anspringe. Gegen eisgekühltes Bier und Football an einem Sonntagnachmittag oder einen Hobbyhandwerker mit schwerem Werkzeug in der Hand habe ich überhaupt nichts einzuwenden. Genauso wenig wie gegen einen heißen Anwalt, der mich mit seinen Blicken verschlingt. Und ich habe es satt, nur noch eine Minute warten zu müssen, bis er mich endlich berührt.

»Komm her ...«, fordert mich Ryan auf und fasst an meine Taille.

Ich schlinge meine Arme um seinen Hals und presse mich an ihn. »Endlich«, murmle ich an seinen Lippen.

In einer raschen Bewegung schiebt er seine Hand in mein Haar und beginnt meine Kopfhaut zu massieren. *Mmh ...* Ich zerfließe in seinen Händen.

Doch diese süße Folter ist nicht von Dauer. Seine Finger greifen tiefer in mein dichtes Haar. Einzelne Strähnen gleiten durch seine Finger und er verwebt sie mit seiner Hand, während eine Gänsehaut über meinen Körper rieselt. Ich bin erregt und feucht. Dann zieht er kräftig an den umwickelten Haaren, sodass mein Kopf in den Nacken fällt, und presst seinen Mund auf meine Lippen.

Ich seufze und stürze mich auf ihn.

Er hebt mich hoch und ich schlinge meine Beine um seine Taille. Wir küssen uns hungrig. Er dreht sich mit mir um und trägt mich zu der bodentiefen Fensterfront. Soll ganz Manhattan an unserem Liebesspiel teilhaben? Es ist mir völlig egal, ob wir Zuschauer haben. Ich will nur noch Ryan.

Mit einem tiefen Knurren dringt er gierig mit seiner Zunge in meinen Mund ein. Ich heiße sie mit meiner willkommen und genieße seinen Geschmack. Er schmeckt einzigartig – nach Sünde und Abenteuer.

Wie perfekt es doch ist, dass ich mich auf Ryans Wunsch für dieses Outfit entschieden habe, so spüre ich seine harte Erektion durch den dünnen Stoff viel intensiver. Ich halte inne, necke ihn mit meiner Zunge und erhöhe den köstlichen Schmerz, indem ich meine Beine noch fester um seine Taille schlinge und mich an ihm reibe.

Ein heiserer Laut dringt tief aus seiner Kehle, als er mich gegen die Scheibe presst und der Stadt meinen Allerwertesten präsentiert. *Hemmungslos.*

Die Knöpfe seiner Jeans drücken gegen meinen Slip und ich versuche, mir mit kreisenden Bewegungen etwas Linderung zu verschaffen. Ich stöhne in seinen Mund. Doch Ryan hält mich mit seinen starken Armen gefangen, und in mir entflammt ein Inferno.

»Genau das schwebt mir schon seit Stunden vor.« Er unterbricht unsere wilde Küsserei, die oscarreife Qualitäten aufweist, und lehnt seine Stirn gegen meine. Er scheint auf diese Art von Verbindung zu stehen. Und ich liebe seine Nähe. Welche intimen Gedanken will er mir auf diesem Weg übermitteln? Ich weiß ohnehin schon, welche Wirkung ich auf ihn ausübe. Seine Blicke, die meinen Körper liebkosen, und die mächtige Erektion in seiner Hose, sobald wir uns näherkommen, reichen als Indizien aus, um ihn zu verraten. Er nimmt meine Hand und führt sie zwischen unsere Körper, bis sie auf seinem stahlharten Glied liegt. »Spürst du, was du mit mir machst?«

Triumphierend beiße ich mir auf die Unterlippe, die sich vom Küssen seidig weich anfühlt, und gleite durch Ryans Handflächen sanft mit den Füßen zu Boden. »Und ich weiß sogar, was ich anstellen muss, damit dieses Gefühl noch intensiver wird.«

Er schließt die Augen, so als ob er sich sammeln müsste. Doch als er sie öffnet, weiß ich, was ich mit meiner Aussage ausgelöst habe. Sein Blick ist voller Begierde.

Rau beißt er mir in die Lippe und erobert mit seiner Zunge aufs Neue meinen Mund, während er meinen Hinterkopf so hart umfasst, als ob er mich niemals wieder entkommen lassen wird, weil er seit Ewigkeiten auf mich wartet.

Mir gefällt seine grobe, stürmische Art, wie er mich hält, berührt und küsst. Ich will diesen Sturm endlich auch in seinem Bett spüren.

Wie wir dort, in diesem durch und durch maskulinen Zimmer mit den dunklen Möbeln, gelandet sind und wie ich auf dem Weg dorthin mein Kleid verloren habe, kann ich nicht genau sagen. Aber ich weiß, dass ich nur noch mit BH und Slip rücklings auf der leicht glänzenden, türkisfarbenen Satinbettwäsche liege und Ryan dabei beobachte, wie er sein Hemd aufknöpft. Eine umwerfende Vorführung. Ich habe das Gefühl, schon beim Anblick seines äußerst trainierten Körpers zu kommen. Sein Oberkörper wirkt wie aus Stein gemeißelt. Die feste Brustmuskulatur geht nahtlos in ein definiertes Sixpack über, das v-förmig zuläuft und im Bund seiner gut sitzenden Jeans verschwindet. Man braucht nicht viel Fantasie, um zu erahnen, dass seine Oberschenkel genauso muskulös und kräftig sind wie seine Oberarme. *Verdammt sexy, dieser Kerl.*

Nach seinem fesselnden Striptease sinkt die Matratze am Fußende unter seinem Gewicht herab, während ich ganz automatisch ein angewinkeltes Bein spreize, um ihn willkommen zu heißen, als er seinen Körper über meinen beugt.

»Sexy Rose, Emma«, sagt er voller Verlangen und streicht mit dem Daumen über die tätowierten Linien der Blütenblätter, die seitlich an meiner Hüfte beginnen, bis über den dornigen Blütenstängel, der ebenso unter meinem Slip verschwindet wie Ryans langer Finger. »Mir war nicht bewusst, wie hübsch diese Pflanze auf seidiger Haut aussehen kann. An dir ist sie perfekt ...«, flüstert er mir ins Ohr und reibt hauchzart über meine Perle.

O Gott.

Wenn ich damals gewusst hätte, dass das Tattoo bei einem Mann jemals für so viel Aufsehen sorgt, hätte ich, nachdem ich mir die Rose gegen den Willen meines Vaters habe stechen lassen, eine Party geschmissen. Er war wahnsinnig wütend über meine Unreife, und ich bin es jetzt. Wir sind wohl quitt.

Mein Puls beginnt zu rasen, während ich mir an jeder sensiblen Stelle meines erregten Körpers Erlösung wünsche. Meine Nippel pressen sich so hart gegen den Spitzenstoff des BHs, dass ich meine Hände zu Hilfe nehmen will, um sie zu umkreisen. Mein Mund verzehrt sich nach seinen heißen Küssen. Und meine feuchte Pussy will ihn endlich spüren.

Aufmerksam betrachtet er mich, als er die Reise mit seinen Fingern fortsetzt. »Ich will mit meiner Zunge jede einzelne Linie erkunden und dich schmecken.« Sein Finger gleitet in einem perfekten Rhythmus in mich hinein und wieder heraus. *O jaaa.* Er stöhnt, reibt die Feuchtigkeit über meine Perle und reißt den Slip in einer schnellen Bewegung von meinen Beinen herunter.

Verdammt, ja.

Ich will, dass du mich mit deiner süßen Folter um den Verstand bringst.

Ich will, dass du die schlechten Tage in der Kanzlei und mit Liam vollständig auslöschst.

Ich will dich.

Gerade als ich mir diesen Wunsch erfüllen und mich vom Bett hochstemmen will, um ihm bei seiner Hose behilflich zu sein, damit er die überflüssige Kleidung loswird, werde ich von ihm zurück auf die Matratze gedrückt. Ich will nicht betteln, wenn er die Regeln vorgibt. Aber ich kann mich nicht mehr zurückhalten. »Beeil dich, Ryan. Bitte.«

Ein triumphierendes Schmunzeln leuchtet in Ryans Augen auf. In Zeitlupe schiebt er seine Jeans mitsamt seiner Boxerbrief über seinen knackigen Po und entblößt langsam sein Glied. *Welch ein Anblick.* Ryan ist an den richtigen Stellen perfekt ausgestattet. Sein Schwanz ragt fast so weit empor wie die feine Liebesspur aus dunklen Härchen, die bis zu seinem Nabel führt. Ich bin gierig und stehe auf Luxus. Lang, seidig und dick. Wir werden viel Spaß miteinander haben.

Er beugt sich nach vorn und streift seine Kleidung an seinen Beinen herunter. Als er die Füße erreicht, kickt er alles zur Seite.

Nun bringt er mich dazu, dass ich unartig werde. Ich

gleite mit meiner Hand zwischen meine Beine und reibe über meinen Kitzler.

Er beobachtet mich und ich schließe meine Augen, während ich meinen Rücken wölbe und über meine Lippen lecke.

»Aufhören!« Seine Stimme vibriert durch mich hindurch und die feinen Haare auf meinem Körper stellen sich zu einer Gänsehaut auf.

Ich schmunzle und mache weiter. Unartig zu sein, gefällt mir gerade sehr.

Die Matratze sinkt neben mir ein. »Ich sagte, aufhören. Wenn du allein bist, darfst du das gern wiederholen und dabei an mich denken. Aber jetzt übernehme ich diesen Part.«

Mehr als seine Aufmerksamkeit wollte ich damit nicht erreichen.

Ein dominanter Ryan gefällt mir sehr und ich schätze, diese Seite an ihm mag ich im Bett sogar noch lieber.

Er beugt sich zu mir herunter. »Oder gibt es von deiner Seite dazu Einwände?«, fragt er, während er mit der Hand meinen Hals von meinen Haaren befreit und sich mit einer Spur von Küssen einen Weg über meine nackte Haut nach unten zu meinen Brüsten bahnt.

Mit zuckenden Lidern schließe ich die Augen und genieße seine Liebkosung. »Nein. Jeder Widerspruch wäre zwecklos und ich würde mir damit nur selbst schaden.«

»Sehr klug von dir.« Er schmunzelt und schiebt mit seinen Fingern den Stoff des BHs herunter.

Oh, verdammt. Ich sehe Sterne, als er an meinem rechten Nippel saugt und sich mit dem Daumen meiner anderen Brust widmet. Ich presse meine Beine zusammen, aber der Druck reicht nicht aus, um das köstliche Ziehen zu verstärken. Er ist beschäftigt, er wird es bestimmt nicht bemerken, wenn ich meine Hand ein zweites Mal zwischen meine Beine gleiten lasse.

Ohne Schuldgefühle steuere ich mein Ziel an. Schließlich geht es hier auch um mich. Doch ich komme nicht weit. Mit einem tiefen Grollen aus seiner Brust und seiner Hand werde ich sofort gestoppt. »Hatte ich nicht gesagt, dass du das unterlassen sollst?« Er sieht mich mit hochgezogenen Brauen an. »Wenn du das tust, höre ich auf und sehe dir dabei zu, wie du es dir selbst machst. Du hast die Wahl, Emma. Soll ich dich ficken oder willst du es selbst tun?«

»Entschuldige. Ich bin wohl ein ungeduldiger Mensch«, rede ich mich raus. Ich komme um vor Lust. Ich bin voller Erwartung und kann die Emotionen kaum zügeln. Es ist so gut, so anders.

»Mag sein, oder du bist es gewohnt, dass man dich mit einer schnellen Nummer zufriedenstellen will.« *Mist, mit seiner Vermutung liegt er gar nicht so falsch.* »Wir haben Zeit, die ganze Nacht. Die ganze Nacht will ich dich haben, und ich lasse dich erst entkommen, wenn ich jeden Zentimeter von dir erkundet habe.«

»Ich will dich. Und keinen Orgasmus durch meine Hand.«

»Du wählst mich, hm. Aber nach meinen Regeln.« Das Funkeln in seinen Augen verstärkt sich. »Deshalb gebe ich dir keine weitere Chance, dich noch einmal zu berühren.«

O ja, deine Regeln gefallen mir.

Kraftvoll umschließt er meine Handgelenke und presst sie auf die Matratze, während er seine Erkundung fortsetzt und heiße Küsse auf meinen Bauch setzt.

Nach einer gefühlten Ewigkeit rutscht er tiefer. *Endlich.* Und fährt mit der Zunge die Linien meines Tattoos nach. Er hält Wort und ich vergesse, wo ich bin, als er mit spitzer Zunge über meine Schamlippen leckt.

Es fühlt sich himmlisch an. Fantastisch himmlisch. Ich will ihn berühren, aber ich bin gefangen. Der Druck um meine Handgelenke verstärkt die Lust. Und dann nimmt er meine Perle in den Mund und beginnt zu saugen. Wie bei einer heißen Verfolgung jagt die Erregung durch meinen Körper. Ich stöhne, nein, ich hauche singend mit gewölbtem Rücken seinen Namen, strecke mich ihm entgegen und werfe meinen Kopf hin und her. Ich winde mich unter ihm. Ich will mehr. Ich hebe ab, als er seine Zunge in mich hinein gleiten lässt und mich mit seinem Mund verwöhnt. Ich will mich irgendwo festkrallen. Ich kann nicht, er lässt es nicht zu. Meine Muskeln stehen unter Anspannung und ich rausche zitternd und wimmernd auf den Gipfel der Lust zu.

O Gott.

Ich schwebe. Das Feuerwerk um mich herum beginnt zu explodieren, als der Orgasmus mich überrollt. »O jaaa. Ryan ...«, seufze ich.

Er lässt mich los. Ich packe ihn an den Schultern und zerre ihn nach oben. Ich will ihn küssen und mich schmecken. Das war unglaublich aufregend und schön.

Atemlos schaue ich ihn an, ringe um Fassung und spüre seinen harten Schwanz zwischen meinen Beinen. Das hier ist noch lange nicht vorbei. Wir haben die Nacht und einen ganzen Morgen.

RYAN

Behutsam massiere ich mit den Fingerkuppen ihre Handgelenke. »Habe ich dir wehgetan?«, will ich wissen, als ich ihre beiden Arme über ihrem Kopf auf dem Kissen ablege.

»Nein …«, säuselt sie leise und schüttelt den Kopf, während sich ein selig befriedigtes Lächeln auf ihre Lippen legt.

Ja, das war ich. Ich habe dich in den siebten Himmel geschickt. Niemals hätte ich mich davon abbringen lassen.

Sie geht mir unter die Haut. Viel tiefer als jeder der Nadelstiche, die mein Tattoo vervollständigten. Sie ist wunderschön und lockt mich aus meiner Defensive heraus – ganz besonders in dieser eindeutigen Stellung.

Ich habe sie geleckt, und das tue ich nur, wenn es sich auch wirklich lohnt. Ihr Geschmack liegt auf meiner Zunge.

Ein paar Minuten gebe ich ihr Zeit, sich zu sammeln. Ich streichle sanft über ihren Körper und sehe ihr tief in die Augen. Ich werde darin ertrinken, da bin ich mir sicher. Aber den frischen Kick, den sie meinem Leben eingehaucht hat, will ich festhalten, ehe ich untergehe.

Ich schwebe zwischen jahrelang angestauter Sehnsucht und purer Leidenschaft. Mein Herzschlag ist so laut, dass Emma ihn hören muss. Wir sind uns so nah. So verdammt nah. Nicht nur körperlich.

»Fick mich ...«, sagt sie und schlingt ihre Beine fest um meine Taille.

Ich bin bereit. Mehr als das.

Zärtlich schiebe ich meine Handflächen in ihre und kreuze unsere Finger miteinander, während ich mich gleichzeitig auf den Ellenbogen aufstütze und sie ansehe. »Bist du dir sicher?« Ich halte die Luft an.

»Was für eine Frage, Ryan.« Der Klang ihrer Stimme hat etwas Süßes und Verführerisches zugleich. »Natürlich.« Das ist alles, was ich hören wollte. Mit einem kräftigen Stoß dringe ich tief in sie ein und sie schnappt hemmungslos nach Luft. »Ich war mir niemals sicherer als jetzt«, japst sie flüsternd.

Verdammt.

Sie ist so feucht. Ich stöhne und schiebe ihr meine Zunge in den Mund, ehe ich mich wieder aus ihr zurückziehe, abermals meinen steifen Schwanz in sie stoße und die Kontrolle übernehme. All der Schmerz, der mich jahrelang vereinnahmt hat, bricht um mich herum weg, als ich mich rhythmisch zu bewegen beginne. Wie ist das möglich?

Haut an Haut. Ich bin überwältigt und fasziniert von dem Gefühl, endlich in ihr zu sein. Sie fühlt sich unglaublich an. Ich schließe kurz die Augen und sehe Emma. Niemand anderes drängt sich in meine Gedanken. Alles um uns herum verebbt. Nur wir beide und der Klang unseres lustverhangenen Atems, der den Raum erfüllt.

Mein Schlafzimmer.

Niemals hätte ich für möglich gehalten, dass ich das Bedürfnis verspüre, eine Frau in meinem Bett zu ficken. Ein Highlight, genauso wie die Tatsache, dass wir perfekt miteinander harmonieren.

Leidenschaftlich gleite ich in sie hinein und wieder heraus und küsse sie zärtlich, während unsere Handflächen miteinander verschmelzen. *Ich lasse sie nie wieder los.*

Ich sehe sie an und habe das Gefühl, dass sie in meine Seele blicken kann. Diese Fähigkeit besaß bisher nur eine Person. Doch sie ist weg und wird nicht wiederkommen, und zum ersten Mal wird mir das richtig bewusst.

Das Hier und Jetzt ist mein Leben, nicht die Vergangenheit.

Emmas erotische Laute werden intensiver und treiben mich postwendend dazu an, das Tempo zu erhöhen. Meine Stöße werden tiefer, fester und ungezügelter.

Ich presse meinen Mund auf ihre Lippen, um ihre sinnlichen Geräusche zu verschlingen, und drücke unsere ineinander verwobenen Hände kraftvoll gegen die Matratze. Ein Entkommen wäre für sie unmöglich. Erst recht, weil wir mit enormer Geschwindigkeit auf unseren Höhepunkt zu rasen.

Mein Atem wird schneller. Meine Muskeln spannen sich an. Ein wohliger Schauer jagt über meinen Rücken, als ich den Winkel beim nächsten Stoß verändere und Emma in meinen Mund stöhnt. Sie will sich von mir lösen, doch ich gebe sie nicht frei.

Sanft beiße ich in ihre Lippe und spüre, wie ihre Hüftbewegungen immer begieriger werden.

O ja … Verdammt. Das ist so gut. Genau so will ich dich. Hemmungslos und unersättlich.

Sie beginnt, um mich herum zu zucken. Ich muss sie ansehen und gebe ihren Mund frei, während ich einmal, zweimal, ein letztes Mal so tief in sie hineinstoße, dass ich die Beherrschung verliere und unaufhaltsam auf einen sehr intensiven Orgasmus zusteuere.

Fuck.

»Oh, Ryan ... Ryan ... Ryan«, stöhnt sie mit geschlossenen Augen und leckt sich begierig über die Lippen. Ihr Körper bebt. Sie kippt ihr Becken nach oben, um mich noch tiefer aufzunehmen – und stürzt mit einem atemlosen Schrei über die Klippe.

Das ist unglaublich heiß.

Meine Eier ziehen sich zusammen und ich komme. Mein Schwanz zuckt und pulsiert so stark, dass ich um Atem ringen muss, ehe ich dazu in der Lage bin, meine Lust mit einem derben Knurren herauszubrüllen.

Als der Höhepunkt langsam abebbt, ich ihre Hände endgültig loslasse, sehen wir uns an.

Rosige Wangen zieren ihr Gesicht. Ihre wohlgeformten Brüste pressen sich gegen meinen bebenden Brustkorb. Und ihre Augen glänzen glücklich. Ja, ich bin es gerade auch. Sie wird es mir ansehen. Ich habe nur nicht den Mumm, es herauszuschreien.

»Emma, das war unglaublich schön.« Ich bin der Erste, der seine Stimme wiederfindet, um unsere intensive Sporteinheit zu kommentieren. Es fühlt sich fantastisch an, noch in ihr zu sein und diese innige Verbindung für ein paar Atemzüge festzuhalten. Himmel, war das aufregend.

Das war pure Erfüllung. Der Fick des Jahrhunderts, der mich heilte. Verdammt, Ryan. Du bist verloren, endgültig.

Das Wahnsinnslächeln, das sie mir nun schenkt, dringt tief in mein Herz ein. »Ich habe nach dem Sex noch nie so empfunden, dass ich immer noch erregt bin und große Lust verspüre, sofort von vorn zu beginnen. Ryan, was stellst du mit mir an?«

Einen schöneren und fordernderen Startschuss kann man

sich nicht wünschen. Das ist doch genau das, was ein Mann nach dem Akt hören will. Bisher war es mir egal, was meine Eroberungen über unseren Beischlaf dachten. Das hier jedoch trifft mich tief in meinem Innersten und spornt mich dazu an, sie nach einer kurzen Verschnaufpause erneut und noch viel intensiver zu verwöhnen. Es wird eine ausgiebige und schlaflose Nacht.

Mit meinen Fingern gleite ich von ihrer Schläfe über ihre Wange zu ihren Lippen. »Diese Frage könnte ich dir ebenfalls stellen. Was ist das mit uns?«

»Ein sehr leidenschaftliches erstes Date«, entgegnet sie und streicht mit ihren Händen über meine verschwitzten Schultern.

»Hm«, brumme ich. »Nur leidenschaftlich?« Ich habe keine Ahnung, was ich mit dieser Frage aus ihr herausbekommen will. Vielleicht will ich wissen, ob sie die starke Anziehung genauso spürt wie ich.

»Und perfekt.«

Das ist nicht das, was ich hören wollte. Ich gebe auf, weil ich nicht wie ein liebeskranker Idiot auf sie wirken will. Gerade wendet sich das Blatt gewaltig, solche Fragen stellten bisher eher irgendwelche Eroberungen mir.

Eine Gänsehaut rollt über meinen Rücken und ich zucke zusammen, als sie mit den Fingern den sensiblen Punkt zwischen meinen Schulterblättern erwischt.

Sie lächelt. »Bist du etwa kitzelig?«

»Und wie, besonders dort.«

Ich winde mich, weil sie ein weiteres Mal über die Stelle streicht, und stütze mich mit den Händen auf der Matratze ab, um sie daran zu hindern, es erneut zu tun.

Auf ihrer Brust glitzern winzige Schweißperlen und ihr Lächeln lässt meinen Schwanz schon wieder anschwellen.

»Komm wieder zu mir!«, fordert sie mich auf, während

sie die Hände in mein Haar schiebt und mich zu sich zieht. »Ich will dich küssen. Davon kann ich nicht genug bekommen.«

»Nur vom Küssen?«, frage ich und drehe mich mit ihr zusammen um, sodass Emma oben ist. Wie einstudiert setzt sie sich bereitwillig aufrecht hin und drückt ihre Knie in die Matratze, ohne die Verbindung zwischen uns zu unterbrechen.

»Nein, Ryan. Nicht nur vom Küssen.« Der sinnlich belegte Klang ihrer Stimme verrät mir, dass ihr diese Position, in der sie nun alle Fäden in der Hand hält, sehr gefällt. Mit ihren Fingernägeln kratzt sie über meine Brust, ehe sie ihren Rücken wölbt und sich nach hinten lehnt. »Ich will genau das ...« Ihre Stimme stockt, als ich tief in sie hinein stoße. Mit einem lauten Seufzen lässt sie ihren Kopf in den Nacken fallen. »Jaaa ...«

Grob umfasse ich ihre Hüften mit meinen Handflächen, die wie für ihre Körpergröße gemacht sind, und presse meine Fingerkuppen in ihre seidige Haut, während sie mich mit kreisenden Bewegungen reitet.

Verdammt, Emma, du bist eine Sexgöttin! Dich jemals wieder gehen zu lassen, wäre mein Untergang. Denn es geht hier schon jetzt um viel mehr.

KAPITEL 9

EMMA

Der dunkle Parkettboden wirkt heute tiefschwarz. Die einzige Lichtquelle in diesem trostlosen Raum ist die riesige Designerlampe direkt neben dem Piano, das lediglich noch einen dekorativen Zweck erfüllt. Meine Leidenschaft war es irgendwie nie.

Nur mühsam quälen sich ein paar Lichtstrahlen durch den offenen Spalt der dicken Vorhänge. Halb zugezogen, sperren diese die Nachmittagssonne aus und verhindern die Sicht auf den Garten, der sogar mal namentlich in der Zeitschrift *Home & Garden* erwähnt wurde. Vermutlich wuchert jetzt darin bloß noch wildes Unkraut und der persönliche Stil meiner Mom ist abhandengekommen.

Müde gähne ich hinter vorgehaltener Hand. Während ich auf der Couch im Noch-Haus meiner Eltern sitze, schlage ich die Beine übereinander und spüre das angenehme Brennen meiner Muskeln. *Mmh.* Die letzte Nacht war atemberaubend und vielleicht sogar die beste meines Lebens. Ryans süchtig machender Duft hat sich in meinen Haaren verfangen und sich wie eine zweite Schicht auf meiner Haut abgelegt. Kein

Wunder. Er hat schließlich keinen Zentimeter ausgelassen, als er meinen Körper mit seinen Lippen erkundet hat. Beim Gedanken an die Nacht und den sinnlichen Quickie kurz nach dem Aufwachen werde ich schon wieder feucht.

Wie unartig von mir. Ich bin bei meiner Mutter und eigentlich hier, um mich nach ihrem Wohlergehen zu erkundigen. Sie sieht schlecht aus. Es ist nicht zu übersehen, dass ihr die Situation zusetzt und es ihr nicht gut geht. Ihre Augen wirken müde, fast leblos, und ihr optisches Erscheinungsbild spricht Bände. Sie trägt farblose Loungewear, die bisher nicht in ihrem begehbaren Kleiderschrank auffindbar war. Ihr sonst jederzeit top gestyltes kurzes Haar steht ihr wild vom Kopf ab.

Mein Blick schweift zu dem Bild, das uns als glückliche Familie zeigt. Aber waren wir wirklich jemals glücklich? Immer mehr hinterfrage ich diesen Umstand. Damals dachte ich auch, dass auf dem Metallschild am Empfang der Kanzlei irgendwann mal ‚Haynes & Haynes' stehen würde. *Was ist nur in meinen Dad gefahren?*

Moms Räuspern unterbricht meine gedankliche Reise in die Vergangenheit und lenkt meine Aufmerksamkeit zurück zu ihr. Sie ist blass und um die Hüften schmal geworden.

Nachdenklich mustere ich sie und stelle die dampfende Tasse Kaffee zurück auf die Untertasse mit dem feinen Goldrand.

»Wie geht es dir, Mom?«, frage ich besorgt.

»Ganz gut«, antwortet sie und drückt etwas Zitrone in ihren schwarzen Tee. »Die Gesprächstermine mit Dr. Ashley tun mir gut. Sie öffnet mir die Augen und bestärkt mich darin, nach vorn zu schauen. Ich kann nichts erzwingen. Dein Vater hat sich entschieden, diesen Weg ohne mich weiterzugehen.«

»Willst du nicht um eure Ehe kämpfen?«

Sie schüttelt träge mit dem Kopf. »Nein, Emma. Es lohnt sich nur um jemanden zu kämpfen, der nicht vergessen hat, dein Herz zum Tanzen zu bringen. Dein Dad bringt bloß noch sich selbst zum Leuchten. Hast du ihn in letzter Zeit mal erlebt?«

Ich nicke.

»Hoffentlich wird er diesen Schritt bitter bereuen.« Mein Ärger auf ihn ist immer noch nicht verraucht und wird es wohl auch niemals.

Gleichgültig zuckt sie mit den Schultern. »Momentan bereue ich vielmehr, dass ich jahrelang meine Wünsche und Pläne ihm zuliebe hintenangestellt habe. Dann müsste ich mir jetzt keine Gedanken darüber machen, finanziell von ihm abhängig zu sein.«

Mein Magen zieht sich bei ihren Worten schmerzhaft zusammen. »Du hast ihm den Rücken freigehalten. Ist das nichts? Das kann er doch nicht vergessen haben.«

Schwer atmend reibt sie sich über den linken Arm, an dessen Handgelenk eine Uhr und ein goldenes Armband baumeln. »Doch, natürlich. Ich war ihm eine treu sorgende Ehefrau. Habe mich all die Jahre um ihn und sein Wohlergehen gekümmert. Aber was ist das nun wert? Ich bin allein und stehe ungewollt vor einem Neuanfang.«

Dass mir meine Mutter wie ein Häufchen Elend gegenübersitzt, steigert meine Wut auf meinen Vater. Er ist ein rücksichtsloser Egoist. Hormongesteuert noch dazu.

»Vermutlich bin ich beruflich von einem Neustart auch nicht weit entfernt …«, sage ich und trinke einen Schluck von dem Kaffee, der mir bitter die Kehle herunterläuft und das Rumoren in meinem Magen verstärkt. »Ich habe absolut keine Ahnung, was auf mich zukommt und wer mich demnächst in Dads Büro empfängt.«

»Von Überraschungen blieben wir in letzter Zeit nicht

verschont, nicht wahr?«, entgegnet meine Mom und verzieht ihren Mund zu einem gequälten Lächeln. »Ich wünsche mir für dich, dass diese Veränderung nicht dein gesamtes Leben umkrempelt.«

Ich atme tief ein und wieder aus. »Das hat es schon, indem er mich nicht zu seiner Nachfolgerin gemacht hat, sondern die Kanzlei stattdessen lieber verkauft. Mehr Misstrauen hätte er mir wohl nicht entgegenbringen können.«

»Emma, es tut mir leid.« Ein Schluchzen entweicht Moms Lippen und ihre Schultern beginnen zu beben. »In diese Pläne ... hat er mich nicht ... eingeweiht.«

Mit einem Kloß im Hals stehe ich auf, gehe zu ihr und nehme sie in den Arm. Meine Güte, niemals hätte ich gedacht, dass so etwas mal passiert. »Wenn er sich weitere Unverschämtheiten einfallen lässt, werden wir gemeinsam dagegen vorgehen.« Er soll sich nicht wagen, nun auch noch das Haus, in dem ich aufgewachsen bin, verkaufen zu wollen. Dann trommle ich wirklich Ava und Milly zusammen, damit wir die Kanzlei fluten. Ich bin stinksauer.

Sanft streiche ich ihr über das Haar, während ihre Tränen zum Glück wieder versiegen. Es ist fürchterlich, die eigene Mutter derart am Boden zerstört zu erleben. Ich komme mir fast hilflos vor. Bei meinen besten Freundinnen gelingt es mir, mit lockeren Sprüchen Trost zu spenden. Aber bei Mom misslingt es mir irgendwie auf ganzer Linie. Vielleicht aber auch, weil ich selber zu stark involviert und zutiefst verletzt von Dads Entscheidung bin.

Mom schnieft und tupft sich die Wangen mit einem Tuch, das sie der Box neben sich auf dem Abstelltisch entnommen hat, trocken. »Ich gebe dir einen guten Rat: Falls du jemals in Betracht ziehst zu heiraten, vergiss dich selbst nie. Gehe deinen Weg und verfolge deine Karriere. Du musst unabhängig bleiben. Hörst du?« Ihre blauen Augen sind vom

Weinen rot unterlaufen, aber dennoch liegt in ihrem Blick ein vielsagender Ausdruck, den ich noch nie an ihr gesehen habe. Ist es Entschlossenheit? Vielleicht sollte ich ebenfalls aufhören, mich maßlos über Dad zu ärgern und stattdessen meine Zukunftspläne neu strukturieren.

Im Grunde haben Mom und ich uns zu gleichen Teilen von meinem Vater abhängig gemacht. Sie als Ehefrau und ich als Tochter, die liebend gern in seine Fußstapfen getreten wäre. Aber wie es scheint, ist mein Dad ein chauvinistischer Arsch, der Frauen nichts zutraut. Und diese Tatsache lässt ein weiteres Mal Wut in mir hochkochen. Ich habe diesen Umstand jahrelang übersehen und hätte mich schon viel eher von ihm lösen sollen. Meinen eigenen Weg gehen sollen, in einer externen Kanzlei, weit weg von seinem Handeln und seiner Entscheidungsgewalt.

Mein Können hat er andauernd kleingeredet, sodass ich mir in seiner Gegenwart immer unzulänglich vorkam. Damit ist nun Schluss.

Auf dem Rückweg in meine Wohnung werde ich von gemischten Gefühlen geplagt, die mich daran hindern, aus dieser Situation etwas Positives zu schöpfen. Eine Trostlosigkeit, die überhaupt nicht zu dem strahlend blauen Himmel heute passt, überfällt mich. Der einzige Lichtblick an diesem trüben Gedankenhimmel ist Ryan. Er hat meinem Leben eine unerwartete Wendung verliehen. Mich auf besondere Art wiederbelebt. Ich habe Angst, dass diese tiefe Verbindung zwischen uns in nächster Zeit abbricht und ich wieder allein in diesem Großstadt-Dschungel bin. Ich will nichts mehr als einen Seelenpartner. Meinen Herzensmenschen.

Ich habe das Gefühl, dass ich, sobald ich einen Schritt nach vorn mache, gefühlte Stunden später wie bei einem Brettspiel zehn Strafschritte zurückgehen muss. Das fühlt sich fast so aussichtslos an, wie während der Rushhour die

Straßenseite wechseln zu wollen. *Mist.* Die Straßen sind schon wieder maßlos überfüllt und unzählige Anzugträger mit Aktentaschen und Frauen in Businesskostümen huschen geschäftig an mir vorbei.

Warum bin ich nicht mit einem Uber gefahren? Richtig, ich wollte zu Fuß gehen, um auf andere Gedanken zu kommen. Doch stattdessen drehen die sich unaufhörlich im Kreis.

Huch! Und fast wäre mir ein Taxi über die teuren Wildlederstiefel gefahren. *Wer weiß, wie lange ich mir diesen Luxus noch leisten kann.*

Das Piepen meines Handys bewahrt mich davor, einen weiteren Versuch zu starten, die Straße zu überqueren, und ich ziehe das Telefon aus meiner Tasche.

Ohne zu checken, von wem die eingegangene Nachricht stammt, öffne ich per Face-ID das Chatfenster.

»Emma, was ist los mit dir? Warum meldest du dich nicht? Wir sollten über alles reden. Liam.«

O nein. Auch das noch. Ich will nicht. Warum drängt er derart beharrlich auf ein Wiedersehen? Ich habe ihm doch unmissverständlich zu verstehen gegeben, dass es aus ist. Später, wenn ich gedanklich wieder bei Kräften bin, werde ich mich ihm widmen, um meinen Standpunkt zu verdeutlichen. Doch vorerst bleibt es bei der gelesenen Nachricht.

Gerade als ich das Gerät zurück in die Handtasche gleiten lassen will, beginnt es zu klingeln. Ich werfe einen raschen Blick aufs Display, während ich den Bürgersteig blockiere und die Fußgänger mit einem Fluchen um mich herum ausweichen müssen.

Ich grinse. »Hallo, Ava.« Da ist die Ablenkung, die ich dringend gebraucht habe.

»Hallo, meine Liebe. Sehen wir uns später?«, fragt sie. *»Oh, warte. Milly klopft an. Ich schalte sie eben dazu.«* Es raschelt.

»Hey, Mädels«, sagt Milly schmatzend.

Ich verdrehe die Augen. Typisch Milly. »Hat dir niemand beigebracht, dass man während des Telefonierens nicht isst?«

»Doch! Aber meine Zeit ist begrenzt. Was gibt es so Dringendes, dass wir eine Dreierkonferenz abhalten müssen?« Sie ist gereizt. Hoppla.

»Sehen wir uns später?«, wiederholt Ava ihre Frage.

»Ich bin wund. Ich kann nicht ins Logo kommen«, antworte ich und fühle mich nach dem Besuch bei meiner Mutter irgendwie wie ausgelaugt.

»Nein!«, wirft Milly ein. *»Ich kann nicht.«*

»Was bist du?«, fragt meine blonde Freundin. *»Und du, Milly? Warum kannst du nicht?«*

»Was? Wund? Von deinem Vibrator? Oder von Liam?«, ruft sie mit vollem Mund und knistert mit irgendetwas herum.

Mit einem Lächeln auf den Lippen gehe ich weiter, betrachte mich dabei in der gläsernen Hausfassade und streiche mir über das glatte Haar, das in einem streng nach hinten gebundenen Zopf steckt. Gar nicht so ungewöhnlich, ihre Vermutung. Aber meine ständigen Rückfälle mit Liam sind Geschichte. Endgültig.

»Nein, weder noch«, gebe ich mich geheimnisvoll.

»Wer dann?«, hakt Ava nach und gähnt.

»Na, wer wohl. Der Fitnessguru Ryan hat es ihr besorgt«, mischt sich Milly ein und wirkt ein bisschen versöhnlicher.

Beim Klang seines Namens beginnt mein Körper zu summen und Bilder von uns blitzen vor meinem inneren Auge auf.

Ich lache und schweige. »Und, was ist mir dir, Milly? Warum glänzt du mit Abwesenheit?«, frage ich, um zu erfahren, welche Laus ihr über die Leber gelaufen ist.

»Emma, raus mit der Sprache!«, motzt Ava. *»War es Ryan?«*

Ein *Mmh* verlässt meine Lippen und ich presse meine

Beine zusammen, als ich am Schaufenster von *Victoria's Secret* stehen bleibe. »Das Date mit Ryan war sehr eindrucksvoll.«

»Ich will Einzelheiten«, sagt Milly. *»Aber ich bin im Stress. Ich habe euch doch erzählt, dass mein Boss mit mir sprechen wollte. Er hat mir einen sehr wichtigen Auftrag erteilt. Und diese Recherche ist so komplex, dass ich sogar Tag und Nacht verwechsle. Innerhalb der nächsten zweiundsiebzig Stunden muss ich ihm meine Ergebnisse vorlegen.«*

»Oh ..., geht es um den Präsidenten?« Ich lasse meine Frage absichtlich witzig klingen, weil ich Milly noch nie so nüchtern erlebt habe.

»Wenn es um ihn gehen würde, wäre die Angelegenheit leichter zu entschlüsseln. Hierbei ist es viel undurchsichtiger.« Das Knistern wird lauter.

»Das klingt äußerst mysteriös«, entgegnet Ava.

»Ist es. Deshalb habt Verständnis, dass ich mich zurzeit etwas rarmache. Ich hab euch lieb. Ich melde mich«, sagt meine kurzhaarige Freundin und wir verabschieden uns mit einem *»Wir dich auch.«*

»Weißt du, was los ist?«, hake ich bei Ava nach, nachdem Milly aufgelegt hat, und überlege gleichzeitig, mir ein paar neue Dessous zu kaufen. Nach diesem Tag habe ich das Bedürfnis, mich irgendwie zu belohnen. Und Ryan käme zusätzlich auf seine Kosten.

»Nein. In den letzten Tagen war ich zu beschäftigt und hatte gehofft, dass wir uns heute sehen.«

»Meine Nacht war ziemlich kurz. Auf dem Laufband würde ich heute keine gute Figur abgeben. Und gerade bin ich auf dem Rückweg vom Besuch bei meiner Mom und mental überhaupt nicht auf Sport eingestellt. Entschuldige bitte.«

Ich nähere mich dem Eingang des Ladenlokals.

»Magst du reden? Ich komme vorbei.«

»Nein. Gerade will ich das Chaos in meinem Kopf mit einem Frustkauf töten. Ich stehe direkt vor *Victoria's Secret*«, entgegne ich lachend und umfasse die Klinke.

»Klingt nach einem perfekten Plan.«

Wir verabschieden uns und ich betrete das Einkaufsparadies aus Seide, Spitze und einem Hauch von Nichts. Vielleicht benötige ich doch mehrere Garnituren, um einen Vorrat für heiße Nächte mit Ryan zu haben?

RYAN

Als ich den Central Park nach meiner morgendlichen Laufeinheit schweißüberströmt verlasse, wandern meine Gedanken immer wieder zu Emma. Verdammt. Sie zu küssen, sie zu berühren und mich in ihr zu versenken, haben eine Seite an mir hervorgekitzelt, die ich vor langer Zeit begraben hatte. Ich habe Gefühle zugelassen. Gefühle, die angreifbar machen. Die mein eiskaltes Herz aber auch zum Leben erweckt haben.

Ihr süßer Duft in meinen Kissen und ihr Geschmack auf meiner Zunge gehören nur mir allein. Das sollte ich ihr klarmachen. Einen Nebenbuhler dulde ich nicht. Niemals. Solange wir miteinander ins Bett steigen, ist es allein meine Aufgabe, sie zu verwöhnen.

Verdammt, beim Gedanken daran, wie mein Name aus ihrem Mund klingt, werde ich schon wieder hart.

Die Flasche Wasser, die ich mir an Serges Foodtruck gekauft habe, ist leer und ich drehe sie verträumt in meiner Hand und will die Straßenseite zu meiner Wohnung wechseln. Doch als ich Leah vor dem Appartementkomplex entdecke, ist meine gute Laune auf einen Schlag verflogen und wird stattdessen von schwelender Wut ersetzt.

Was will sie hier? Und woher weiß sie, wo ich wohne?

Entschlossenen Schrittes trete ich auf die Straße, stoppe mit erhobenem Arm den Verkehr und bin in wenigen Sekunden auf der anderen Seite angekommen.

Direkt vor ihr bleibe ich stehen. »Leah!« Mir platzt der Kragen. »Was willst du?« Abfällig mustere ich sie von oben bis unten.

»Dich.« Sie lächelt und streckt ihre Hand nach mir aus.

Mir wird übel und ich weiche zurück. Sie ist doch krank. Besessen und unberechenbar. »Hatte ich mich nicht klar und deutlich ausgedrückt?«, brülle ich aufgebracht und sehe, wie sich einige Passanten nach uns umdrehen, weshalb ich meine Stimme senke, diese aber nicht an Schärfe verliert. »Was hast du daran nicht kapiert?«

»Ryan, du verstehst es nicht ...«, betont sie auf sonderbare Art und klingt dabei wie eine Irre. »Es ist so viel Zeit vergangen, in der wir voneinander getrennt waren. Aber jetzt bin ich hier bei dir.«

Muss ich mir nun doch ernsthafte Sorgen machen? Sie weiß immerhin, wo ich wohne.

»Okay, leider muss ich dir mitteilen, dass wir so nicht auf einen Nenner kommen und ich gezwungen bin, Konsequenzen zu ziehen. Soll ich die Polizei jetzt kontaktieren oder wollen wir das anderweitig lösen?« Warum frage ich sie überhaupt? Ich gebe die Regeln vor. Diese Taktik bewahrt mich allerdings davor, hier vor dem Haus die Nerven zu verlieren und für so viel Aufsehen zu sorgen, dass die Presse, die hinter jedem Busch lauern könnte, Wind von all dem bekommt.

»Was willst du denen sagen? Dass du schuldig bist und

Amy ohne dich besser dran gewesen wäre? Wir gehören zusammen. Sieh das doch endlich ein. Wir lieben uns.«

Ist sie verrückt? Sie ist verrückt.

Ich balle meine Hände zu Fäusten. Während die Wasserflasche beim Zusammenquetschen knirscht und sich die spitzen Kanten des Kunststoffs in meine Haut bohren, brennen Schweißtropfen in meinen Augen und verwischen mir meine Sicht.

Womit habe ich das verdient? Wir lieben uns ... Ich würge. Wo holt sie diesen Schwachsinn bloß her? Was ich liebe, habe ich gestern getan. Emma zu ficken, war Liebe.

Leah kommt näher und ich weiche zurück. Ihre Augen durchbohren mich. Das Letzte, was ich gebrauchen kann, ist, dass sie mir etwas anhängt, das niemals stattgefunden hat. Ihr verstörter Blick deutet darauf hin, dass sie zu allem fähig und bereit ist, nur um mir zu schaden oder was auch immer sie hiermit bezweckt.

»Leah, ich habe dich gewarnt«, entgegne ich und bin bestürzt über diesen Zwischenfall. Nach dem Besuch bei meinen Eltern bin ich davon ausgegangen, sie endgültig losgeworden zu sein, doch meine Androhungen haben offenbar nicht gefruchtet. »Ich dachte, ich hätte mehr als deutlich gemacht, dass es mir widerstrebt, was du tust.«

Mit einem fassungslosen Kopfschütteln lasse ich sie stehen, gehe an ihr vorbei und betrete das moderne Appartementgebäude, in dem ich mich eigentlich sicher fühlen sollte.

»Ryan, wir sehen uns ...«, ruft sie mir laut hinterher. »Und glaub mir, früher oder später wirst du einsehen, dass ...« Ihre nur noch leise Stimme wird von den Glastüren verschluckt.

Es gibt kaum etwas, das mich erschüttert, doch in diesem Moment läuft selbst mir eine fröstelnde Gänsehaut den Rücken herab. *Sie ist wahnsinnig.* Und das macht mir Angst.

Beobachtet sie mich etwa schon länger? Vielleicht sogar

seit dem Zeitpunkt, als ich mit Amy zusammenkam? Besteht die Möglichkeit, dass sie an meinem Krankenbett stand, während ich durch die starken Beruhigungsmittel schlief und Amy um ihr Leben kämpfte? Mir wird schlecht. Mein Körper verkrampft sich. Der Gedanke nistet sich wie ein fieses Magengeschwür bei mir ein.

Ich bin mir sicher, dass das nicht das letzte Aufeinandertreffen dieser Art war. Ich habe genug gelitten und mit allem abgeschlossen, was damals passiert ist. Jetzt hier auf Amys durchgeknallte Cousine zu treffen, die ernsthafte Probleme zu haben scheint, ist der blanke Horror.

Sie stalkt mich.

Bei einigen meiner Eroberungen hätte mich so ein verstörendes Verhalten nicht überrascht, weil ich sie arschlochhaft abserviert habe. Aber dass mich ausgerechnet Leah aufspürt und meine Persönlichkeitsrechte verletzt, schreit nach einer juristischen Anordnung.

Sofort wende ich mich an den Concierge. »Bitte melden Sie jeden Besucher an.«

»Ja, Sir. Ist notiert.«

Dankend drücke ich die Tür zum Treppenhaus auf und überlege, wen ich damit beauftragen kann, Schritte gegen Leah einzuleiten. Schließlich muss es ein externer Anwalt sein, der diese Verfügung bewirkt. Und der wirklich gut auf diesem Fachgebiet ist.

Als ich die Treppen nach oben sprinte, gehe ich an meine Grenzen und komme schwer atmend auf meiner Etage an. An eine Fahrt mit dem Lift war jetzt nicht zu denken. Ich bin außer Kontrolle und stehe kurz vor einer Explosion.

Ich muss mich abreagieren.

In meinem Schlafzimmer durchforste ich wie ein Geisteskranker den Kleiderschrank nach den beiden letzten unausgepackten Umzugskisten und entleere den gesamten Inhalt auf dem Fußboden. Trikots, Zeitungsschnipsel, Bilderrahmen, Briefe und Fotoalben kommen zum Vorschein und breiten sich vor mir aus. Mit zittrigen Fingern sortiere ich die Zusammenfassung meiner Vergangenheit und löse mich endgültig von den Erinnerungen, die mich zu einem Gefangenen machen. Der Seelenschmerz dieser Kisten ist zu mächtig, um ihn dauerhaft in meiner Nähe zu haben. Um diesen Ballast loszuwerden, gibt es nur eine Lösung. Ich muss mich von ihm trennen.

Nach einer gefühlten Ewigkeit und mehreren Anläufen verschließe ich einen Schuhkarton, in dem ich ein paar Andenken an meine Zeit an der Westküste aufbewahre. Die wenigen Überreste sind nun wesentlich leichter zu ertragen und bewahren mich hoffentlich vor erneuten Abstürzen in die Dunkelheit. Erleichtert schiebe ich den Karton samt Inhalt ins oberste Fach des Kleiderschrankes und betrachte zufrieden mein Werk, das einer Kurzschlussreaktion geschuldet ist.

Dennoch werde ich das Gefühl nicht los, dass mich heute noch irgendeine weitere böse Überraschung erwartet.

Nach einem späten Frühstück treffe ich mich an diesem Vormittag, an dem mir viel durch den Kopf ging und mich der Vorfall mit Leah dermaßen beschäftigte, mit meinem Vater und Mr. Haynes, um letzte Einzelheiten zu klären. Auch brenne ich darauf, mir endlich die Räumlichkeiten anzusehen, ehe wir morgen die Kanzlei offiziell übernehmen. Schließlich wurde ich lange genug hingehalten. Und das gefällt mir gar nicht. Ich mag es, vorbereitet zu sein. Aber in weniger als vierundzwanzig Stunden wird mich Haynes als seinen Nachfolger vorstellen, mir rennt die Zeit davon.

Als ich vor dem fünfzehnstöckigen grauen Gebäude, das

vermutlich aus den Siebzigern stammt, stehe, lege ich kurz den Kopf in den Nacken, um die schöne Architektur zu bewundern. Die Wolkendecke reißt auf und das goldene Licht der Sonne wandert an der Fassade entlang und streift die Dachspitzen.

Eingerahmt von modernen verspiegelten Hoch- und Backsteinhäusern, liegt der Bürokomplex direkt im Herzen des Financial Districts. Außer uns sind noch weitere Anwaltskanzleien darin untergebracht. In dem etwas flacheren Gebäude nebenan befindet sich ein Café, das sogar sonntags geöffnet hat. Vor dem Ladenlokal stehen Bistrotische und -stühle mit bunten Kissen zwischen mediterranen Pflanzen. Somit wäre ein belebender Koffein-Kick an solchen Tagen wie heute auch gesichert.

Die Lage ist perfekt. Doch als ich das von außen aufwendig restaurierte Bauwerk betrete, empfängt mich kein Wachmann hinter einem modernen Tresen. In der riesigen, spärlich beleuchteten Lobby gibt es stattdessen eine Eingangskontrolle mit Pult. Das Firmenverzeichnis befindet sich auf einem wackligen Aufsteller am Eingang und die beiden Fahrstühle auf der gegenüberliegenden Seite wurden mit dunklem Holz verziert. Alles hier drinnen schreit nach Helligkeit und Renovierung.

Mit dem Zeigefinger streiche ich über die Kunststoffplatte, bis ich den Namen der Kanzlei und das Stockwerk entdecke. Die zehnte Etage. Fast die Hälfte der Firmen sind mit einem roten Punkt markiert, sodass man die vollständige Bezeichnung nicht mehr entziffern kann. *Seltsam.*

Als ich hochsehe, nähert sich der Wachmann. »Mr. Holland Junior, richtig? Sie werden von Mr. Haynes erwartet.«

O Gott, so wurde ich schon seit Ewigkeiten nicht mehr angesprochen.

Ich nicke ihm zu, während sich der große Zeiger der übergroßen antiken Wanduhr über dem Lift mit einem deutlich hörbaren rhythmischen Klacken fortbewegt. Das nervtötende Geräusch setzt sich augenblicklich in meinem Hirn fest.

»Das ist doch alles ein Witz«, murmle ich mir in den Dreitagebart.

Ich sollte umkehren und die ganze Farce mit der Übernahme canceln. Wir wurden eindeutig über den Tisch gezogen. Niemals entsprechen die Struktur der Mitarbeiter, die Werthaltigkeit des Mandantenstammes und die Inneneinrichtung dem Verkaufswert, den wir bereits zur Hälfte überwiesen haben.

Meine schweren Schritte hallen auf dem beigen Marmorboden wider.

»Warten Sie, ich rufe Ihnen den Lift«, bietet der Wachmann freundlich an, als er mich einholt und neben mir herläuft.

Wenigstens der Service spricht für sich.

Zögernd und mit einem Ruckeln geht die Lifttür auf und ich wähle den Fahrstuhlknopf mit der Nummer zehn. Es dauert ewig, bis sich die Tür in derselben Geschwindigkeit wie beim Öffnen wieder schließt, bevor der Lift sich quietschend und ratternd in Bewegung setzt.

Herrgott. Ist das die Fahrt in die Hölle? Oder ist das mein Ende? Hier kann man doch nicht arbeiten. Wir wurden nicht nur übers Ohr gehauen, sondern vorsätzlich betrogen.

Ich will gar nicht wissen, was mich oben erwartet. Ich bin stocksauer. Und diese Beeinträchtigungen sind meinem Dad in all den Gesprächen nicht aufgefallen? Wonach hat er Ausschau gehalten? Und dann soll ich mich auch noch mit der verstaubten Zicke von Tochter herumschlagen? Nur über meine Leiche.

Noch können wir diesen verdammten Deal rückgängig machen. Wenn, dann jetzt, ehe es zu spät ist.

Als ich oben ankomme, werde ich mit einem überschwänglichen Grinsen von Mr. Haynes und meinem Vater in Empfang genommen. Haben die beiden etwas eingeworfen, von dem man besser die Finger lassen sollte? Was ist hier los?

»Hallo, Ryan. Da bist du ja endlich. Wir wollten schon ohne dich anfangen. Anstrengende Nacht gehabt?«, begrüßt mich mein Dad.

Meine Güte, was redet er denn da? Ich bin nicht mehr auf dem College. Ich bin Mitte dreißig und stehe kurz davor, diese marode Bude zu übernehmen.

Mit einem festen Händedruck begrüße ich den lausigen Betrüger mit seiner künstlichen Sommerbräune. »Mr. Haynes, ich bin sehr erfreut, Sie zu sehen.«

»Ryan, vielen Dank, dass Sie es einrichten konnten. Es ist mir ...«

»Der Termin hätte schon viel eher stattfinden müssen«, falle ich ihm barsch ins Wort.

Schnell beende ich den Blickkontakt und sehe meinen Vater verkniffen und mit hochgezogenen Brauen an. Der allerdings nimmt meine versteinerte Miene überhaupt nicht zur Kenntnis, weil er nichts Besseres zu tun hat, als mir sein dümmliches Grinsen zu präsentieren.

Was geht hier nur vor sich? Die braune Vertäfelung der Wände droht mich zu erdrücken und der gleichfarbige Teppich riecht nach Staub. Die Türen zu den Büroräumen sind verschlossen und der kleine Tresen am Eingang ist viel zu schmal, um daran arbeiten zu können. Das leise Klingeln eines Handys dringt durch eine der massiven Holztüren und eine der Neonlampen an der Decke surrt verdächtig. Wer verwendet heute noch solche Energiefresser?

Wäre ich doch lieber im Bett geblieben, hätte mich auf ein weiteres verführerisches Date mit Emma begeben und mich erst am Montag kopfüber in das Chaos gestürzt, das mir hier geboten wird. Die Inneneinrichtung stammt aus der Steinzeit und spiegelt meine Theorie über die arglistige Täuschung wider. Ich möchte gar nicht wissen, wie veraltet die gesamte Technik ist.

Ärmel hochkrempeln und angreifen oder besser sein lassen und weglaufen? Ich weiß, dass ich es schaffen werde. Mein Ehrgeiz ist mein Antrieb. Aber zu welchem Preis? »Wir müssen den Verkaufspreis neu verhandeln«, platze ich heraus und eröffne damit das Gespräch. Meinem Vater klappt die Kinnlade nach unten und er sieht mich mit weit aufgerissenen Augen an. »Das ist unausweichlich. Es sei denn, Sie können meine Zweifel über die Höhe des Honorarvolumens und damit über die Ertragskraft der Kanzlei beseitigen, Mr. Haynes – was ich nicht glaube.«

»Ryan, entschuldigen Sie. Aber persönliche Gründe haben mich dazu bewogen, es leider nicht eher einrichten zu können.«

»Mr. Haynes ...« Ich hole tief Luft und sammle mich innerlich, ehe ich wieder ausatme. »Ich halte nichts von Hinhalterei. Sie müssen auch mich verstehen. Bevor wir die restliche Summe an Sie überweisen, werde ich die Angaben zum Inventar, der monatlichen Kostenaufstellung und dem Mandatsvolumen explizit überprüfen. Denn das, was ich hier vorfinde, ist nicht ansatzweise das, was ich erwartet habe.«

»Kein Problem. Die Aufstellung mit den jeweiligen Angaben habe ich umfassend ausgearbeitet. Meine ...«

Ich blicke zu meinem Vater und räuspere mich, damit er endlich aus seiner Starre erwacht, und falle Haynes ein weiteres Mal ins Wort. »Und genau diese Unterlagen werde ich jetzt unter die Lupe nehmen, ehe ich weitere Gespräche führe.«

»Ähm, Ryan. Vielleicht sollten wir dazu in einem der Besprechungsräume Platz nehmen?«, schlägt mein Dad gehetzt vor.

Gott bewahre, kann man das Inventar ohne Bedenken nutzen oder sollten wir dafür vorher lieber eine Risikoversicherung abschließen?

Das wird ein langer Abend.

Mr. Haynes faltet die Hände vor seinem Bauch zusammen und beugt sich wie ein Butler nach vorn. *War er wirklich Anwalt?* »Gute Idee, ich würde Ihnen gern ...«

»Besitzt die Kanzlei eine funktionierende Kaffeemaschine?«, frage ich und unterbreche ihn zum dritten Mal.

»Leider nein. Unten ist ein Café. An Werktagen bieten sie dort einen erstklassigen Lieferservice an«, informiert er mich völlig schmerzfrei.

Verdammt. Ich hätte eine Wette darauf abschließen sollen. Wie viel kann man für eine nicht vorhandene Kaffeemaschine vom Kaufpreis abziehen?

Hinter meinem Rücken öffnet sich mit einem Klicken eine Tür, leise Schritte kommen näher. Ich bin mir sicher, dass das niemand anderes sein kann als Haynes Tochter. Und da dieser Tag nicht mein bester ist und ich offenkundig vom Pech verfolgt werde, muss ich kein Hellseher sein, um zu erahnen, dass mir heute noch mehr blüht.

Ich drehe mich um.

»Dad, wann fangen wir endlich an?«, höre ich Emma fragen. *Emma?*

Ich sehe sie sprachlos an.

Sie blickt mir ebenso verblüfft in die Augen.

Emma Haynes. Verdammt. Ich wusste, dass mir früher oder später alles um die Ohren fliegt und mein Leben in einem Strudel aus komplizierten Fügungen versinkt. Mein Herz pocht wie wild in meiner Brust. Anwältin. Der Name. Warum ist mir das nicht aufgefallen? Richtig. Ich wusste nicht, dass meine Emma diese Emma ist, Haynes' Emma ist. *Fuck.* Das ist kein Scherz.

Ich fühle mich wie benommen. Wie konnte mir das nur entgehen? *Warum nur?* Weil ich dummer Idiot zu sehr mit mir selbst beschäftigt war, habe ich alle Anzeichen ignoriert. Durch diesen einzigartigen Gefühlsrausch, den ich seit unserer ersten Begegnung verspürte, war ich nicht in der Lage, logische Schlüsse zu ziehen. *Verdammt.*

Sie lächelt mich nicht an.

»Ryan, das ist Emma, meine Tochter und Ihre zukünftige Angestellte.« Haynes Stimme ist nur noch ein dröhnendes Rauschen.

Wie kann das sein?

EMMA

Am liebsten würde ich meinem Vater kräftig vors Schienbein treten und ihn zum Teufel jagen. *»Ryan, das ist Emma, meine Tochter und Ihre zukünftige Angestellte«,* äffe ich ihn in Gedanken nach. Abwertender hätte er mich meinem neuen Boss nicht vorstellen können. Meinem zukünftigen Boss. *Ryan.* Da ich aber in einer Art Schockstarre feststecke und das Gefühl habe, keine Luft mehr zu bekommen, bin ich mit meinen High Heels am muffigen Untergrund verankert und meine Lippen sind versiegelt.

Die Szene, die sich vor meinen Augen abspielt, kann ich verdammt noch mal nicht begreifen. *Ryan.* Ich schließe meine Lider, während in meinem Kopf die Emotionen unkontrolliert durcheinanderwirbeln. Ich atme, doch der Sauerstoff in meinem Körper wirkt verbraucht.

Ganz bestimmt ist das ein Irrtum. Es kann bloß ein Irrtum sein. Nein, ist es nicht. Egal, wie oft ich mir das einrede. Ryan Holland, der sexy Fitnesstrainer, der mir multiple Orgasmen beschert hat, der heiße Anwalt, mit dem ich ein Date hatte, steht vor mir und ist mein neuer Boss.

Ich möchte heulen.

»Emma«, höre ich ihn wie durch dicke Watte dumpf meinen Namen sagen.

Ich öffne meine Augen und sehe ihn an. »Ryan«, krächze ich stockend. »Du? Du bist ...« Meine Stimme streikt. Egal, wie sehr ich mich bemühe, ich bekomme kein weiteres Wort heraus. Ich bin dermaßen irritiert, dass mein Sprachkontrollzentrum kaum mehr funktioniert. Zu allem Überfluss trägt Ryan heute einen dunklen maßgeschneiderten Anzug, der ihm wahnsinnig gut steht, und diese blau-grünen Augen, die mich stechend fixieren, sind ebenso verführerisch wie sein dichter gewordener Bart. Was mich in dieser Kombination noch mehr durcheinanderbringt. *Was ist hier eigentlich los?*

»Und du bist also die Tochter«, merkt er an.

Leider kann ich gerade nicht im Geringsten einschätzen, ob er das auch wirklich als gut empfindet. Sein Auftreten und seine nüchterne Art schüchtern mich plötzlich ein und ich bin verärgert über seinen Kommentar.

»Deine Angestellte«, füge ich spitz hinzu.

Er mustert mich. Seine Brauen heben sich und es vergehen viel zu viele Sekunden, ehe er etwas entgegnet. »Richtig, meine Angestellte.« Er wirkt angespannt und überhaupt nicht mehr wie der Mann, der mich noch vor Kurzem mit seinem Mund verwöhnte.

»Hast du ein Problem damit?«, hake ich nach. Vielleicht traut er mir ja genauso wenig zu wie mein Dad. Ganz abwegig wäre es nicht. Schließlich hat er die Kanzlei gekauft und wird sie nun leiten. Und im Gegensatz zu unserem äußerst romantischen Besuch im Museum, versprüht er gerade nur noch Distanz und Macht. Mir wird übel.

Er schüttelt den Kopf. »Nein, wieso sollte ich? Es sei denn, du hast damit ein Problem.«

Warum lässt ihn das so kalt? Wer ist er?

Gerade geht all das, was wir auf intime Weise miteinander teilten, kaputt. Ich bin wütend.

Auf mich.

Auf ihn.

Auf uns.

Auf die gesamte Situation, die zu diesem Wiedersehen geführt hat.

»Ihr kennt euch?«, mischt sich die ältere Version von Ryan ein und streckt mir zur Begrüßung seine Hand entgegen. »Ich bin sehr erfreut, Sie kennenzulernen, Emma.«

Obwohl sein Lächeln ehrlich wirkt, reiche ich ihm nur zögernd meine Hand. Denn ich kann den Gedanken nicht abschütteln, dass mir hier von allen etwas vorgespielt wird. »Ryan und ich teilen eine gemeinsame Leidenschaft«, gebe ich wie eine oscarprämierte Schauspielerin zurück und werfe Mr. Ich-bin-unnahbar einen strafenden Blick von der Seite zu. »Wir hegen beide eine Vorliebe für Kunst. Schön, dass wir uns an diesem sonnigen Tag nun wiedersehen.«

Mein Magen rebelliert. Ich habe keine Ahnung, was hier gerade passiert.

»Dann werdet ihr sicher sehr gut miteinander klarkommen«, mischt sich mein Vater ein und strahlt zufrieden. »Was haltet ihr davon, wenn ihr gemeinsam alles durchgeht und du Ryan alles zeigst?« Die Erkenntnis, dass er vor nichts zurückschreckt und nun auch noch diese Aufgabe auf mich abwälzt, schmerzt bitter und ich kann nur noch Abscheu für ihn empfinden. »Emma, alle wichtigen Unterlagen befinden sich in meinem Büro, und die Akten der Mandanten, mit denen sich Ryan unbedingt beschäftigen muss, liegen ausgebreitet zur Einsicht im Konferenzraum.«

Das ist doch wohl ein Witz. Obwohl es fast zu erwarten war, dass mein Vater sich mal wieder aus der Affäre zieht. Meine Erwartungshaltung ihm gegenüber ist auf ein Rekordtief gesunken, und das wird sich auch so schnell nicht wieder ändern.

Aber irgendwann, irgendwann werde ich die Gelegenheit bekommen, ihm dieses glückliche Grinsen aus dem Gesicht zu wischen, und dann grinse ich.

Meine unendliche Wut auf ihn verwandle ich heute in puren Sarkasmus. Ryan und sein Vater sollen mich nicht für eine arrogante Kuh halten, die sich durch die Übernahme verletzt fühlt. Das ist eine Familienangelegenheit, die ich mit meinem Dad ausfechten werde. Doch momentan ist mein Bedarf an nervenaufreibenden Gesprächen mit ihm gedeckt und ich sehe seinen vorzeitigen Aufbruch als Genugtuung an. Ich will, dass er verschwindet.

Mr. Hollands Räuspern dringt zu mir durch. »Also ... Ryan, da ihr euch kennt, halte ich es auch für unnötig, wenn Richard und ich anwesend sind. Stattdessen würden wir die Übernahme bei einer Partie Golf feiern. Ich muss nämlich noch um eine Revanche bitten, ehe er ins sonnige Florida abreist.« Er lacht und klopft meinem Vater auf die Schulter.

Dass mein Dad mich nicht rettet, war zu erwarten und liegt mir nicht mehr am Herzen, gebrochen hat er es schließlich ohnehin schon. Ich dachte allerdings, dass Mr. Holland etwas mehr Interesse zeigen und mich in diesem Augenblick nicht einer unangenehmen Gegenüberstellung mit Ryan allein aussetzen würde.

Was weiß ich schon von unserer Kanzlei? Eine Menge ...

»Aber natürlich, sehr gern«, entgegne ich süffisant und möchte die Herren am liebsten alle gemeinsam verwünschen.

Ryan hebt wieder eine Augenbraue, so als wolle er mich fragen, was für ein Spiel ich hier treibe, und lässt seinen Blick an meinem Körper entlanggleiten.

Freundchen, das wirst du noch herausfinden. Und untersteh

dich, diesen Blick dauerhaft einzusetzen, denn dann garantiere ich für nichts.

Ryan klatscht in die Hände. »Okay, was hältst du davon, wenn ich uns einen Kaffee zur Stärkung besorge und du in der Zwischenzeit die Papiere aus dem Büro deines Vaters holst und im Konferenzraum vorbereitest? Ich würde gern endlich anfangen.«

Ich starre ihn an. *Nichts.* Aber du bist der Boss und hast das Sagen. »Ein Kaffee wäre nicht schlecht«, stimme ich ihm zu, während ich seine Aufforderung bewusst ignoriere, um meine Wut, die von einer ordentlichen Portion Nervosität getoppt wird, zu überspielen.

Als die Herren in ihren Anzügen durch die überbreite Holztür verschwinden, renne ich zurück in mein Büro, donnere die Tür hinter mir zu und schreie: »Verdammt! Wieso musste ich ausgerechnet mit meinem neuen Boss vögeln?« Die Stadt wimmelt von Hunderttausenden gut aussehenden Männern. Und was mache ich? Ich gehe mit meinem zukünftigen Vorgesetzten ins Bett. Schlimmer kann ein Leben nicht den Bach runtergehen. Es war zu schön, um wahr zu sein. Es war vermessen, dass ich in Betracht gezogen habe, dass Ryan ein brauchbares Exemplar ist, das in der Lage ist, mein Herz in neue Schwingungen zu versetzen. Was auch funktioniert hat – bis vor wenigen Minuten. Nun ist es in tausend Stücke zersplittert.

Mal wieder.

Und mal wieder stehe ich vor einem Neuanfang.

Es ist zum Heulen.

Er ist Anwalt. Was das angeht, hat er wohl nicht gelogen. Aber hat er überhaupt bei irgendeiner Sache gelogen? Wo ich beschäftigt bin, habe ich ihm genauso wenig verraten. Jetzt weiß er es ja. *Grrr.*

Ich raufe mir die Haare und renne angespannt vor

meinem Schreibtisch auf und ab, den ich momentan gern zusammen mit dem restlichen Inventar im *Hudson* versenken möchte. Und Ryan gleich dazu. Eins ist sicher: Ryan Holland ist nicht nur höllisch sexy – er ist der Teufel.

Seine Arroganz ist unübersehbar, geprägt von einem Blick, durchdringend und herausfordernd, fast als würde er jeden um sich herum prüfen und nach seinen Maßstäben bewerten. Ganz anders als der Ryan, der mir die schönsten Blumen zur Genesung vorbeigebracht und mich auf ein äußerst romantisches Date ins Museum eingeladen hat.

Zum ersten Mal in meinem Berufsleben verspüre ich eine aufkeimende Unsicherheit. Ich werde gleich Ryan Rede und Antwort stehen müssen, wie es um die Kanzlei bestellt ist. Ich bin ihm sozusagen ausgeliefert. Lieber wäre es mir, wenn er oben liegen würde und ich ihm auf eine ganz andere Art und Weise ausgeliefert wäre. Doch das ist ab sofort tabu und keine Option mehr.

Aber können wir vergessen, was zwischen uns gewesen ist? Nein, ich für meinen Teil kann es nicht. Eine Zusammenarbeit mit ihm kann niemals funktionieren.

RYAN

Das ist also die Kanzlei, die ich übernehmen werde. Über diese Tatsache kann ich nur den Kopf schütteln. Heißer Dampf steigt aus den beiden Coffee-to-go-Bechern empor, die ich auf einem Papphalter balanciere, während die Höllenfahrt im Lift endet und sich die Türen auf der zehnten Etage behäbig aufschieben.

Emma hier anzutreffen, bringt mich an meine Grenzen. Warum ist sie ausgerechnet die Tochter von Haynes? Das ist richtig beschissen. Ein absolut unglaublicher Wahnsinn, der in meinem Kopf kaum ankommen will.

Hinter meinem Rücken schließen sich die Fahrstuhltüren mit einem Quietschen und ich biege nach links ab, in der Hoffnung, dort den Besprechungsraum vorzufinden. Noch fehlt mir die Orientierung.

Ein Klacken, ich höre Schritte und drehe mich um. Es ist Emma. In ihren Händen hält sie eine blaue Mappe. Ihre Wangen schimmern rötlich und ihre Haare sind ganz zerzaust. Neugierig mustere ich sie. Was hat sie getan? Sie sieht absolut derangiert aus.

Ich wünschte, ich wäre schuld an ihrem Zustand. Liebend gern würde ich mit meiner Hand durch ihr Haar fahren und ihren Mund erobern, denn gerade kann ich bei ihrem Anblick an nichts anderes denken, als noch mehr Chaos anzurichten. *Verdammt, Emma.*

Sie räuspert sich, wodurch mein intensives Kopfkino zum Stillstand kommt. »Der Besprechungsraum liegt auf der rechten Seite. Warte! Ich öffne dir die Tür.«

Hüftschwingend geht sie an mir vorbei und präsentiert mir in ihrem schmalen Businessrock ihren perfekten Arsch. Herrgott. Ich kann mich an ihren vorzüglichen Eigenschaften nicht sattsehen. Ihre geschwungenen Lippen bringen mich um den Verstand. Das fliederfarbene Seidentop umspielt ihre schmale Taille, und der tiefe Ausschnitt zeigt viel mehr, als ein Businesslook preisgeben sollte. Wie soll ich mich auf die wichtigen Dinge konzentrieren, wenn mir dazu auch noch ihr vertrauter Duft in die Nase zieht und meine Sinne reizt?

Ich fahre hier alles vor die Wand. Es sei denn, ich kehre das Arschgesicht raus, das ich sein kann. Gefühle machen angreifbar. Ich habe es gewusst.

»Danke«, entgegne ich rau, als wir eintreten, und stelle die Pappschale mit den beiden Bechern auf dem überbreiten Tisch, der mit Akten und Dokumenten übersät ist, ab. Bequem könnten hier mehr als zwanzig Personen Platz nehmen, wenn nicht ein derartiges Chaos herrschen würde.

Himmel. Haynes hat zwar erwähnt, dass sich im Konferenzraum wichtige Unterlagen befinden. Aber in dieser Größenordnung ... Von Struktur hat hier wohl nie jemand etwas gehalten. Ab nächster Woche weht definitiv ein anderer Wind. Und wer nicht mitzieht, kann gehen.

Emma legt die Mappe auf einem der Stapel ab und ergänzt die Unordnung, die mich höchstwahrscheinlich um meinen wohlverdienten Schlaf bringen wird.

Ich verdrehe die Augen und atme tief durch, ehe ich einen der Becher aus der Halterung löse und an sie weiterreiche. Ihre Finger streifen meine und wecken Erinnerungen an unsere gemeinsame Nacht. Genau das wollte ich verhindern.

»Schwarz ...«, sagt sie leise, was für mich wie eine Verführung klingt, und sieht mich über den Rand des Bechers an, als sie hineinpustet. »Du hast es dir gemerkt ... Danke!« Sie grinst breit.

»Natürlich.« Nichts ist natürlich, warum gebe ich mich also so lässig? Eigentlich müsste ich mich mit den Unterlagen beschäftigen, die die Weichen für meine Zukunft stellen – oder meinen Untergang bedeuten. Doch stattdessen gleitet mein Blick wie bei einem verliebten Idioten über Emmas Körper. Sie sieht in ihrem Outfit hinreißend aus und die künstliche Beinverlängerung durch die mörderischen High Heels bringt mein Kopfkino erneut in Schwung. *Verdammt.*

»Bis Montag muss der Besprechungsraum aufgeräumt sein. So kann ich hier niemanden empfangen«, merke ich an und trinke einen Schluck Kaffee. Das vollmundige Aroma breitet sich in meinem Mund aus und ich nehme einen weiteren Schluck, ehe ich den Becher auf dem Sideboard mit der verkratzten Glasplatte neben der Tür abstelle.

Als ich zu Emma sehe, wirft sie mir wieder diesen tödlichen Blick zu, den sie wirklich gut beherrscht. Fast möchte ich schmunzeln, weil mich dieses Feuer in ihren Augen derart anmacht.

»Es ist Sonntag, Ryan. Wie stellst du dir das vor?«, fragt sie mit einem vorwurfsvollen Unterton und lässt mich ihr Unbehagen deutlich spüren.

Aber es war mein purer Ernst. In diesem Zustand kann der Raum nicht bleiben, wenn ich mich morgen vorstelle und mich nicht blamieren will.

Ich zucke mit der Schulter und mache eine Geste mit der Hand, die auf das Chaos deutet. »Es wird doch wohl nicht zu viel verlangt sein, wenn du dich darum kümmerst. Schließlich liegt es nicht an mir, dass die Kanzlei … «

»Dann sollten wir anfangen, wenn ich mich anschließend auch noch darum kümmern muss«, fällt Emma mir ins Wort und verzieht ihr Gesicht zu einer aufgesetzt freundlichen Maske. »Ich habe nicht ewig Zeit«, sagt sie mit festerer Stimme als zuvor, schiebt ein paar Dokumente zur Seite und lehnt sich mit ihrem zuckersüßen Hintern gegen die Tischplatte.

Verwundert beobachte ich, wie sie die Arme vor ihrem Bauch verschränkt und sich dabei ihre Brüste durch den dünnen Stoff ihres Oberteils abmalen. »Hast du noch etwas vor?«, frage ich.

»Vielleicht …«, entgegnet sie kurz angebunden und lässt den Höhlenmenschen in mir frei.

»Was heißt vielleicht?« Das muss ich genauer wissen. Hat sie ein Date? Mit einem anderen?

Sie beißt sich auf die Lippe und sieht mich herausfordernd an. »Ryan, wir sind hier, um zu arbeiten.«

Ich spüre es, sie ist sauer. Was vielleicht gut so ist. Da mir aber mein harter Schwanz in der Hose einen Strich durch die Rechnung macht, trete ich näher auf sie zu.

»Ich will wissen, was vielleicht bedeutet. Triffst du dich mit einem anderen?« In meiner Brust vermischt sich Neugierde mit Eifersucht. Diese gefährliche Kombination bringt mich in gewaltige Schwierigkeiten. Vielmehr, als die Gewissheit zu haben, dass die Kanzlei einen Bruchteil von dem wert ist, von dem wir ausgingen. Ich bin dabei, mein Herz zu verlieren.

»Inwiefern geht dich das etwas an?« In ihren Augen lodert ein Feuer aus Wut und Leidenschaft, das es mir schwer macht, ihr zu widerstehen. »Würde dich das etwa stören?«

Mordsmäßig.

Plötzlich liegen meine Hände auf ihren Hüften.

Plötzlich senke ich meinen Mund auf ihre Lippen.

Und plötzlich schalte ich mein Hirn komplett aus.

Unser Kuss ist wie eine Explosion aufgestauter Gefühle. Ich ziehe sie vom Tisch, sodass sie vor mir steht, und zerre ihren Rock hoch.

Meine Hände gleiten über ihren straffen Po, ihren Rücken und ihre glatte Haut an den Armen. Ich muss sie haben. Mit beiden Händen umschließe ich ihren Nacken, damit sie mir nicht entkommt, während sich unsere Zungen zu einem heißen Tanz vereinen.

Ich küsse sie hart und fordernd. Immer drängender. Ich spüre, wie sich Emma an meinem Gürtel zu schaffen macht, und ziehe ihr das Oberteil über den Kopf.

Ich schlucke. Der BH schimmert genauso seidig verführerisch wie der fließende Stoff ihres Tops.

Blitzschnell schiebe ich ein paar Aktenordner vom Tisch, die lautstark zu Boden krachen, greife an ihren Slip und ziehe ihn ihr aus.

Sie lächelt lasziv, als sie sich zurück auf die Tischplatte setzt und ihre Beine spreizt. Nur zu gern nehme ich ihre Einladung an und stelle mich zwischen ihre Schenkel. Mein Blick gleitet verlangend von ihren Augen bis zu ihren Brüsten.

Ohne Umschweife öffnet sie den Reißverschluss meiner Hose und schiebt diese mitsamt der Boxerbrief herunter. Sie umschließt meinen steifen Schwanz mit ihren warmen Händen und ich lasse den Kopf in den Nacken fallen, um dieses geile Gefühl auszukosten.

Ich stöhne.

Ruckartig greife ich um sie herum und öffne mit einer Handbewegung ihren BH. Begierig nehme ich ihre prallen Brüste in die Hände, reibe mit den Daumen über ihre harten Nippel und ersetze meine Finger durch meinen Mund. Langsam umfahre ich mit der Zunge ihre spitzen Knospen und reize sie mit den Zähnen. Erst die eine, dann die andere.

Sie erschaudert, und ich kann mir ein zufriedenes Grinsen nicht verkneifen. Sie hier im Büro zwischen all den Dokumenten zu nehmen, obwohl nichts geklärt ist, kann nur mir passieren.

Begierig gleite ich mit meinem Finger tief in ihre Pussy und verteile ihre Nässe mit kreisenden Bewegungen auf ihrer Perle. Sie wimmert verlangend. Ihre Haare streifen die dunkle Holzplatte des Tisches, als sie sich mit ihren Ellenbogen aufstützt und ihre Beine anwinkelt. Dieser Anblick ist nicht nur göttlich, sondern verrucht. Sie ist wunderschön.

Die schwarzen High Heels glänzen auf der Tischplatte und turnen mich zusätzlich an.

Ich umfasse meinen Schwanz, gleite mit ihm durch ihren feuchten Spalt und positioniere meine Spitze an ihrem Eingang. Was wird das hier? Boss fickt Angestellte oder Angestellte verführt den Boss? In diesem Moment ist es mir scheißegal.

Mit einem harten Stoß dringe ich in sie ein. Sie schnappt nach Luft.

»Warum bist du hier?«, frage ich und verharre in dieser Position, tief in ihr drin. *Verdammt, fühlt sie sich gut an.* Sie ist unglaublich eng und ihre weiche Haut umschließt mich perfekt.

Langsam ziehe ich mich aus ihr zurück, aber nicht vollständig.

»Warum ausgerechnet du?«, will ich wissen und stoße kräftig zu.

»Ryan ...« Sie stöhnt gedehnt meinen Namen und ich gleite etwas aus ihr heraus.

»Warum?«, knurre ich und spüre, dass ich jeden Moment von einem heftigen Orgasmus überrollt werde.

Grob versenke ich meine Fingerkuppen in der Haut an ihrer Hüfte und stoße erneut zu. Tief, bis zum Anschlag, lasse ich sie meine Wut spüren und erhöhe das Tempo.

Warum?

Ich genieße es, sie vollkommen auszufüllen.

Voller Hingabe und gefangen in meiner Lust, kann ich kaum einen klaren Gedanken fassen. Ein Wunsch keimt in mir auf. Ich will nicht, dass das zwischen uns jemals endet. Und das jagt mir eine Scheißangst ein. Doch leider habe ich darauf keinen Einfluss mehr. Ich bin ab jetzt ihr Boss. Und es ist besser für mich, nicht glücklich zu sein. *Fuck.*

Im schnellen Takt vögle ich sie wild auf dem harten Untergrund, der dringend ausgetauscht werden muss, sobald mein Nachname an der Eingangstür hängt.

Ich will sie nicht verlieren.

Ich will den Schmerz in meiner Brust verdrängen.

Ich will nicht daran erinnert werden.

Ich muss es beenden.

Sie kommt und ich folge ihr. Fast zeitgleich stöhnen wir unseren Höhepunkt hinaus, der von den hellgrauen Wänden der Kanzlei verschluckt wird.

Das war definitiv eine sehr heiße, aber ebenso heikle Nummer. Und darf sich nicht mehr wiederholen, weder hier noch an einem anderen Ort. Niemals.

Für eine Sekunde blitzt etwas Seltsames in Emmas Blick auf. Ist es Reue?

Langsam normalisiert sich meine Atmung und meine Hirnfunktion scheint auch wieder intakt zu sein. Aber mein Herz ...

Ein eiskalter Schauer kriecht über meinen Rücken. Es ist, als würde für einen Moment die Welt um uns herum stillstehen. Nicht einmal unsere Herzen wagen sich zu schlagen.

»Das Warum kann ich dir nicht beantworten«, erinnert mich Emma an meine Frage. »Aber ich gratuliere dir zur erfolgreichen Übernahme der Kanzlei.«

Ich lehne meine Stirn gegen ihre und vermeide es, sie erneut zu küssen. Wir müssen Abschied nehmen. Zumindest durfte ich sie noch ein letztes Mal in dieser verführerischen Position haben und ihre weichen Lippen auf meinen spüren. Ab sofort sind wir füreinander für immer tabu.

KAPITEL 10

EMMA

Ich könnte ausflippen. Millys Handy ist ausgeschaltet. Und Ava will nicht gestört werden. Sie geht einfach nicht ran. Ich habe es mehrfach versucht. Vergeblich.

Meine Haare sind zerzaust. Mein Make-up hat sich vollständig aufgelöst. Ich bin übermüdet. Mir fehlt Schlaf. Und zwar der einer ganzen Nacht, und schuld daran ist nur einer: Ryan. Nach meinem Vater könnte ich auch ihn nun zum Mond schießen. Dabei wollte ich doch genau mit diesem Mann bis ans Ende der Welt fliehen. Daraus wird jetzt leider nichts mehr, denn er ist mein neuer Boss. Und diese Tatsache macht mich echt fertig.

Die Vorstellung, ihn nur noch ansehen, aber nicht mehr berühren zu dürfen, verstärkt meine Verzweiflung. Ich weiß nicht, ob ich das überlebe. Im Augenblick fühlt es sich jedenfalls nicht so an. Mein Herzschmerz lässt zu, dass ich in meinen Gefühlen ertrinke.

Ganz tief vergrabe ich meine Hände in den Kängurutaschen meines Hoodies und kralle mich an dem weichen Innenfutter fest. Irgendwann werde ich wieder auf die

Beine kommen und die starke Emma sein. Die Frage ist nur, wie.

Der Wind weht mäßig durch die hohen Baumkronen, ich lege meinen Kopf in den Nacken. Ab und zu blitzen ein paar Sonnenstrahlen zwischen den Blättern hindurch. Die frische Morgenluft im Central Park tut gut. Aber die Vögel zwitschern viel zu laut, sodass ich mir die Kapuze meines dunklen Hoodies tiefer ins Gesicht ziehe – was auch nicht wirklich etwas bringt. Wie eine Obdachlose irre ich umher, um meinen Kopf freizubekommen. Aber die gewünschte Entspannung will sich auch durch die Bewegung nicht einstellen. Vor lauter Frust trete ich gegen einen Stein, der raschelnd ins nächste Gebüsch fliegt und ein Eichhörnchen-Pärchen aufschreckt.

Mist!

Stundenlang hingen Ryan und ich am Abend zuvor mit rauchenden Köpfen über den Papieren und wälzten Fälle, von denen ich bisher keinen blassen Schimmer hatte – wie auch, Strafrecht ist schließlich nicht mein Spezialgebiet. Aber seins. Und er ist ein verdammter Rechtsanwaltsgott. Ich bin beeindruckt, und das leider viel zu sehr. Sein Wissen macht ihn noch attraktiver. Und in seinem perfekt sitzenden Maßanzug ist er außerdem unglaublich sexy. Jedoch, zu meinem Bedauern, in gleichem Maße ein arroganter Mistkerl.

Seine gepflegten Hände strichen über die dunkle Tischplatte und ich verfolgte jede seiner Bewegungen, um sie in meinem Gedächtnis abzuspeichern. Manchmal habe ich das Gefühl, ihm irgendwie in einem anderen Leben schon mal begegnet zu sein. Denn obwohl wir uns kaum kennen, fühle ich mich ihm so unglaublich nah. Wie ist das bloß möglich?

Punkt für Punkt ging ich mit ihm die Aufstellung durch, die ich bereits vor Monaten im Auftrag meines Vaters anfertigen musste. Zu diesem Zeitpunkt ahnte ich von einer Übernahme nichts. Vielmehr vermutete ich, dass er mit der detaillierten Liste der Mandate beabsichtigte, mich damit betraut zu machen, weil ich ihn beerben oder zumindest offiziell zur Partnerin ernannt werde würde. Pustekuchen!

Ryan und ich sind in vielen Dingen einer Meinung. Die Kanzlei braucht eine Generalüberholung – in allen Belangen, eigentlich wie das gesamte Gebäude. Schließlich sind von den Firmen, die hier einmal ansässig waren, nur noch eine Handvoll übrig geblieben. Was auch nicht verwunderlich ist, wenn man die Lobby betritt. Ein zerknicktes Pappschild dient als Firmenwegweiser, und die darauf rot markierten Unternehmen sind bereits geflüchtet.

Ich opferte meine Zeit für ihn, obwohl mir alles daran widerstrebte. Ich blieb bis kurz nach Mitternacht. Wir aßen gemeinsam etwas vom Chinesen. Alles rein geschäftlich. Wie Kollegen – oder vielmehr Vorgesetzter und Angestellte. Ich werde mich hüten, jemals wieder mehr in das zwischen uns hineinzuinterpretieren. Wir sind, was wir sind. Was auch immer das ist. Denn was genau sind wir füreinander? Vor allem über die Tatsache, dass er sich, nachdem wir es wild auf dem Tisch im Konferenzraum getrieben haben, von mir zurückzieht und nur noch unterkühlt mit mir redet, komme ich nicht hinweg. Er geht auf Distanz.

Was war das also für ihn? Ein Abschiedsfick?

Eigentlich sollte ich schon seit einer Stunde wieder in der Kanzlei sein, um Ryan zu unterstützen. Aber ich kann nicht.

Weil ich mich unsterblich verliebt habe.

Weil meine Augen vom Heulen verquollen sind.

Weil ich in meinem Aufzug niemandem unter die Augen treten kann.

Tränen der Wut und Verständnislosigkeit brennen in meinen Augen. Es ist vorbei, ehe es richtig angefangen hat.

Ich fühle mich überrumpelt und bräuchte jetzt so dringend meine besten Freundinnen, damit sie mich trösten und wieder aufrichten. Falls das überhaupt jemals wieder möglich ist.

Mein Herz blutet unentwegt.

Als ich mit gesenktem Kopf bei Serges Foodtruck ankomme, schiebe ich, nachdem ich endlich dran bin, kommentarlos vier Dollar über die Theke.

»Emma?«, höre ich Serges Stimme. »Ist alles okay mit dir?« Er klingt besorgt.

Wieso hat er mich jetzt erkannt?

»Hi ...« Leicht hebe ich meinen Kopf, ohne ihm meine Augen zu präsentieren. »Ich nehme einen Kaffee, bitte«, sage ich mit brüchiger und sehr nasaler Stimme.

»Was ist passiert, Emma?«, fragt er, während er einen Pappbecher mit Kaffee befüllt.

»Hm ...« Ich atme tief durch und weiß nicht so recht, was ich ihm antworten soll. Er ist doch nur ein Barista. Aber es ist Serge.

»So schlimm?«, fragt er und hält zögernd die Glaskanne in der Hand.

»Schlimmer«, murmle ich verlegen und lehne meinen Kopf zurück. Allerdings nur so weit, dass ich den Kaffeebecher nicht verfehle, den mir Serge nun reicht.

»Geht es um einen Mann, meine Schöne?«

Ich nicke. Bei jedem anderen würde *meine Schöne* wie eine platte Anmache klingen. Aber Serges Dialekt macht daraus ein Lied. »Es ist kompliziert.« Ich strecke meinen Arm aus und nehme den dampfenden Kaffee entgegen.

»Die Liebe ist kompliziert. Wenn sie es nicht wäre, wäre es keine Herausforderung mehr, um das ewige Feuer der Liebe zu kämpfen.«

Wie weise und wahr. Aus seinem Mund klingt es so

einfach. Dennoch hilft mir das im Augenblick nicht ansatzweise weiter. Denn in meinem Fall wäre es ein aussichtsloser Kampf.

Schon wieder stehen mir Tränen in den Augen und ich wische sie rasch fort. Ich hasse mein Leben gerade abgrundtief. Alles ist aus den Fugen geraten. Aber wirklich alles.

RYAN

Verdammt. *Wo bleibst du, Emma?* Habe ich zwischen unserem Abschied und heute Morgen irgendeine Nachricht von ihr übersehen? *Du hast gesagt, du wirst da sein.*

Auch der Blick aus dem Fenster ist wenig aufschlussreich. Sie ist nicht hier. Vom langen Sitzen bin ich verspannt. Die Nacht war kurz. Statt zu schlafen, habe ich alle möglichen Szenarien, wie es mit der Kanzlei weitergehen soll, in meinem Kopf durchgespielt und meinem Dad das Ergebnis meiner Grübeleien in den frühen Morgenstunden mitgeteilt. Er hatte schon auf meinen Anruf gewartet und stimmte sofort zu.

Nachdenklich lasse ich meinen Nacken kreisen und trinke den letzten Schluck von meinem Kaffee. Den Coffee-Shop nebenan werde ich vermissen, denn der ist echt gut. Der herbe, nussige Geschmack auf meiner Zunge lässt Erinnerungen an gestern wach werden und Emma erscheint vor meinem inneren Auge, wie sie sich mit den Händen durchs Haar fährt und mich ansieht.

Fuck. Das bringt alles nichts.

Als ich mich umdrehe, schließe ich den oberen Knopf an meinem Sakko und richte meine Krawatte.

Durch den Lichteinfall der Sonnenstrahlen tanzen feine Staubpartikel durch das Zimmer und legen sich auf den Möbeln ab. Manchmal wünschte ich, genauso schwerelos und unbekümmert zu sein. Aber das Leben ist von Umwegen und Stolpersteinen geprägt. Es wäre nur schön, wenn sie weniger verletzend wären und mich nicht zu dem gemacht hätten, der ich heute bin. Schwierig, unnahbar und sensibel.

Ich werfe einen letzten Blick auf den Schreibtisch meines neuen Büros, der mit den Akten aus dem Konferenzraum übersät ist. Nach mehreren Atemzügen trete ich in den Gang, schließe die Tür hinter mir und mache mich auf den Weg in den Besprechungsraum, um mich endlich bei allen persönlich vorzustellen.

Verstohlen blicke ich zur Eingangstür und hoffe, dass Emma sich nur verspätet hat und sie just in diesem Moment abgehetzt aufreißt. Aber es passiert nichts.

Außer Kira, der jungen Mitarbeiterin am Empfang, die mich grinsend ansieht, begegne ich niemandem. Sie ist hübsch und wirkt auf mich wie eine Cheerleaderin vom College, die gerade neues Parfüm aufgelegt hat, um ihre Reize zu unterstreichen. Ich weiß, sie hat ein Auge auf mich geworfen. Wie könnte sie auch nicht? *Ryan, du bist ein Arsch.* Ich weiß, und ich wünschte, ich könnte dieses Arschlochverhalten ablegen. Aber es misslingt mir oft.

Ich hingegen habe nur Augen für die Eine, die ich besser nicht mehr daten sollte. Die Tochter des ehemaligen Chefs, meine Angestellte, in meinem Bett. Wie vertrackt ist das nur?

»Alle Junganwälte und Partner sind anwesend. Der Kaffee steht bereit und ich habe noch Gebäck und Cracker besorgt«, lässt Kira mich wissen. Sie lächelt schüchtern und hält mir die Tür zum Konferenzraum auf. »Das wurde übrigens für Sie abgegeben.« Sie reicht mir einen braunen Umschlag.

Ich bleibe stehen, nehme ihr das große Kuvert ab und mustere sie genervt. »Kira, Sie sollten aus dem ersten Meeting keine Party machen. Ich will mich nur vorstellen. Und das hier ...«, ich halte den Umschlag hoch, »legen Sie zukünftig in meinen Postkorb, den Sie heute Morgen beschriftet haben.«

Meine Güte, sie himmelt mich an, als ob ich der Liebesgott höchstpersönlich wäre.

Sie weicht meinem Blick aus. »Entschuldigung, Mr. Holland. Ich dachte, es ...«

Ich schüttle den Kopf. »Danke. Aber beim nächsten Mal befolgen Sie bitte einfach meinen Auftrag und machen nicht Ihren eigenen daraus.«

Sie nickt eifrig, als ob sie nun eine Belohnung erhalten würde. »Ja, Mr. Holland. Das kommt nicht wieder vor. Mr. Haynes bevorzugte es, wenn ich die Meetings plane, und den Postkorb hatte ich schon wieder vergessen«, redet sie sich heraus.

Innerlich verdrehe ich die Augen. Sie würde meinen Schwanz lutschen, wenn ich sie darum bitten würde. Ganz sicher. »Ich bevorzuge es, wenn Sie das tun, was ich Ihnen sage.« Einen Kommentar über Haynes schenke ich mir, der Typ hat mir schon meinen Schlaf geraubt. Etwas Positives hat es immerhin. Zumindest weiß ich jetzt, dass die Kanzlei entgegen meiner Vermutung doch mehr zu bieten hat und mein Dad mit der Übernahme goldrichtig lag. Doch das werde ich hier niemandem unter die Nase reiben. Sie sollen sich darauf einstellen, dass wir neu anfangen. Nach meinen Regeln und Vorgaben wird die Firma nun endlich umstrukturiert.

Leises Gemurmel durchflutet den aufgeräumten Raum, in dem es nach Kaffee und Keksen duftet, was mich augenblicklich an Weihnachten erinnert. Schnell verdränge ich den sentimentalen Gedankengang und lasse mir nicht hinter die Fassade schauen. Gefühle haben hier nichts verloren. Stühle werden zurechtgerückt, Becher und Tabletts weiter gereicht. Doch ich verzichte.

»Guten Morgen, ich bin Ryan Holland!« Im Gegensatz zu den anderen bleibe ich stehen und blicke von dieser hocherhobenen Position in die Runde. Mich sieht ein gemischter Haufen aus jungen und alten Anzugträgern teils neugierig, teils kritisch an, als sie mich begrüßen. Ich bin verwundert. Ist die Sozietät Haynes jahrelang eine Männerdomäne gewesen? In welchem Zeitalter lebt Emmas Dad? Das ist mir gestern überhaupt nicht so bewusst geworden, als sie sagte, dass ihr Vater ihr nichts zugetraut hat. Ich war wohl mehr damit beschäftigt, sie aus meinen Gedanken zu verdrängen. Dabei ist das unmöglich. »Eigentlich würde Emma Haynes jetzt neben mir stehen, um ihren Vater zu vertreten. Da sie ein leichter Infekt aber davon abhält, hier zu sein, bin ich jetzt auf mich allein gestellt«, lüge ich. Den wahren Grund für ihre Abwesenheit kenne selbst ich nicht. Aber unsere Vorgeschichte geht niemanden etwas an. Deshalb liefere ich ihnen keinen dramatischen Ausbruch, sondern eine vorgeschobene Entschuldigung. Dennoch toben in mir die widersprüchlichsten Gefühle, die einem Vulkan gleichkommen. Ich bin angefressen. Sogar sehr.

Wegen mir.

Wegen ihr.

Und aufgrund der Tatsache, dass sie unangemeldet fernbleibt. Mich versetzt man nicht, schon gar nicht grundlos.

Ich bin echt wütend.

Ich atme tief durch, ehe ich fortfahre. »Das Mandatsvolumen ist in den letzten Jahren etwas zurückgegangen. Die jetzige Auftragslage ist zwar nicht schlecht, aber ausbaufähig. Genau das werden wir in den nächsten Wochen und Monaten gemeinsam anstreben. Aus den sechzig Stunden pro Woche machen wir wieder siebzig, um konkurrenzfähig zu bleiben«, verkünde ich und warte die gemischten Reaktionen ab, die in den Gesichtern sichtbar abzulesen sind und mir eindeutige Hinweise darauf liefern, wem ich kräftig Feuer unter dem Hintern zu machen habe. »Des Weiteren werden wir die Anzahl der Pro-Bono-Fälle drastisch herunterfahren, damit wir unsere Expertise und Kapazitäten verstärkt in Projekte investieren, die einen positiven Einfluss auf unsere Geschäftsentwicklung haben. Ich werde es nicht zulassen, dass uns Parker & Larsson noch einmal überholen. Ich bin ein Siegertyp, darauf müssen Sie sich einstellen, und das fordere ich auch von Ihnen. Ich werde mich nach neuen Büroräumen umsehen und die Kanzlei mit der modernsten Technik ausrüsten, damit wir effizient daran arbeiten können, die renommierteste Kanzlei der Stadt zu werden. Mit dieser maroden Ausstattung hier hinken wir in allen Belangen deutlich hinterher. Und es ist der richtige Zeitpunkt, die Kanzlei meiner Familie mit dieser zusammenzuführen, damit wir gemeinsam von einem Standort aus agieren können.«

Stimmengemurmel und bestätigendes Nicken bekräftigen mich in meinem Vorhaben. Dennoch fordere ich eine Reaktion ein. »Hat irgendjemand Einwände?« Nicht, dass ich diese akzeptieren würde. Meine Vorgaben werden erfüllt oder man geht.

»Nein ...«, ertönt es unisono. »Ich bin dabei ... Endlich, das wurde aber auch Zeit ... Der Zusammenschluss macht uns stärker.«

Das ist genau die Zustimmung, die ich mir erhofft habe.

Und tatsächlich spüre ich eine innere Zufriedenheit in mir aufkommen, die allerdings sofort einen Dämpfer erhält, als ich an Emma denke. Die verflixte Emma, die auf keine meiner Nachrichten und Anrufe geantwortet hat. Sie ist wie vom Erdboden verschluckt – oder ignoriert mich bewusst. Das setzt mir schwer zu. Unglaublich, aber wahr. Gern hätte ich mit ihr zusammen die Neuerung verkündet. Doch auch diesen Wunsch kann ich mir genauso wenig erklären wie das Bedürfnis, diesen Anlass mit ihr gemeinsam feiern zu wollen.

Ich räuspere mich. »Dann packen wir die Umstrukturierung an ... Später und im Laufe der Woche werde ich noch Einzelgespräche führen. Kira wird dazu die Termineinteilung vornehmen. Bitte wenden Sie sich an sie.«

Als sie ihren Namen hört, rötet sich Kiras Gesicht. Unruhig rutscht sie auf ihrem Stuhl herum und zeigt auf.

Verdammt. Das mit ihr wird wohl meine schwierigste Aufgabe werden. Könnte ich diesen Auftrag nicht zur Strafe an Emma weitergeben? Verdient hätte sie es nach heute Morgen.

Genervt lege ich meine Stirn in Falten und sehe sie verwundert an. »Äh ... Ja bitte, Kira?«

»Soll ich die Termine in Ihrem Planer notieren?«, fragt sie und zeigt auf einen Tischkalender. »Oder soll ich Ihnen eine Liste erstellen?«

Herrgott!

Hinter meiner Stirn braut sich ein stechender Schmerz zusammen, der nicht nur von meinem Schlafdefizit herrührt. Kira ist gewöhnungsbedürftig, aber gewissenhaft. »Da uns momentan nichts anderes zur Verfügung steht, können Sie die Termine handschriftlich in meinem Kalender notieren. Zukünftig werden wir dazu ein elektronisches System verwenden.« Warum hat Haynes an so einer veralteten

Methode festgehalten? Der Typ bleibt mir echt ein Rätsel. Emma aber auch.

»Okay, Boss«, sagt sie grinsend und salutiert auf ihrem Platz.

Am liebsten würde ich sie vor die Tür setzen. »Kira, lassen Sie den Quatsch!«, maßregle ich sie vor versammelter Mannschaft.

Sie ist wirklich anstrengend und dennoch irgendwie erheiternd. Und bei den harten Wochen, die vor uns liegen, werden wir etwas Abwechslung dringend gebrauchen können. Allerdings bin ich unsicher, ob Emma diesen Weg mit mir gemeinsam geht.

KAPITEL 11

EMMA

Vollkommen unvorbereitet trifft mich ein Schlag an meiner Schulter. Ich zucke zusammen. »Hey! Können Sie nicht aufpassen?«, rufe ich empört und drehe mich nach dem Verursacher um. Doch ich sehe nur das Gesicht einer lachenden Frau, die sich entfernt und mir den Mittelfinger zeigt, an dem ein auffälliger Silberring steckt.

Aufgebracht betrachte ich meine rechte Hand, an der der heiße Kaffee entlang rinnt. Der Becher mit dem restlichen Inhalt ist mir durch den Stoß aus der Hand gerutscht und direkt vor mir auf dem Gehweg aufgeschlagen, sodass der Kaffee unkontrolliert in alle Richtungen gespritzt ist. Meine hellgraue Loungehose und meine Turnschuhe sind mit dunklen Tropfen gesprenkelt.

»Miststück«, murmle ich wütend und versuche zu realisieren, was passiert ist. Ich habe keinen blassen Schimmer, was das gerade war. Wieso zeigt sie mir den Mittelfinger? Sie hat mich absichtlich geschubst, damit ich die Kontrolle verliere, nicht umgekehrt. Ich bin mir keiner Schuld bewusst.

Haben sich nun alle gegen mich verschworen? Der

ohnehin schon rabenschwarze Tag scheint gerade noch dunkler zu werden.

Wäre ich mal lieber im Bett geblieben. Aber nein, ich hatte das dringende Bedürfnis, meinen Frust wegzulaufen. Funktioniert leider mit Herzschmerz und bleierner Müdigkeit in den Beinen nicht.

Flüche knurrend hebe ich den Becher auf, als ich ein weiteres Mal angerempelt werde und stürze.

»Hey, was soll das?«, schreie ich und lande unsanft auf meinem Po. Der Pappbecher segelt durch die Luft und landet dumpf neben mir auf dem Asphalt.

Aua! Mit zusammengebissenen Zähnen reibe ich mir über die brennenden Handinnenflächen, mit denen ich mich abgefangen und vor einem schlimmeren Sturz bewahrt habe.

»Du hast dich mit der Falschen angelegt«, zischt eine Stimme an meinem Ohr, während jemand meine Schulter berührt und mir damit einen eiskalten Schauer über den Rücken jagt. Ist das ein Überfall? Außer meinem Haustürschlüssel, ein paar Dollar und meiner Smartwatch trage ich nichts bei mir.

Ich bin wie gelähmt. Alles geht so rasend schnell und plötzlich rennt die Person davon.

»Hilfe! Hilfe!«, kreische ich ungehalten los und reiße mir die Kapuze vom Kopf. Ich bekomme kaum Luft, so sehr versetzt mich der Vorfall in Angst. Sogar den höllischen Schmerz an meinen Händen nehme ich nicht mehr wahr. Mein Herz klopft mir bis zum Hals und meine Augen stehen vor Panik weit offen. Ich sehe nichts. Unzählige Beine bewegen sich durch mein Sichtfeld. Die Person, die mich wie aus dem Nichts angegriffen hat, ist wie vom Erdboden verschluckt, und ich bleibe ratlos zurück.

Neben mir stoppt ein Fahrradkurier mit quietschenden Bremsen. Ansonsten nimmt niemand von mir Notiz. Alle laufen stur geradeaus, belächeln den Vorfall. Kein Wunder. In meinem Aufzug möchte mir wohl niemand aufhelfen und den Angreifer an seiner Flucht hindern. Vermutlich hält man mich für den Übeltäter.

Meine Güte, was ist auf Manhattans Straßen los?

»Hey, kann ich dir helfen?« Er reicht mir seine Hand und ich rapple mich mühsam auf.

»Danke«, entgegne ich atemlos und mein Blick irrt angsterfüllt umher. Meine Beine zittern von dem gewaltigen Schock, der mich massiv durchgerüttelt hat. *Du hast dich mit der Falschen angelegt.* Was hat das zu bedeuten?

»Bist du verletzt?«, fragt der Kurier und tippt etwas auf seinem Smartphone ein.

Verwirrt streift mein Blick die Menschen, die an uns vorbeieilen, und ich sehe meinen einzigen Retter wieder an. »Nein. Ich denke, ich bin unverletzt.« Aber fassungslos.

»Kann ich dich dann wieder allein lassen? Ich bin in Eile«, will er wissen. In seiner windschnittigen Kleidung wirkt er auf mich wie ein Radsportprofi.

Ich nicke. »Alles okay, danke«, antworte ich gedehnt. Ich schaue mich um. In meinem Hals entsteht beim Gedanken an den Übergriff ein dicker Kloß und ich nestle nervös am Bündchen meines Hoodies herum.

»Pass beim nächsten Mal auf, wenn du in die entgegengesetzte Richtung läufst«, rät er mir mit einem Grinsen, hebt seine Hand zum Abschied und tritt kräftig in die Pedale.

Hä? Also hält er mich auch für einen Schussel, der aus Dummheit gestürzt ist?

Unfassbar ...

Ich ärgere mich maßlos über mich selbst, weil ich versucht habe, mein Problem mit Ryan allein zu lösen und laufe direkt in die Arme einer scheinbar Verrückten. *Wo sind meine Freundinnen, wenn man sie braucht?*

Mit tränenverschleierten Augen betrachte ich den Kaffeefleck am Boden, der bereits antrocknet. Vorsichtig bewege ich meine Glieder und entferne mich vom Tatort, ohne den Becher zu entsorgen.

Immer mehr wird mir bewusst, dass sich mein Leben gerade auflöst. An welcher Abzweigung bin ich nur falsch abgebogen? Nein, nirgendwo. Vielmehr habe ich mich an meinem langweiligen Leben festgeklammert, um kein Risiko einzugehen, nicht zu fallen, nicht verletzt zu werden. Ich bin ein regelrechter Angsthase. Der Bau meiner Traumschlösser bestand daraus, mit möglichst wenigen Veränderungen umgehen zu müssen. Und jetzt bekomme ich die Quittung dafür – in allen Belangen.

Die Zusammenfassung meines faden Werdegangs ist genauso furchtbar wie die Erkenntnis, dass Ryan im Büro meines Vaters sitzt und die Kanzlei zu seiner macht. Die Kanzlei, die eigentlich meine sein sollte. Aber aktiv habe ich dagegen rein gar nichts unternommen. Ich habe mich jahrelang von meinem Dad hinhalten lassen. Aus Angst und Gutmütigkeit. Wie dumm war ich eigentlich?

Schniefend schlucke ich krampfhaft die Tränen herunter und wünsche mir nichts sehnlicher, als von starken Armen gehalten zu werden. Ich fühle mich kraftlos und bin am Boden zerstört. Der Vorfall eben und die Tatsache, dass ich sogar zweimal attackiert wurde, haben gezeigt, wie schwach ich bin. Ich will mir gar nicht ausmalen, was in der Dämmerung passiert wäre und wenn diese Person eine Waffe gezückt hätte. Hat Liam vielleicht doch eine feste Partnerin, der ich in die Suppe gespuckt habe? Oder steckt womöglich einer meiner Mandanten dahinter?

Ich bin vollkommen ratlos.

Wie ferngesteuert ziehe ich mir die Kapuze wieder über den Kopf, sodass nur noch meine Nasenspitze zu sehen ist, und setze meinen Weg – in der Hoffnung, Ava im Büro anzutreffen – fort.

An der Sicherheitskontrolle im Foyer nenne ich abgehetzt meinen Namen und werde zu den Fahrstühlen geführt. Die Türen gleiten auf und ich husche in die Kabine. Mit zittrigen Fingern betätige ich den Knopf an der Wand und atme tief durch. Mein Puls rast von dem kurzen, aber heftigen Sprint. Vorerst bin ich in Sicherheit. Doch die Angst und die Wut auf Ryan begleiten mich nach oben in die Chefetage. Ava hat so ein verdammtes Glück mit Ethan. Ich könnte glatt neidisch werden. Aber sie hat es so sehr verdient, endlich glücklich zu sein. Niemals würde ich ihr dieses Glück missgönnen. Gerade jedoch brauche ich sie nur für mich allein und ich will egoistisch sein.

Tränen glitzern in meinen Augen. Ich blinzle, als der Aufzug stoppt und die Türen aufspringen. Aufgelöst verlasse ich den Fahrstuhl und finde Ethan und Ava eng umschlungen am Ende des Ganges in der Nähe von Avas Schreibtisch vor, während sie sich tief in die Augen sehen.

Verdammt. Jetzt platze ich ausgerechnet in so eine Situation herein. Aber ich kann keine Rücksicht nehmen. Denn ich bin kurz davor durchzudrehen. »Entschuldigt, wenn ich störe. Aber ich brauche einen neuen Job«, plappere ich mit hochrotem Kopf drauflos. *Und vielleicht sogar persönlichen Sicherheitsschutz,* ergänze ich in Gedanken.

Wie immer liegt in Avas Blick Wärme und tiefe Zuneigung. Wir sind eben richtig beste Freundinnen. Zumindest ist die Beziehung zu Milly und Ava beständig und gibt mir eine große Portion Sicherheit in diesem chaotischen Dschungel, der sich mein Leben nennt. Ich wünschte, ich wäre tougher.

Sie sieht von mir zu Ethan und gibt ihm ein stummes Zeichen, das er zu verstehen scheint. Er lässt sie los.

»Was ist passiert?«, fragt sie und sieht mich mitfühlend an.

Erneut steigen mir Tränen in die Augen, ehe ich antworte. Meine Schultern hängen kraftlos herunter, während ich fassungslos den Kopf schüttle. »Ryan Holland wird mein neuer Boss.«

»Und warum ist das so schlimm?«, fragt Ethan vorsichtig. Ava blickt in seine Richtung und zieht eine Augenbraue nach oben. Er schweigt und hält sich zurück.

Er muss mich doch für total bescheuert halten. Wenn die Freundschaft zwischen mir und Ava nun zerbricht, bin allein ich schuld daran. Was soll er auch von mir denken, so wie ich mir gerade mit den Händen durch die Haare fahre, mich daran festklammere und irgendein für ihn unverständliches Zeug fluche, während ich auf und ab laufe.

»Herrgott, wieso bin ich gestern bloß ins Büro gefahren? Ach ja, mein Dad wollte es so. Ryan wird mein neuer Boss und ich sitze auf der Straße. Das kann und darf alles nicht wahr sein ...«, wispere ich mit brüchiger Stimme.

Ich vergesse zu atmen und schnappe nach Luft.

»Emma«, sagt meine beste Freundin energisch. »Führ dich nicht auf wie eine Verrückte. Sag uns, was passiert ist.«

Ein irres Lachen verlässt meine Lippen. »Ich bin aber eine Verrückte. Denn mein neuer Boss ist Ryan, der Fitnesstrainer. Ich bin auf einen Lügner hereingefallen.«

Erschrocken schlägt Ava die Hände vor ihren weit aufgerissenen Mund. »Wirklich? Ich meine, bist du dir sicher?«

Entgeistert blicke ich sie an und spüre, wie einzelne Tränen ungehindert meine Wangen herunterlaufen. »Natürlich. Wie sollte ich mir nicht sicher sein? Er sitzt bestimmt gerade mit einem fetten Grinsen auf dem Chefsessel, der eigentlich meiner sein sollte.« Ich halte den Atem an und schlucke. »Ich werde damit nicht fertig.«

Ava legt einen Arm um meine Schulter und führt mich zu den Besucherstühlen, als die Türen des Fahrstuhls aufgleiten und eine weitere Person den Aufzug verlässt.

Schniefend sitze ich zusammengesunken da, während meine Freundin mich tröstet. »Und zu allem Überfluss wurde ich auf dem Weg hierher von einer unbekannten Person attackiert, sodass Serges kostbarer Kaffee nun auf dem Asphalt der Fifth Avenue klebt, meine Handflächen brennen und mein Hintern schmerzt. Meinen Vater würde ich am liebsten nicht nur zum Mond, sondern geradewegs in die Hölle schicken und mein Herz ist wegen Ryan für immer gebrochen. Und du sagst ernsthaft, ich soll mich nicht wie eine Irre aufführen? Ich bin aber irre, und zwar unverkennbar. Sieh mich an!« Ich zeige mit den Fingern auf mich und blicke Ava entsetzt an.

Sie steht auf und reicht mir entschlossen die Hand. »Komm!«, fordert sie mich mit einem liebevollen Grinsen auf. »Ich weiß, was dir hilft.«

RYAN

»Was ist das?«, fragt Stephan und sieht mich verwundert an.

»Das will ich von dir wissen. Muss ich mir Sorgen machen?«

Mein bester Freund zuckt mit den Schultern. »Ernsthaft? Sag du es mir. Wem hast du ans Bein gepinkelt?«

Ich greife nach dem schweren Glas mit dem Scotch, den ich nach diesem Tag heute wirklich brauche, und schwenke die goldbraune Flüssigkeit nachdenklich im Kreis, ehe ich daran nippe. »Noch niemandem. Ich bin doch erst seit ein paar Wochen hier, und seit heute Morgen bin ich hochoffiziell der neue Inhaber der Kanzlei. Also, was hat das zu bedeuten?«

Stephan überfliegt ein weiteres Mal die handschriftlichen Zeilen und schmunzelt.

Der Schmerz trifft nicht nur den, der leidet.
Dein Untergang wird auch meiner sein.
Tief in deinem Herzen ist genügend Platz für mich.

Das wirst du auch noch erkennen, eher als du denkst, glaub mir.
Ich werde nicht von deiner Seite weichen, und wenn, dann gehen wir beide gemeinsam unter.

Wortlos schiebt er das zusammengefaltete Blatt Papier mit dem seltsamen Duft über den Tresen. »Ich wette, das ist die Rothaarige von letztens, die nun schriftlich Besitzansprüche geltend macht.« Er lacht.

Bisher habe ich nur einer ins Revier gepinkelt, und sie würde mir niemals so einen kryptischen Schwachsinn schreiben. Oder doch? Dann müsste ich mich schon schwer in ihr getäuscht haben. Emma hat Stil. Dazu ist keine andere fähig als Leah!

So leichtfertig, wie Stephan den Text auffasst, kann ich die Situation nicht nehmen. In meinem Magen beginnt es heftig zu rumoren, und das liegt nicht nur an dem starken Drink, der mich von innen wärmt. Das Problem mit Leah wollte ich bereits angehen. Leider ist mir das in den letzten Stunden komplett durchgegangen. Es gab viel Wichtigeres zu regeln.

»Nein! Die ist es sicherlich nicht.« Der Barkeeper stellt eine Schale mit Wasabi Nüssen vor uns ab. Ich hasse den Geschmack und schiebe sie weg. »Seit ich hier bin, hatte ich die eine oder andere sonderbare Begegnung. Ich vermute, dass sie dahintersteckt«, entgegne ich genauso geheimnisvoll, wie der Inhalt dieser Nachricht es ist, während ich den Brief an mich nehme und ihn in der Innentasche meines Sakkos verschwinden lasse.

»Verdammt. Werden die Irren immer dreister?« Stephan schüttelt den Kopf. »Und wer ist sie?«

Vor uns stehen zwei Drinks. Der Alkohol fließt angenehm

durch meine Adern und sorgt dafür, dass ich mich endlich entspanne. Die Harbor Bar ist zur After-Work-Party an einem stinknormalen Wochentag geöffnet. Jedoch ist sie nicht ansatzweise so rappelvoll wie die angesagtesten Lokale der Stadt. Das Publikum ist wesentlich exklusiver und man bevorzugt die extravagante Lage, um den wohlverdienten Feierabend in Ruhe mit Kollegen, Freunden oder Geschäftspartnern einzuläuten. Wie auch in den anderen Läden wimmelt es hier von Anzugträgern und Frauen in Businesskostümen. Im Vergleich zu ihnen sieht Stephan in seiner Jeans, mit dem karierten Hemd und den Hosenträgern wie ein waschechter Hipster aus.

Weil mir nicht der Sinn danach stand, nach Hause zu fahren und in meinen vier Wänden Trübsal zu blasen, rief ich ihn spontan an. Außerdem muss ich schließlich irgendwem mein Herz ausschütten. Ich habe viel zu lange alles für mich behalten, und das ist – wie ich aus Erfahrung weiß – auf Dauer überhaupt nicht ratsam.

Ich genieße den erstklassigen Ausblick auf die Freiheitsstatue, die von der rot-goldenen Abendsonne gestreift wird. Vereinzelt schwanken Fähren über die in der Dämmerung glitzernde Wasseroberfläche. Zum ersten Mal seit einer gefühlten Ewigkeit erlaube ich mir, nach vorn zu sehen, ohne mich als eigenen Störfaktor in meinem Leben zu betrachten und von meiner Existenz angewidert zu sein. Ausgerechnet jetzt denke ich an Emma. Hat sie Anteil an dieser Veränderung? Seltsam. Oder liegt es am Alkohol, der mich zum Romantiker mutieren lässt? Die Kulisse ist wunderschön. Echt *bizarr.* Im Hintergrund läuft leise Chill-out-Musik, und ich erzähle Stephan, was mit Leah vorgefallen ist.

»Sie ist Amys Cousine?« Stephan wirkt wie vom Blitz getroffen. Normalerweise braucht es mehr, um ihn zu erschüttern. »Und sie ist hier in Manhattan aufgetaucht? Das ist krank.«

Ich nicke. »Wenn der Brief von ihr stammt, ist das nicht nur krank. Das ist übergriffig.« Ich trinke den Scotch aus und ordere sofort einen neuen. Gerade verstoße ich gegen meine mir selbst auferlegte Regel. Ich hasse mich dafür. Aber ich kann heute gegen diese Sehnsucht nach Alkohol und seiner Wirkung nichts unternehmen. Ich brauche ihn. »Und sie überschreitet damit eindeutig eine Grenze, die ich nicht mehr als eine Lappalie ansehe. Es ist keine einmalige Angelegenheit mehr. Sie ist Wiederholungstäterin. Und so bescheuert es klingen mag, aber ich bin anscheinend tatsächlich einer Stalkerin zum Opfer gefallen. Das ist eine ernst zu nehmende Straftat.«

Neben uns lassen sich zwei Frauen nieder, die um unsere Aufmerksamkeit buhlen. Von mir gibt es diese heute nicht. Die Vorstellung, meinen Schwanz in einer von ihnen zu versenken, übt keinen Reiz aus, sondern stößt mich ab. Und das nicht nur, weil sie in ihren schmalen Röcken und den weißen gestärkten Blusen wie zwei lausige Schauspielerinnen wirken, die es auf Singletypen wie uns abgesehen haben. Es sind die Erinnerungen an Emma, die mich daran hindern. *Fuck.*

Ich schaue von Stephan in mein Glas, das ich mit einer Hand umklammere und nach einem Moment der Stille an meine Lippen setze, um in einem Zug einen großzügigen Schluck herunterzustürzen. Ich huste wie ein Baby. Eigentlich müsste ich viel härter sein. Aber der intensive Geschmack des preisgekrönten rauchigen *Dalmore* brennt in meiner Kehle. Dennoch erfüllt er seinen Zweck, betäubt alles in mir und hilft zu vergessen, welche Gefühle Emma in mir hervorruft – Emma, die sich immer noch nicht bei mir gemeldet hat.

Auf Stephans Stirn zeichnet sich eine steile Falte ab. »Fuck. Das ist echt übel. Was willst du jetzt tun?«

Fast gleichgültig zucke ich mit den Schultern. Heute kann ich sowieso nichts mehr in die Wege leiten. »Das, was man als Anwalt eben so macht. Ich werde eine strafrechtliche Verfolgung anordnen und sie damit zur Hölle schicken.«

Lachend nickt er und erhebt sein Glas. »Auf die Kanzlei. Auf dich und auf die Geisteskranke, die du zur Strecke bringen wirst.«

Während ich mit einem Grinsen mein Glas gegen seins stoße, sage ich: »Und auf die Tochter ...« Schließlich muss ich ihm da wohl noch etwas beichten.

»Natürlich auf die Tochter«, entgegnet Stephan mit leichter Zunge. Aber nachdem die Worte seinen Mund verlassen haben und er den Rest von seinem Drink heruntergekippt hat, kommt die Erleuchtung, die keine ist. Denn sein verwirrter Gesichtsausdruck deutet darauf hin, dass er absolut keinen blassen Schimmer hat, von wem ich rede. »Auf welche Tochter?«

Ich grinse und schweige, während ich mich in dem bequemen Lederhocker nach hinten lehne und an Emma denke.

Stephan boxt mir gespielt in die Seite und ich zucke zusammen, weil er eine meiner Rippen getroffen hat. »Spuck es schon aus. Du wirkst gelöster als sonst. Ich habe sofort gemerkt, dass etwas an dir anders ist. Und ich bin mir sicher, dass da irgendeine Frau dahintersteckt.«

»Es ist kompliziert.«

»Meine Güte, Ryan. Kompliziert gibt es hier in New York nicht mehr. Du musst nach vorn sehen.«

»Wenn ich sage, dass es kompliziert ist, dann ist es das. Emma ist die Tochter, die Tochter von Haynes, dem Ex-Eigentümer der Kanzlei, die bereits Bekanntschaft mit meinem Bett gemacht hat und die ich einen Tag später im Konferenzraum ihres Vaters gevögelt habe. Was ist daran verdammt noch mal nicht kompliziert?«

»Fick sie an einem anderen Ort«, schlägt er vor und bricht in schallendes Gelächter aus, bei dessen Klang sich die beiden Schönheiten neben uns interessiert zur Seite drehen, bereit dazu, uns zu erobern.

Plötzlich verstummt sein Lachen und er sieht mich mit hochgezogenen Brauen an. »Stopp!« Er presst seinen Zeigefinger in meine Brust. »Du meinst doch nicht etwa die Emma, Emma Haynes, die beste Freundin von Ava? Sie ist Anwältin? Die Anwältin, die Bürozicke, der du den Chefsessel geklaut hast?« Mit der Faust schlägt er sich leicht gegen die Stirn und stöhnt. »Mann, ich habe dir doch gesagt, du sollst keinen Scheiß bauen. Als ich dir ihre Adresse aushändigte, habe ich dich genau um diese Kleinigkeit gebeten. Ryan, du schaufelst dir gerade selbst dein Grab.«

Ich nicke.

»Verdammt, das ist in der Tat kompliziert.« Mein bester Freund sieht mich mit einer Mischung aus Prügel beziehen und Erstaunen an. »Hey, Toni«, ruft er dem Barkeeper zu und schwenkt sein Glas in der Hand, »wir nehmen noch zwei.«

Abermals schüttelt er mit dem Kopf, verurteilt mich allerdings nicht weiter.

Mit einem angeheiterten Schmunzeln mache ich eine bestätigende Geste mit der Hand. »Sagte ich doch.«

Normalerweise würde ich an Tagen wie diesen das große Verlangen verspüren, eine Frau in irgendeiner Bar mit meinem Aussehen zu ködern, um sie abzuschleppen. Aber da ist nichts. Nicht das geringste Bedürfnis keimt in mir auf. Vielmehr verspüre ich große Lust, weiter zu trinken und mir später unter der Dusche einen runterzuholen, während meine heißen Fantasien sich nur um Emma drehen. Weil ich sie anders nicht haben kann. *Verdammter Alkohol.*

Kurz nach Mitternacht steige ich aus dem Uber und verabschiede mich mit einem Kopfschütteln von dem singenden Stephan. Mit einer angenehmen Schwere vom Scotch schlendere ich auf den Eingang des Appartementkomplexes zu und krame den Haustürschlüssel aus meiner Hosentasche, dessen Band sich um mein Smartphone gewickelt hat.

Ein Hochgefühl der Glückseligkeit hat sich in den letzten Stunden in meiner Brust eingenistet und am liebsten möchte ich sofort Emmas Nummer wählen, um sie für ihr unprofessionelles Verhalten abzumahnen. Dieser Gedankengang amüsiert mich in meinem Zustand nicht nur, sondern er macht mich wahnsinnig geil. Ich bin es nicht gewohnt, dass man mich in die Schranken weist. Und ich muss mir eingestehen, dass mich ihr Verhalten mehr als bloß ein bisschen aus der Bahn geworfen hat. Wobei das noch eine Untertreibung ist. Deshalb könnte ich mir gut vorstellen, dass diese Abmahnung nicht auf schriftlichem Wege erfolgt, sondern rein körperlich.

Seitdem ich Emma begegnet bin, scheint meine geistige Funktion sehr eingeschränkt zu sein, jetzt offenbar erst recht. Ich lache.

Was ein Abend. Die Stimmung war feuchtfröhlich und trotz der Umstände ausgesprochen angenehm. Das letzte Mal, als ich mich dermaßen gehen ließ, geschah das Unglück.

Sofort verkrampft sich mein Magen, und beim nächsten Schritt durch die kühle Abendluft wird mir von hinten ein spitzer Gegenstand in die Haut gebohrt

»Was zur Hölle ...«

Ich schnappe nach Luft. Ein dumpfer Schmerz breitet sich in meinem Rücken aus. Hat man mich verletzt? *Was soll der Scheiß?*

Mein Puls rast unkontrolliert los. Ich mache mir weder Gedanken darüber, wie gefährlich und ausweglos meine Situation zu sein scheint, noch verschwende ich einen Gedanken daran, dass Sicherheit und Wohlergehen in diesem Augenblick an erster Stelle stehen sollten. Stattdessen lasse ich mich von meinem ansteigenden Adrenalinspiegel kontrollieren und bereite mich mit einem tiefen Atemzug darauf vor, mich selbst zu verteidigen.

Ich spanne mich an, nehme all meine Kraft zusammen und spüre jede Muskelfaser, die sich durch meine Haut nach außen wölbt. Niemals wird man mich, den ehemals besten Quarterback der Liga, auf offener Straße überfallen.

In einer schnellen Drehung meines Körpers greife ich nach dem Handgelenk des Angreifers und drücke von außen kräftig gegen den Handballen, um den Täter, der eine schwarze Sturmhaube trägt, zu entwaffnen. Ein glänzendes Messer mit langer Klinge schlägt scheppernd auf dem Gehweg auf. Ein schmerzerfüllter lauter Schrei, der die Stille der Nacht durchbricht, folgt.

Verdammt.

Das Blut rauscht durch meine Adern und ich spüre, dass meine Wut auf die Person, die sich in meinem Klammergriff befindet, noch lange nicht versiegt ist. Sofort drehe ich dem Angreifer beide Hände auf den Rücken und fixiere ihn.

»Du Arschloch, du tust mir weh ...«

Ein süßlicher Duft, der Duft einer Frau, weht mir in die Nase. Ich möchte würgen, da augenblicklich Erinnerungen in mir hochkochen. Das ist Amys Parfüm.

Ist die Täterin eine Frau?

Unter Tritten und aussichtslosen Befreiungsversuchen

schleife ich die Person zum Hauseingang, der von einem Deckenspot angestrahlt wird, und presse sie mit meinem Körpergewicht gegen die Glastür.

Im Inneren des Foyers brennt Licht und ich donnere mit der Faust gegen die Scheibe, damit der Sicherheitsmann Kenntnis von mir nimmt.

Ich erhöhe den Druck um die Handgelenke, um den Schmerz zu intensivieren, damit der Angreifer endlich nachgibt und aufhört, gegen mein Knie zu treten. Verdammt, so wehren sich doch nur Mädchen.

Ich bin stocksauer. Durch den Adrenalinrausch verflüchtigt sich der Alkohol aus meiner Blutbahn und ich bin auf einen Schlag nüchtern.

Die Tür wird just in diesem Moment von innen aufgestoßen. »Was ist passiert?«, fragt Jayden, der Security-Mann mit der dunklen Stimme und in der schwarzen Uniform, der es mit seinen breiten Schultern locker mit einem Bodybuilder aufnehmen kann.

»Ein Überfall. Rufen Sie umgehend die Polizei«, entgegne ich tief Luft holend und schiebe die dunkel gekleidete zierliche Person vorwärts ins Innere des Gebäudes.

Jayden zückt sein Handy und alarmiert die Einsatzkräfte. »Soll ich übernehmen? Sind Sie verletzt, Mr. Holland?«

»Keine Ahnung, ich bin mir nicht sicher. Es wäre gut, wenn Sie übernehmen. Ich will endlich wissen, wer es auf mich abgesehen hat.« Es gibt genügend Anhaltspunkte dafür, dass es sich um eine weibliche Person handelt, und ich habe eine konkrete Vorahnung, wer es ist. Mein Oberkörper bebt vor unterdrückter Wut. Ich will, dass dieser Scheiß hier heute endet.

In der Ferne höre ich die Sirenen heulen, die sekündlich näher kommen und genauso laut werden wie mein Herzschlag. Mit einem Ruck reiße ich die Kopfbedeckung meines Angreifers herunter.

Leah!

Sie grinst wie eine Geisteskranke, als die Polizei lautstark in das Gebäude stürmt, sie zu Boden drückt und verhaftet.

O Mann. Mein Herz rast wie nach einem kilometerlangen Sprint. Der wäre allerdings weniger aufregend und gefährlich gewesen. Warum hat sie das getan? Wollte sie mich wirklich töten?

Erschöpft sacke ich auf der Couch neben den Fahrstühlen im Eingangsbereich zusammen und höre, wie man sie über ihre Rechte belehrt. Jayden spricht mit einem Officer und zeigt auf mich. Alles läuft wie in einem grusligen Film an mir vorbei.

Während die Beamten sie abführen, zerrt Leah an den Handschellen und ruft mir zu: »Ich werde nicht von deiner Seite weichen, und wenn, dann gehen wir beide gemeinsam unter.«

Hat sie immer noch nicht begriffen, dass es vorbei ist?

KAPITEL 12

EMMA

Ich schleiche mich in mein Büro und schließe die Tür mit einem fast lautlosen Klicken hinter mir. Auch wenn ich mich dazu durchgerungen habe, zurückzukehren, heißt das noch lange nicht, dass ich in den nächsten Stunden irgendjemandem über den Weg laufen will. Ich bin hier, aber eigentlich nicht da. Klingt doch logisch, oder?

Ich werde das tun, was ich immer getan habe: gewissenhaft meine Arbeit erledigen, mich möglichst unauffällig verhalten und dann wie immer allein nach Hause gehen.

Ryan kann froh sein, dass ich überhaupt den Weg hierher gefunden habe. Und daran ist eine Person nicht ganz unschuldig: Ava. Sie hat mich mit schokoladiger Eiscreme besänftigt, mir gut zugeredet und mich darin bestärkt, meine Ellenbogen gegen diesen ungehobelten und unfassbar attraktiven Kerl auszufahren. Eine extra Laufeinheit am frühen Morgen im Central Park hat mir zusätzlich einen ordentlichen Frischekick verpasst, sodass ich genügend Energie verspüre, um Ryan für sein arrogantes Auftreten mit Anlauf in den Hintern zu treten.

Hoffentlich bleibt dieser positiv gestimmte Zustand von Dauer.

Ich werde mich nicht unterkriegen lassen. Ich bin Emma, die Starke. Wenn ich mir das möglichst oft in Erinnerung rufe, werde ich genau das auch nach außen hin ausstrahlen.

»Du musst deinen Feind im Blick haben«, sagte Milly per FaceTime-Anruf, da sie sich leider spontan nicht von ihrem Arbeitsplatz loseisen konnte. Sie ist in geheimer Mission unterwegs, wie sie uns abermals mitteilte.

Langsam wird ihr Verhalten auffällig verdächtig. Warum sagt sie uns nicht, was los ist? So verschlossen kennen wir sie nicht, und wirklich zu ihr passen tut das auch nicht. Die lebensfrohe und kesse Milly ist plötzlich zu still. Ob das gut ist?

Konzentriert bemühe ich mich, meine Nervosität herunterzuschrauben, schalte den PC ein, hole mein Schreibmaterial aus der obersten Schublade meines Schreibtisches und trinke einen Schluck von meinem Kaffee, ehe ich die Akten aus dem Schrank hole und meine E-Mails checke.

Ich atme tief durch, als ich das Postfach öffne und die ungelesene Nachricht von der Staatsanwaltschaft anklicke.

Schnell überfliege ich die Zeilen. Ryan wurde überfallen?

Hitze durchflutet meinen Körper. Was ist passiert? Geht es ihm gut?

Wie ein plötzlicher Sturm überfällt mich die Angst mit einem starken Herzklopfen und ich beginne zu zittern. Wo ist er?

... gegen 1.13 Uhr wurde ihr Mandant Opfer eines tätlichen Angriffs. Mein Mandant? Ryan Holland ist mein Mandant? Wieso? Ich schlucke.

Die Täterin wurde aufgrund ihres labilen Zustands in eine geschlossene Abteilung für psychisch kranke Straftäterinnen überstellt ... In diesem Bereich aktenkundig ... Das Ermittlungsver-

fahren ist eingeleitet. Zum Tatbestand gibt es hinreichende Beweise durch das Opfer. O mein Gott. Mir wird schlagartig übel und ich vergesse zu atmen. Wie kam es dazu?

Mein Zeigefinger schwebt über dem Rädchen der Maus.

Die Anklageerhebung kann erst eingeleitet werden, sobald die Täterin vernehmungsfähig ist. Zum jetzigen Zeitpunkt ist dies sehr fraglich. Es besteht Suizidgefahr. Die Einleitung des Hauptverfahrens wird bis auf Weiteres verschoben.

Mir wird schwindlig, ich schnappe unkontrolliert nach Luft, während mich meine Sorge um Ryan fix und fertig macht. Warum hat sie ihn überfallen?

Hoffentlich ist nicht Liam für den Fall verantwortlich. Ich scrolle bis ganz nach unten, um die Anhänge aufzurufen.

Natürlich. Mir bleibt nichts erspart, Liam hat das Dokument gegengezeichnet.

Mist! Und jetzt?

Eigentlich will ich im Augenblick weder mit Liam noch mit Ryan sprechen. Aber jetzt bleibt mir nichts anderes übrig, als mit beiden zu reden, wenn ich mich nicht wie eine unzulängliche und unsensible Zicke aufführen will.

Trotz aller Bemühungen, Distanz zu wahren, bleibt die Sorge um ihn präsent und erinnert mich beharrlich daran, wie tiefgehend die Verbindung zwischen Ryan und mir ist.

Grrr.

Gedankenverloren greife ich nach dem Kaffeebecher und sinke auf meinem Ledersessel zusammen. Ich wünschte, ich wäre wieder achtzehn und könnte meine Berufswahl noch einmal überdenken. Ich soll Ryan vertreten? Er muss jemand anderen finden, der das Mandat übernimmt. Ich kann nicht so eng mit ihm zusammenarbeiten. Er und ich in einem Raum, das geht nicht gut. Beim letzten Mal landeten die Akten auf dem Boden und seine Zunge in meinem Mund.

Verzweifelt nippe ich an der aromatischen Flüssigkeit, als

die Tür auffliegt und ich mich am heißen Kaffee verschlucke. Ein höllischer Hustenanfall bricht über mich herein. Ich schnappe nach Luft, huste, ringe um Atem, huste und huste.

Meine Güte, was soll dieser Überfall?

Meine Augen beginnen zu tränen, aber ich weiß genau, wer vor mir steht und mich wütend ansieht. Ryan. Spinnt der jetzt völlig?

Er schließt die Tür und lehnt sich mit verschränkten Armen gegen das dunkle Holz.

Frustriert verdrehe ich die Augen und atme tief durch. Eine Flucht scheint wohl ausgeschlossen zu sein.

»Was ist in dich gefahren? Kannst du nicht anklopfen?«, fauche ich schrill und muss mich mehrmals räuspern, damit der Klang meiner Stimme wieder hergestellt wird.

Eine steile Falte bildet sich zwischen seinen Augen, während mich diese ununterbrochen fixieren und mich an meinen Bürostuhl fesseln. Ein Mix aus Angriff und Lust ist darin abzulesen. Letzteres möchte ich am liebsten auswischen.

Noch vor wenigen Minuten waren meinen Gedanken um ihn mit Sorgen umwoben, jetzt tritt das Gegenteil ein. Ich bin sauer. Stinksauer.

Gefühlt verstreichen mehrere Minuten, ehe er irgendwelche Anstalten macht, mir zu antworten.

Mein sexy Boss schiebt seine Hände in die Seitentaschen seiner Anzughose und tigert über den Linoleumboden meines kleinen Büros. »Wo warst du?«, fragt er, stoppt in der Bewegung und sieht mich von der Seite an.

»Wo ich war? Nicht da. *Was soll diese Fragerei?* Krank, unpässlich, verhindert ... Such dir irgendetwas aus«, schleudere ich ihm meine Worte herablassend entgegen. Dass ich wegen ihm kopflos durch den Central Park geirrt bin und von einer Verrückten attackiert wurde, geht ihn nichts an.

Mein Herz klopft seit seinem Eintreffen unnatürlich schnell. Mist. Ich wollte mich doch nicht wie eine verletzte Zicke aufführen und ihm damit meine wahren Gefühle offenbaren. Ich scheitere gnadenlos. *Perfekt, Emma.*

»Hast du ...«

Es klopft und ich bin dankbar für die Unterbrechung.

»Herein!«, rufen wir gleichzeitig.

Ich kräusle die Nase. »Wieso sagst du ›Herein‹? Das ist immer noch mein Büro«, zische ich ungehalten.

»Weil ich es kann! Schon vergessen?«

Seine Überheblichkeit kann er sich sonst wo hinschieben.

Ein Strauß aus mindestens hundert roten Rosen und Kiras halber Kopf erscheinen im Türrahmen.

»Hey, Emma. Die Blumen wurden von einem Kurier für dich abgegeben.« Mit beiden Händen umklammert sie den großen Strauß und stellt ihn schwer atmend auf meinem Schreibtisch ab. »Ich habe sie angeschnitten und einen der leeren Papierkörbe als Vase verwendet. Ein Gefäß in dieser Größenordnung besitzen wir nämlich nicht. Sie duften himmlisch«, fährt sie ohne Pause fort. »Ich schätze, damit will jemand mächtig Eindruck schinden oder sein schlechtes Gewissen minimieren.« Lächelnd zupft sie an einer der Blüten herum und sieht mich neugierig an.

Ich bin überfordert. Ryan, Kira, die roten Rosen.

Prüfend starre ich ihn an, verwerfe den Gedanken jedoch schnell wieder. Niemals ist er der Auftraggeber dieses Blumengeschenkes – nicht, dass ich es mir wünschen würde. Niemals. Ryan schenkt keine Rosen, aber er will wissen, wer es getan hat. Da bin ich mir ziemlich sicher.

Abwartend tippelt die junge Assistentin auf ihren hohen Schuhen herum und beobachtet mich. Sie will es offensichtlich auch erfahren.

»Danke, Kira, sehr lieb von dir«, sage ich mit honigsüßer

Stimme und bete, dass sie den Wink versteht, wieder verschwindet und mich mit dem Arschlochchef allein lässt.

Von mir blickt sie zu Ryan, schürzt die Lippen und scheint die negativen Schwingungen in diesem Raum zu spüren.

Sie tritt den Rückzug an und ich entferne postwendend wie ein Dieb die befestigte Grußkarte vom Strauß. Ich bin mir sicher, dass Ryan jeden meiner Handgriffe verfolgt. Doch seine Anwesenheit hindert mich nicht daran, den Umschlag zu öffnen. Zum Vorschein kommt eine Karte mit einem aufgedruckten goldenen Herz.

Auf der Stelle drehe ich sie um und erkenne seine Handschrift, ohne seinen Namen gelesen zu haben.

Liebe Emma, ich habe meine Lektion verstanden. Ich will dich zurück. Ich liebe dich! Liam

Heute bricht wohl alles über mich herein. Ryan. Liam. Haben sie sich abgesprochen? Eigentlich müssten mich Liams Worte beeindrucken, tun sie aber nicht, es ist vorbei. Deshalb fällt es mir leicht, zu dem aufreibenden Gespräch mit Ryan zurückzukehren. Mir steht der Sinn danach, einen Streit mit ihm zu entfachen. »Was wolltest du sagen?«, gebe ich mich gleichgültig und schiebe die Karte unter meine Schreibtischunterlage.

Er starrt auf meine Hand, reibt sich über die Nasenwurzel und räuspert sich. »Ich will wissen, ob du vergessen hast, für wen du jetzt arbeitest?«

Seine Arroganz macht mich rasend und ich vergesse mein gutes Benehmen. »Nein, habe ich nicht. Aber es ist mir scheißegal. Was habe ich schon zu verlieren? Das, was ich immer wollte, habe ich sowieso schon verloren.«

Vor meinem Schreibtisch bleibt er plötzlich wie angewurzelt stehen, stützt sich auf der Lehne des Besucherstuhls ab, betrachtet die Blumen und unterzieht mich danach einer intensiven Musterung, die meine Haut prickeln lässt und mir Feuchtigkeit zwischen die Beine treibt. *Mist.* Sein herber Duft weht mir entgegen und ich möchte ihn und den Strauß hochkant aus meinem Büro werfen.

Aber warum will ich in diesem Moment gleichzeitig nichts sehnlicher, als dass er mich ein letztes Mal küsst? Ach ja – letzte Küsse gibt es nun mal nicht, wenn sie von Ryan stammen. Denn seine Küsse machen süchtig, und mit jedem einzelnen entfacht er das Feuer in mir von Neuem, lässt mich immer mehr wollen, ihn wollen.

Kurz huscht ein schmerzverzerrter Ausdruck über sein Gesicht. Hat er Schmerzen? Hängt ihm der Überfall in den Knochen? Mein Mitleid bekommt er jetzt nicht.

Ich beobachte ihn und presse meine Zähne aufeinander.

Seine stechenden blau-grünen Augen passen heute hervorragend zu seiner genervten Miene. »Es ist dir also scheißegal. Redet man so mit seinem Boss?« Mit jedem Wort wird seine Stimme angriffslustiger. »Emma, du hast mir zu verstehen gegeben, dass du mich bei der Umstrukturierung der Kanzlei unterstützt. Aber du warst nicht da.«

Wie schön es doch ist, dass er nun mir die Schuld gibt. *Prima, Ryan.*

»Wenn dem so war, dann hast du mein Verhalten wohl falsch gedeutet.« Möglichst gleichgültig zucke ich mit den Schultern. Doch in meinem Inneren tobt ein sündhafter Sturm. Am liebsten würde ich ihn auf meinen Schreibtisch zerren und vernaschen.

Für eine Sekunde ist da wieder dasselbe Verlangen, das

auch in mir brodelt, in seinem Blick. Doch dann sehe ich dort wieder bloß Arroganz und hohe Mauern. »Dann bist du eine ausgezeichnete Schauspielerin, nicht wahr, Emma? Aber vergiss nicht, du überschätzt dich gerade gewaltig.«

»Du klingst wie ein Arsch«, antworte ich spitz.

Ein selbstgefälliges Lächeln zeichnet sich auf seinen Lippen ab, als er sich vor mir aufrichtet. »Mag sein. Daran habe ich hart gearbeitet. Und ich lasse mir meine Pläne nicht kaputtmachen, auch nicht von dir.« Seine Stimme ist rauer als zuvor, trieft vor Sarkasmus. Zu meinem Leidwesen gefällt meinen Nippeln dieser tiefe, angeschlagene Klang sehr. Sie richten sich unter dem Seidentop auf und befeuern mich dazu, einen Schlussstrich zu ziehen, ehe ich mich zu weiteren Unverschämtheiten hinreißen lasse. Auch wenn dieser unüberlegt und naiv ist.

Ich sollte ihm sein ungehobeltes Verhalten aus dem Gesicht schlagen – doch das bin nicht ich. Stattdessen stehe ich auf, nehme meine Handtasche vom Haken, umklammere den Türgriff, ehe ich ihn herunterdrücke, drehe ich mich noch einmal zu Ryan um und sage kühl: »Dann solltest du besser auf mich verzichten.« Mit größter Überwindung schleudere ich ihm diesen letzten Satz entgegen. Denn so stark und unnahbar, wie ich ihm gegenüber sein wollte, bin ich nicht. Mit aller Gewalt halte ich die Tränen zurück, die aus mir herausbrechen wollen. Der Schmerz in meiner Brust droht mich zu ersticken und das Letzte, was ich will, ist, vor ihm zusammenzubrechen.

~

»Emma, momentan gibt es keine aufschlussreiche Erklärung dazu, warum Ryan Holland ein arroganter Arsch ist. Natürlich ist uns nicht entgangen, dass er ungeheuer sexy und verdammt selbstbewusst ist. Aber wir können festhalten: Anwälte sind Vollidioten. Liam gehört schließlich derselben Spezies an«, sagt Milly vollkommen unbeeindruckt, als ob sie einen Artikel verfasst, und rückt ihre neue Brille zurecht.

Ich habe sie und ihre lockere Zunge vermisst, und tatsächlich stiehlt sich an diesem Abend nach all den geflossenen Tränen ein Lächeln auf meine Lippen, nachdem ich Milly und Ava mein Herz ausgeschüttet habe. Alle Details, die sich seit meinem Date mit Ryan zugetragen haben, habe ich ungefiltert herausgelassen. Natürlich brannten erneut ein paar Tränen in meinen Augen, die habe ich jedoch erfolgreich unter Verschluss gehalten. Ich werde keine einzige Träne mehr wegen Ryan Holland vergießen.

»Auf Ryan, den Vollarsch«, fügt Ava feierlich hinzu, erhebt ihr Cocktailglas und wirft mir einen verschwörerischen Seitenblick zu.

»Auf uns.«

Wir stoßen an und ich verdränge die letzten Stunden, die ich heulend unter meiner Bettdecke zugebracht habe. Wird das wohl zum Dauerzustand? Wut und Tränen sind beinahe schon mein neuestes Accessoire.

Noch bin ich nicht in der Stimmung, um den Abend in vollem Umfang zu genießen. Aber das Wetter ist zu schön, um Trübsal zu blasen. Sogar das Robertos hat heute Tische im Außenbereich gedeckt, sodass wir zu dritt an einem der Bistrotische sitzen und Cocktails schlürfen, um im Kollektiv meinen Herzschmerz zu ertränken. Ich liebe meine Freundinnen.

Die warme Abendsonne verabschiedet sich bald, unter dem grünen Vordach baumeln bunte Lampions und wir stopfen uns unsere Bäuche mit Tapas voll – heute ist spanischer Abend in unserem Stammlokal.

Nach einer kurzen, aber sehr aufschlussreichen Notfall-

Nachricht tun wir das, was wir am liebsten tun: über die Männer herziehen, die nicht in der Lage sind, Gefühle zu zeigen. Ethan ist eindeutig eine Ausnahme. Obwohl, Anlaufschwierigkeiten hatte auch er.

Aber wenn ich mir nun den fetten Klunker an Avas Ringfinger ansehe, hat er mittlerweile begriffen, wie es richtig funktioniert. »Der Ring ist wunderschön ...«, schwärme ich und streiche über den funkelnden Diamanten, der in einem roségoldenen Ring eingefasst ist. »Habt ihr schon einen festen Termin ins Auge gefasst?«, frage ich verträumt und drehe das Windlicht, das in der Mitte des Tisches steht, im Kreis. *Liebe kann so schön sein.* Abermals bildet sich ein Kloß in meinem Hals, den ich mit einem großen Schluck aus meinem Glas herunterspüle, ehe Tränen in meinen Augen aufsteigen.

Ein glückliches Lächeln zeichnet sich auf Avas Gesicht ab. »Nächstes Jahr im Frühling soll es so weit sein. Am liebsten wäre es mir, wenn wir das Datum meiner Festanstellung nehmen. Das wäre total romantisch.«

»Romantisch wäre es, wenn du mir deine Wohnung überlässt und ich meine kündige. Sie ist viel größer und komfortabler als meine winzige Bude«, schlägt Milly ganz eigennützig vor und schiebt sich grinsend ein Stück *Manchego* in den Mund. »Schließlich wohnst du bei Ethan. Wie viele Wohnungen benötigst du noch?«, nuschelt sie ungeniert kauend.

»Setz Ava nicht unter Druck, nur weil du eine größere Bleibe suchst. Du hättest dich schon längst nach etwas anderem umsehen können«, mische ich mich ein. »Und außerdem feiern wir Avas Verlobung – inoffiziell vorab. Warum willst du ausgerechnet jetzt über ihre Wohnung verhandeln?«

»Ich will aber in eurer Nähe bleiben. Da nun die Erste

von uns das Nest verlässt und flügge wird, darf ich mich doch wohl als patente Nachmieterin melden«, entgegnet sie und wischt über das Display ihres Smartphones, das vor ihr auf dem Tisch liegt.

»Auch wieder wahr«, bestätigt Ava.

»Wir wollten in diesem Viertel wohnen bleiben, bis wir alt und grau sind. Ava heiratet. Alles wird sich verändern.«

»Du klingst heute wie eine meiner Professorinnen, die es liebte, Geschichten aus ihrer Kindheit zu erzählen.« Was ist mit ihr los?

Milly rümpft die Nase und verzieht ihre Mundwinkel. »Ich wollte, ich könnte schöne Anekdoten aus meiner Kindheit erzählen, ihr wisst ja, wie schwierig diese Zeit für mich war.«

Ich presse die Lippen zusammen. Mist. Vielleicht hat Ryans scheiß Verhalten abgefärbt. Nein, das ist keine Entschuldigung für meinen dummen Spruch. »Milly, ich wollte dich nicht kränken. Du weißt, wie ich das meine.«

Sie nickt, wirkt aber trotzdem geknickt.

»Scheiße, ich habe deine Stimmung gekillt. Es tut mir leid.« O Mann. Ich war auch schon mal feinfühliger.

»Nein. An dir liegt es nicht, Emma.« Sie lächelt mich an. »Momentan widerstrebt es mir, meinen Job zu machen. Ich hasse meinen Boss für diesen schwachsinnigen Auftrag. Irgendwie entgleitet mir alles, glaube ich.«

»Wenn wir wüssten, was du damit meinst, dann könnten wir dir helfen. Seit Wochen gibst du dich nur noch geheimnisvoll ...«, sagt Ava.

»... und bist überhaupt nicht erreichbar«, füge ich hinzu. »Das ist neu für uns. Was ist passiert, dass du so von ihm eingespannt wirst?«

Sie nippt an ihrem Getränk und sieht uns ernst an. »Ich muss jemand sein, der ich nicht bin, und dieser Zustand wird noch ein bisschen anhalten. Mehr kann ich euch nicht verraten. Die Sache ist zu heikel.«

Erschrocken reiße ich die Augen weit auf. »Ist es etwas Illegales? Muss ich dich vertreten?«

Wir stecken die Köpfe näher zusammen und sehen einander an. Ava blinzelt aufgeregt, als ob sie die Situation erst verarbeiten müsste. Ich hingegen platze vor Neugierde.

Milly schüttelt den Kopf und öffnet anschließend ihren Mund. Dennoch lässt sie sich mit ihrer Antwort Zeit und zögert sichtlich. »Nein, keine Angst. So einen Auftrag würde ich sofort abbrechen. Ich bin Journalistin. Etwas Illegales wird von mir nicht verlangt.«

Ava schnauft verächtlich und stützt ihren Kopf mit der Hand ab. »Du machst es ja spannend. So spannend, dass ich nachts nicht mehr schlafen werde.«

Milly lehnt sich auf dem Metallstuhl nach hinten und schwenkt ihr Cocktailglas in der Hand. »Ich schätze, du wirst eine Ablenkung finden, die dich alles vergessen lässt.«

Wir lachen.

Zum Glück ist die gute Stimmung wieder hergestellt. Ich hasse nichts mehr, als einen Streit mit meinen besten Freundinnen zu entfachen. Momentan sowieso nicht. Ich bin zu angegriffen und brauche zumindest in einem Bereich meines Lebens Harmonie. Na ja, und händeringend einen neuen Job.

»Apropos Ryan ...«, beginnt Milly nach einer Weile. Sie wendet sich an mich. »Wusstest du, dass er der heiß begehrteste Quarterback der NFL war?« Völlig ungerührt lässt sie mal eben so eine Bombe platzen und ich breche innerlich zusammen.

»Er war bitte was?«, frage ich perplex.

Jeglichen Gefühlsausbruch im Zusammenhang mit Ryan wollte ich zukünftig vermeiden. Doch Milly macht diesen Vorsatz mit nur einem Satz zunichte.

»Sagt mal, was ist eigentlich mit euch los?« Sie meint Ava und mich. »In der heutigen Zeit gibt es vielfältige Möglichkeiten, um Personen zu durchleuchten. Sogar ganz einfach mit Google, Facebook und Co. Wieso komme eigentlich nur ich immer auf die wahnwitzige Idee, diese Möglichkeiten auch zu nutzen? Ihr müsst doch wissen, wer es euch besorgt, ehe es passiert. Tsss ...« Sie schüttelt tadelnd ihren Kopf. »Wenn ihr mich nicht hättet ...«

»Er war was?« Entweder wollen meine Gehirnzellen nicht schneller schalten oder mir steigen die Cocktails zu Kopf.

»Q U A R T E R B A C K! Soll ich es dir noch aufschreiben?«, ruft sie und klatscht sich mit der Hand gegen die Stirn. »Er hat bis zu seiner Verletzung in San Francisco bei den Red Lions gespielt.«

»In San Francisco bei den Red Lions?«, wiederhole ich gedehnt.

»Ja. Ehe er Jura studierte, war er Footballspieler. Und dazu noch ein ziemlich guter. Wusstest du das nicht?«, fragt meine kurzhaarige Freundin und sieht mich fassungslos an.

»Äh, nein! Ich ... Ähm ... Darüber haben wir nicht gesprochen.« Ich bin wie vom Schlag getroffen, gleichzeitig aber wahnsinnig neugierig, mehr über seinen Werdegang zu erfahren. »Wieso? Weshalb? Wie lange? Ich meine, äh ... war er erfolgreich?«, stammle ich irgendein zusammenhangloses Zeug.

Millys lautes Seufzen klingt provozierend und gepaart mit ihrem Kopfschütteln unterstreicht sie ihren nonverbalen Ausbruch.

»Ich will niemanden durchleuchten, den ich date. Ich stehe auf die altmodische, romantische Art, bei der ich mein Gegenüber während eines Dates kennenlerne.« Schmollend verziehe ich meine Mundwinkel. Ich bin hoffnungslos überfordert.

»Habt ihr überhaupt miteinander geredet?«, hakt Ava nach und hebt beschwichtigend die Hände. »Entschuldige, ich sollte sicher nicht mit Steinen werfen, wenn ich selbst im Glashaus sitze. Aber Emma, das hättest du doch wissen müssen.«

»Nein. Davon hat er mir nichts erzählt«, antworte ich und fühle mich mit einem Mal wie vor den Kopf gestoßen und um die Wahrheit über seine Person betrogen. Der Schmerz in meiner Brust setzt von Neuem ein. Warum belastet es mich dermaßen, das nicht über ihn zu wissen? Wir gehen getrennte Wege. Es sollte mir egal sein. Ist es aber nicht.

»Bis zu seiner Verletzung galt er als das Ausnahmetalent«, klärt uns Milly auf und hält uns zur Bestätigung ihr Handy hin.

Ich überfliege die Suchergebnisse von Google und schlucke.

Ein Anflug von Wehmut bricht über mich herein. Das Atmen fällt mir schwerer. Im nächsten Moment setzt Enttäuschung ein. Wer ist Ryan Holland? Immer mehr verstärkt sich das Gefühl, an einen geheimnisumwobenen Menschen geraten zu sein und ihn nicht im Ansatz zu kennen.

Gedankenverloren starre ich auf die große Panoramascheibe vor mir, schwenke mein Glas in der Hand und nippe daran. Passanten schieben sich über den Gehweg, bleiben stehen, sehen sich um und werden vom schrägen Lichteinfall der Straßenbeleuchtung im Glas reflektiert. Warum tut es nur so weh? Als ich meine Augen wieder scharf stelle, entdecke ich das Spiegelbild der Person, der ich heute nicht mehr über den Weg laufen wollte: Ryan.

RYAN

Nach dem Abendessen mit meinen Eltern ziellos durch die Stadt zu irren, war überhaupt nicht meine Absicht. Ich wollte nach Hause, mich ausruhen. Denn ich fühle mich seltsam ausgelaugt. Kein Wunder nach dem Vorfall in der letzten Nacht. Die Stichwunde ist zum Glück nicht nennenswert, mich haben schon wesentlich schlimmere Verletzungen außer Gefecht gesetzt. Aber sie ist tief genug, um mich ein bisschen einzuschränken.

Statt in meine Wohnung zurückzukehren, zog mich jedoch irgendetwas weiter und weiter. Jetzt weiß ich auch was, beziehungsweise wer: Emma.

Sie nach ihrem Verschwinden, für das ich verantwortlich bin, wiederzusehen, ruft tiefe Gefühle in mir hervor, die ich aus vielerlei Gründen nicht haben sollte. Doch wenn ich ehrlich zu mir selbst bin, würde ich es mir nie verzeihen, nie wieder ein Wort mit ihr wechseln zu können. Niemals würde ich über Emma Haynes hinwegkommen. Niemals. Denn sie geht mir nicht nur unter die Haut, sondern bringt auch mein Herz dazu, schneller zu schlagen. Und ich muss mir eingestehen, dass sie schon jetzt einen Platz darin hat, den ich nie wieder verschenken wollte. *Fuck.* Ich fürchte, ich habe mich Hals über Kopf in sie verliebt.

Ihre Haare hat sie im Gegensatz zu heute Morgen zu einem Pferdeschwanz zusammengebunden, der irre Fantasien in mir freisetzt. Ihre Seidenbluse und den Rock hat sie gegen ein schwarzes rückenfreies Kleid getauscht. *Verdammt.*

Wie ein Bodyguard möchte ich zu ihr stürmen und sie in mein Sakko einwickeln, um sie vor allen Blicken zu schützen. Diese Aussicht sollte allein mir vorbehalten sein. Denn ich weiß, wie sich ihre glatte Haut anfühlt. Warm, weich und seidig. Aber was bilde ich mir ein? Ich stehe wie angewurzelt auf dem Gehweg und spiele hier selbst einen verdammten Stalker.

Was erwarte ich? Dass sie aufsteht und zu mir kommt? Dass sie sich entschuldigt, damit ich mich entschuldigen kann? Sollte ich mich entschuldigen? Ja. Die Pferde sind mit mir durchgegangen, weil ich zu verbissen bin und sie mich durch ihre Abwesenheit rasend gemacht hat. Und die Rosen, die eindeutig von einem anderen stammen, haben mir den Rest gegeben. Die Kanzlei ist uns beiden wichtig. Das hat sie auch noch mal betont. Ich bin zwar ein Idiot, aber zwischen den Zeilen zu lesen, fiel mir in diesem Augenblick leicht.

Warum um Himmels willen kommen wir nicht auf einen Nenner?

Wir sehen uns an. Auch wenn ihr Gesicht nur im Fenster reflektiert wird, spüre ich ihren Blick auf mir ruhen.

Sie oder ich, wer wird den ersten Schritt wagen? Noch zögere ich, weil mich ihre Freundinnen plötzlich mit strafenden Blicken fixieren.

Meine Hände habe ich – etwas weniger lässig als sonst – in meinen seitlichen Hosentaschen vergraben, überlege wie ein Player meinen nächsten Schritt und setze mich in Bewegung.

Emma schiebt den Stuhl nach hinten – aus der kurzen Entfernung kann ich das metallische Geräusch sogar hören – und steht auf. Wird sie abermals vor mir fliehen? Mein Herz hämmert los und ich bin in drei Schritten bei ihr.

Von zwei Augenpaaren links und rechts werde ich scharf beäugt. Emma steht in der Mitte und hebt ihren Kopf.

Wir sind nur noch weniger als einen halben Meter voneinander entfernt, und um mir in die Augen zu sehen, muss sie ihr Kinn nach oben recken, was sie auch tut.

Ihre Lippen glänzen und sind halb geöffnet, sodass ein kleines Dreieck zum Vorschein kommt. *Sehr sexy.* Normalerweise würde ich diese Gelegenheit als Einladung verstehen, sie an mich ziehen und sie küssen. Aber der Ausdruck in ihren Augen hält mich zurück.

»Hey, Ryan. Vermisst du mich schon, oder warum verfolgst du mich?«

Natürlich ist sie wütend auf mich. Ich habe diese Abfuhr verdient.

»Ja. Nein, ich verfolge dich nicht. Können wir reden?« Ich klinge erschöpft, was ich auch irgendwie bin. Im Augenblick bin ich kein arroganter Kämpfer. Nur ein Mann, der sich nach Liebe sehnt.

Sie nickt.

Teilnahmslos stehe ich neben dem Tisch, begrüße Ava und Milly mit einem Nicken und warte, dass Emma ihre Tasche nimmt, sich von ihren Freundinnen verabschiedet und wir verschwinden können.

Als sie schweigend neben mir hergeht, macht sich Erleichterung in mir darüber breit, dass sie keinen Protest eingelegt und nicht darauf bestanden hat, unser klärendes Gespräch im Restaurant zu führen.

Ich will sie für mich.

Um diese Uhrzeit sind nur noch wenige Menschen zu den Anlegestellen der Fähren unterwegs. Ein paar Spaziergänger, die am Pier entlanglaufen so wie wir, mehr nicht. Unsere Füße treiben uns dorthin. Alle paar Meter wird der Gehweg von Laternen ausgeleuchtet und in der Ferne hört man das Wasser gegen die Kaimauern plätschern.

Die Abendluft duftet nach Vergebung.

Nach ein paar Schritten eise ich mich von meinen Gedanken los. »Es tut mir leid. Ich bin unkontrolliert über mein Ziel hinausgeschossen.«

»Kontrollierst du dich sonst?«

Fasziniert werfe ich ihr einen Seitenblick zu. Ist es ein Schmunzeln, das ihre Lippen umspielt?

Ich bin unsicher.

Aber ich weiß genau, worauf sie hinauswill.

»Die Kontrolle zu verlieren, ist eindeutig ein Zeichen von Schwäche. Du machst mich schwach.« Um ehrlich zu sein, bin ich gerade dabei, mein Innerstes nach außen zu kehren. Und es ist nichts als die Wahrheit, wie groß meine Schwäche für Emma ist.

Sie wirkt ebenso irritiert über dieses Geständnis, wie ich es bin. Im Gegensatz zu mir sieht sie hinreißend aus. Was dazu führt, dass ich mich stark zusammenreißen muss, zu ignorieren, wie fantastisch ihre Brüste bei dem weiten Ausschnitt ihres Kleides zur Geltung kommen. Ich bemühe mich sehr, ihr nur ins Gesicht zu sehen, während ich neben ihr hergehe, aber das ist fast unmöglich. Bei jedem Schritt wippen sie leicht auf und ab. Zwar wirft die Dämmerung immer wieder Schatten auf ihre Oberweite, das macht das Ganze allerdings noch erotischer.

Verdammt. Ich gerate immer weiter in Erklärungsnot, wenn ich so weitermache. Die Aussprache ist mir viel zu wichtig, als dass ich es mir leisten kann, es schon wieder zu versauen.

»Entschuldige, dass ich nicht vor Begeisterung etliche Luftsprünge mache. Bist du es wirklich?« Emmas Miene ist ernst, als sie mich nun ansieht. »Meine Frage mag bescheuert klingen. Aber nachdem ich erfahren habe, wer du bist und dein Verhalten mir gegenüber plötzlich wie ausgewechselt war, ist sie mehr als berechtigt.« Sie atmet schwer, und der enttäuschte Ausdruck, der sich auf ihrem Gesicht abzeichnet, versetzt mir einen schmerzhaften Tritt in die Magengrube.

Ich habe es mächtig vermasselt.

Ich bleibe stehen, sehe sie an und hebe hilflos meine Schultern, um irgendwie zu verdeutlichen, dass mir mein Ausbruch leidtut. »Ja, ich bin Ryan Holland, dein neuer Boss. Aber ich bin auch der Ryan, der sich unsterblich in Emma Haynes verliebt hat. Es weiterhin zu leugnen, würde sowieso nichts bringen. Damit mache ich es mir und uns nur schwerer. Dass sich unsere Wege zweimal auf unterschiedliche Weise kreuzen, konnten wir beide nicht ahnen. Das war Schicksal, oder eben ein dummer Zufall. Aber bei einer Sache kannst du dir sicher sein: Ich habe dich nicht angelogen.«

Emma steht einfach nur da und starrt mich an. Ihr Blick schweift zum Pier, der hell erleuchtet ist. Ihr Brustkorb bewegt sich rhythmisch, während mich ihr Schweigen wahnsinnig macht.

Herzschmerzangelegenheiten in diesem Ausmaß sind neu für mich. Ich fühle mich unwohl in meiner Haut, fast sogar beschissen zerbrechlich. Zwischen Amy und mir gab es nur diesen einen Streit. Unser gemeinsames Leben war perfekt.

Das zwischen Emma und mir ist ganz anders. Die Luft um uns herum ist wie aufgeladen mit einem gefährlichen Cocktail aus purer Leidenschaft und schwelender Wut.

Der Himmel über uns ist sternenklar. Der Mond ist zu einer Sichel geformt und wirkt zum Greifen nah – genauso wie Emma, die gleichzeitig jedoch unerreichbar scheint.

Nach unbehaglichen Momenten der Stille erlöst Emma mich. »Warum benimmst du dich dann wie ein arroganter Arsch?«

Unsere Blicke treffen sich.

Ich hole tief Luft. »Weil ich Angst habe.«

Sie blinzelt und öffnet ihren Mund. »Angst?«

»Es ist leichter, jemanden wegzustoßen, den man liebt, als den Schmerz zu ertragen, wenn er einem für immer genommen wird.« *Fuck.* Tut das weh, es endlich auszusprechen.

Ihr finsterer Gesichtsausdruck verändert sich, er wird weicher, fast zärtlich und voller Mitgefühl. »Was ist dir passiert, dass du Angst davor hast, Gefühle zuzulassen?«, fragt sie leise und berührt mich flüchtig mit ihrer Hand an meinem Arm.

Viel zu sanft und kurz ist die Berührung, aber ich kann nichts erzwingen.

Ich versuche, eine möglichst neutrale Miene aufzusetzen, doch es kostet mich einiges an Überwindung, mir den Schmerz nicht anmerken zu lassen. »In meinem ersten Leben ...« Es hilft, diesen Abschnitt von mir fernzuhalten. »Da war ich kein selbstsüchtiger Anwalt. Ich war ein lebensfroher, aufgeschlossener Kerl Anfang zwanzig, der eine erfolgreiche Karriere als Quarterback anstrebte. Das war mein größter Traum, meine größte Leidenschaft. Ich war sehr talentiert. Alles drehte sich nur um Football, von früh bis spät.« Bilder von damaligen Siegen, davon, wie ich die entscheidenden Pässe warf, blitzen vor meinem inneren Auge auf. Die Erinnerungen werden präsenter.

Emma nimmt meine Hand und zieht mich weiter, abseits

des Lichtes, das mir ins Gesicht strahlt und mich zu einem Angeklagten macht. Ich bin dankbar dafür.

»Es war an einem Sonntag. Mein Team und ich zogen direkt in die Divisional Round der Playoffs ein. Uns wurden große Chancen ausgerechnet, den Super Bowl zu gewinnen.« Ein Lächeln stiehlt sich auf meine Lippen. Wir waren ein toller Haufen. Doch diese Sorglosigkeit verfliegt beim nächsten Atemzug wieder. »Ich war auf dem Rückweg nach Hause. Die Stimmung war ausgelassen, wir hatten schließlich gewonnen. An einer Kreuzung stieß ich mit einem anderen Fahrzeug zusammen, der Fahrer missachtete eine rote Ampel. Die Sicht war schlecht, gab er an. Das polizeiliche Gutachten widerlegte seine Aussage: Trunkenheit am Steuer. Es war ein Abend mitten im Januar. Ich habe überlebt. Aber die Zeit bei den Red Lions war damit Geschichte. Ein Quarterback ohne einwandfrei funktionierenden Wurfarm ist ein Krüppel.«

Ein erstickter Laut dringt aus ihrer Kehle. »Bist du gefahren?«

Ich blicke zu Boden und schlucke schwer. »Ja.«

»Warst du allein im Auto?«

Ich sehe Emma wieder an. »Nein. Meine damalige Freundin saß mit mir gemeinsam in meinem Sportwagen. Sie war sauer auf mich, weil einer unserer Teamkameraden ein paar weibliche Fans mit in die Umkleide geschleust hatte.« Wenn du in festen Händen bist, ist es abgrundtief scheiße, eine Kabinen-Party in diesem Ausmaß zu feiern. Dennoch hielt ich mich zurück. Leah war da. Hatte Amy sie als Aufpasserin geschickt? Ich bin irritiert. Warum ist mir das damals nicht aufgefallen? »Wir stritten. Ich war eigentlich voller Euphorie.« Meine Gedanken driften ab. Leah war an dem Abend vor Ort. Mir wird schlecht.

»Ist sie der Grund, warum du dich zurückgezogen hast?«

Ich runzle die Stirn.

»Ryan, lass los, was dich belastet«, sagt sie liebevoll und legt eine Hand an mein Gesicht.

»Sie ist ein Auslöser dafür, dass ich es mir verbiete, wieder glücklich zu sein, ja. Sie ist tot, wegen mir.« Kurz bricht meine Stimme. »Und danach war ich nicht mehr derselbe.« Ich schließe die Augen, während der Kloß in meinem Hals mich zu ersticken droht.

»O Gott ...«, höre ich Emma sagen.

Einen Moment gebe ich mir, um mich zu sammeln, ehe ich sie wieder ansehen kann.

»Wenn ich gewusst hätte ...«

»Nein.« Ich falle ihr ins Wort. »Es ist okay. Ich will, dass du den Teil meines Lebens kennst, den ich normalerweise für mich behalte und der mich zu dem gemacht hat, der ich heute bin.«

Ihr stehen Tränen in den Augen und mein Herz wird schwer. »Wie schlimm ist es für dich?«

»Die Phasen, in denen ich mir wünsche, an ihrer Stelle gewesen zu sein, werden blasser.«

»Nein ...«, wimmert sie leise und ihre Unterlippe beginnt zu zucken. »Sag so etwas nicht.«

»Verstehst du jetzt, was ich meine, wenn ich sage, du machst mich schwach?«, frage ich und nehme sie in die Arme.

Sofort schmiegt sie ihr Gesicht an meine Brust. »Ja. Du hast Angst, auch mich zu verlieren.«

Als ihre Wärme durch meine Kleidungsschichten dringt, wird mir bewusst, dass sie mir mit ihrer Zuneigung während unserer Aussprache und der daraus resultierenden Vergebung ein viel tieferes Gefühl vermittelt, das ich mir weder erträumt, noch verdient habe. *Sie ist mein Engel, der mich rettet.*

Schweigend gehen wir die Treppen hinunter und laufen den Pier entlang. Vereinzelt werfen ein paar Angler ihre Köder ins Wasser, um Fische zu fangen. Ein Liebespaar steht küssend an den hölzernen Pfosten, die tief in den *Hudson* ragen.

Ein Kind flitzt in Schlangenlinien an uns vorbei und ahmt die Sirene eines Polizeiautos nach. Ein Stich durchzuckt meine Brust. Unser Kind wäre jetzt ein Schulkind.

Das Rauschen der Wellen wird lauter. Ihr Klang und die klare Luft haben eine beruhigende Wirkung auf mich. Ich atme tief ein und verbanne den Schmerz entschieden. Vielleicht werde ich Emma irgendwann von dem Baby erzählen, aber jetzt ist nicht der richtige Zeitpunkt.

KAPITEL 13

EMMA

Ich bin wirklich ein hoffnungsloser Fall. Oder vielmehr das Mädchen, das zu gut für die Welt ist, eine Vorliebe dafür hat, sich an selbstbewussten Männern die Finger zu verbrennen und dazu ausgerechnet ihren Boss auserwählt hat. Aber ich bin wohl entschuldigt, zumindest letzteres konnte ich nicht wissen, auch dank des Eiertanzes, den mein Vater veranstaltet hat. Es ist zum Verzweifeln. Eigentlich ...

Aber hätte mich diese wichtige Information davon abgehalten, mich nicht auf Ryan einzulassen? Vermutlich nicht. Schließlich habe ich ihn unter ganz anderen Voraussetzungen kennengelernt.

Genauso wenig konnte es mich von dem abhalten, was ich gerade tue.

Ich sitze splitterfasernackt auf einem der Barhocker in meiner Küche, werde löffelweise mit Eiscreme gefüttert und leidenschaftlich liebkost. *Unendlich prickelnd, diese Verführung.*

Die Tür zum Schlafzimmer ist offen, aber bis dorthin haben wir es noch nicht geschafft.

Lediglich zwei Lichterketten auf den Fensterbänken

sorgen dafür, dass der offen gestaltete Wohnraum nur halb im Dunkeln liegt. Ausreichend für das, was wir tun.

Der Moment fühlt sich einfach richtig an.

Um meinem Hals hängt Ryans Krawatte, die ich ihm abnahm, bevor ich ihn küsste und alles um mich herum ausblendete.

Der Mond, die Vergebung und ich. Vielleicht werde ich mich eines Tages dafür verfluchen. Vielleicht auch nicht.

Eigentlich bin ich immer noch wütend auf ihn. Aber diese Wut macht einen geringeren Teil von dem aus, was ich tatsächlich empfinde, wenn er mich ansieht.

Vertrauen und Hingabe.

Ich bin eben ein hoffnungsloser Fall. Ob das allerdings ausreicht, um zukünftig auch zusammen zu arbeiten, will ich jetzt nicht entschlüsseln.

Wir haben etwas viel Entspannenderes vor.

»Du verleitest mich dazu, Dinge zu tun, die mir normalerweise total widerstreben.« Nachdem er mir einen weiteren Löffel mit *Cookie Dough* in den Mund geschoben hat, isst er selbst auch einen.

Ich lecke mir über die Lippen und sehe ihn neugierig an. »Und welche wären das?«

»Ich esse niemals Eiscreme.« Kopfschüttelnd lächelt Ryan und ich amüsiere mich über die Unordnung auf seinem Kopf, für die ich verantwortlich bin.

Kein Wunder. Seine Zunge ist pure Magie.

»Sieht man.« Mit den Fingerspitzen streiche ich am Rand seines geöffneten Hemdes entlang. »Du trainierst sehr hart«, säusle ich.

Langsam schiebe ich den störenden Stoff zur Seite und wandere mit der Handfläche über seine schöne glatte Brust, die straffen Bauchmuskeln und stoppe am Bund seiner Boxerbrief.

Ryan schiebt die Hand in mein Haar, das vermutlich ebenfalls in alle Richtungen absteht, und senkt seine Lippen auf meinen Mund.

Unsere Zungen erforschen sich zögernd, und die zarte Geschwindigkeit erinnert mich daran, wie wir uns zum ersten Mal flüchtig berührten. Diese Verbindung, wenn wir uns ansehen. Wenn darauf flüchtige, fast kaum merkbare Berührungen folgen. Wenn wir auf diese Art stumm miteinander kommunizieren. Das jagt mir eine Heidenangst ein, weil ich spüre, wie intensiv, wie nah und wie echt das zwischen uns ist.

Warum unser Zusammenspiel so perfekt ist, bleibt mir ein Rätsel. Wir kennen uns eigentlich kaum. Und dennoch fühle ich mich bei und mit Ryan unendlich beschützt und sicher.

»Wenn man wie ich ständig versucht, die inneren Dämonen zu unterdrücken, ist meine körperliche Fitness nach dem jahrelangen Drang, immer und immer wieder an meine Grenzen stoßen zu müssen, ein positives Ergebnis.«

Er schiebt den Becher mit dem Löffel und der Eiscreme über den Tresen der Kücheninsel und stellt sich zwischen meine Beine. Seine Hände liegen auf meinen Oberschenkeln, die er spreizt, und bahnen sich einen Weg zu meinen Hüften.

»Und wie soll es jetzt weitergehen?«, frage ich, während ich unter seiner Berührung erschaudere und meine Nippel vor Erregung schmerzen.

»Zwischen uns oder mit meinem Leben?« Ein wahnsinnig verführerisches Lächeln breitet sich auf seinem Gesicht aus.

»Mit beidem«, antworte ich atemlos und die Luft zwischen uns lädt sich abermals stark auf.

»Wir sollten unbedingt weitermachen. Es fällt mir schwer, mir das einzugestehen. Aber du tust mir gut. Mehr, als es gut für mich ist. Ich hatte mir geschworen, mich nie wieder auf etwas, auf jemanden einzulassen. Du machst es mir allerdings sehr schwer, weiter daran festzuhalten, Emma. Ich kann es nicht aufhalten. Ich bin verrückt nach dir.«

Ich seufze verträumt und küsse ihn.

Wir sind beide bereit, unsere Welten zu einer werden zu lassen, und ich sollte mich von den bösen Stimmen in meinem Kopf lösen. Von denen, die mir sagen, dass das hier, das mit uns, nicht funktionieren kann. Hier steht gerade jemand vor mir, der mir sein Herz zu Füßen legt und mich mit seinem Daumen, der in diesem Moment in meine Feuchtigkeit abtaucht, um den Verstand bringt.

Meinen Groll auf ihn in Bezug auf die Kanzleiübernahme sollte ich einzig und allein meinen Vater spüren lassen. Ryan hatte darauf genauso wenig Einfluss wie ich.

Von diesem fiesen Gedanken muss ich mich befreien.

Geräuschvoll atme ich aus. »Ryan, es tut mir leid, dass ich dich die Verstimmung auf meinen Vater habe spüren lassen. Es ist einfach fürchterlich, wie schwer er es mir immer gemacht hat. Als er mir vor einer Woche mitteilte, dass er die Kanzlei verkauft, hat es mir den Boden unter den Füßen weggezogen. Dann standest du plötzlich vor mir. Der Mann, der mich ins Museum entführt und mich aus meinem mausgrauen Trott befreit hat. Und ausgerechnet dieser Mann sollte von nun an mein neuer Boss sein. Das war zu viel, um damit umgehen zu können.«

»Liegt es daran, dass ich der Boss bin?« Seine Stimme hat einen noch raueren Unterton angenommen und meine Haut beginnt sehnsüchtig zu kribbeln.

»Nein, nicht nur …« Ich wimmere vor Verlangen, als Ryan unser Liebesspiel verstärkt und seine Lippen an meinem Hals entlanggleiten lässt. »Mir macht es nichts aus, einen Vorgesetzten zu haben. Natürlich war es immer mein Traum, in die Fußstapfen meines Vaters zu treten. Vielleicht war es aber auch immer nur ein dummer Mädchentraum.« Ich verziehe mein Gesicht, als ich mir dessen bewusst werde. »Mein Vater ist ein scheiß Vorbild.« Kurz halte ich inne, um mich zu sammeln. In diesem Moment die richtigen Worte zu finden, stellt mich vor eine große Herausforderung. Meine Konzentration lässt eindeutig nach. Seine Berührungen sind so zärtlich, dass ich das Paradies auf direktem Wege anzusteuern scheine. »Aber das Wie – und vor allem das Wer. Ich konnte meine wahren Gefühle darüber, wie ich das alles finde, nicht kontrollieren. Deshalb habe ich dich gestern Morgen allein gelassen.« Seine Augenbrauen wandern auf und ab, während er mir zuhört und unsere Finger miteinander kreuzt. Ich hole tief Luft und sehe Ryan in die Augen. »Wenn du sagst, dass du verrückt nach mir bist, dann bin ich noch viel verrückter – nach dir.«

»Vertrau mir.« Er legt seine Stirn gegen meine. »Ich werde dich nicht enttäuschen. Aber ich brauche deine Hilfe. Als dein Partner und als dein Boss. Als Team können wir gemeinsam viel bewegen.«

»Einverstanden. Ich unterschreibe dazu aber keinen Vertrag.« Ich lächle glücklich.

»Das brauchst du auch nicht, denn ich vertraue dir«, entgegnet er, während sich in meinem Bauch ein verliebter Schwarm Schmetterlinge startklar macht, um abzuheben.

Ryan hebt mich mit schmerzverzerrter Miene hoch und trägt mich in mein Schlafzimmer.

Er setzt mich mitten auf dem Bett ab und ich sinke mit dem Kopf in die Kissen. Meinen rechten Arm strecke ich aus, um das gedämpfte Licht der kugelrunden Nachttischlampe anzuknipsen.

»Vielleicht solltest du dich lieber schonen«, schlage ich besorgt vor.

Er schüttelt mit dem Kopf. »Nein. Ich sollte dich in

nächster Zeit viel eher noch viel häufiger in genau dieser Position vorfinden. Wir müssen dringend daran anknüpfen, womit wir in meiner Wohnung aufgehört haben.«

»Dein schmerzerfüllter Gesichtsausdruck sagt etwas anderes«, widerspreche ich und streiche mit den Handflächen über den kalten Bettbezug.

»Stimmt, tut er.« Ryan streift sich sein Hemd von den Schultern und wirft es auf den Sessel in der Ecke. »Aber deshalb werde ich mit Sicherheit nicht darauf verzichten, gleich in dir zu sein.«

Ein angsterfülltes Gefühl mischt sich zu dem aufgeregten Kribbeln in meiner unteren Körperregion. »Sie hätte dich schlimmer verletzen können.«

»Hat sie aber nicht. Weil ich schnell genug war.« Genauso schnell, wie er jetzt die Daumen unter den Bund seiner Boxershorts klemmt und sie an seinen Beinen hinunterschiebt.

Verdammt heiß.

»Ich mache mir Sorgen.« Sorgen, die während der Rückfahrt zu mir nach Hause einsetzten, als mir Ryan den gesamten Vorfall mit dieser verrückten Leah lückenlos schilderte. Wirklich angsteinflößend.

»Brauchst du nicht. Sie ist jetzt weggesperrt und kommt dort vorerst nicht mehr raus. Und du wirst dafür sorgen, dass das so bleibt.«

Ich nicke. Genau das wird meine Aufgabe sein. Mit Ryans Hilfe werde ich meine Wissenslücken schließen, damit der nötige Strafantrag gestellt wird.

Vom Fußende klettert er wie ein Jäger, der seine Beute vor anderen hungrigen Mäulern abschirmt, auf mein Bett.

»Hör auf zu denken, Emma.« Er tippt mir gegen die Stirn und lässt sich mit einem angriffslustigen Grinsen auf mich sinken. »Ich kann deine Gedanken hören. Entspann dich!«

Sein Gesicht schwebt über meinem und ich schiebe meine Finger in sein Haar, um noch mehr Chaos darin anzurichten und ihn näher zu ziehen.

Kurz schließt er die Augen und atmet tief ein und wieder aus. »Ich liebe es, wenn du das tust. Danach fühle ich mich wie neugeboren. Gerade heute umso mehr.«

»Weißt du, was mir nach einem nervenaufreibenden Tag hilft?«

Er schmunzelt und küsst mich einen endlosen Atemzug lang leidenschaftlich. »Ich denke schon«, sagt er, während er in mich eindringt und wir unser inniges Blickduell aufrechterhalten.

»*Fuck,* Emma ...«, raunt er abgehackt. »Dieses Gefühl, in deine Nässe einzutauchen, bringt mich dazu, die Kontrolle über mich vollends zu verlieren.«

»Du weißt ja, wie sehr mir das entgegenkommt.«

Behutsam wie beim ersten Mal beginnt Ryan, sich in mir zu bewegen. Erst mit kurzen intensiven Stößen, dann immer tiefer und härter, bis er mich vollständig ausfüllt und das Tempo steigert.

Wir sehen uns an und wissen beide, wie sehr wir das gerade brauchen.

In inniger Verbundenheit finden wir gemeinsam unseren Rhythmus. Jeden Stoß erwidere ich mit einem sehnsuchtsvollen Stöhnen und halte seinen intensiven Blick fest.

Der Klang von wildem und befreiendem Sex liegt in der Luft.

Mit der Hand seiner unversehrten Seite greift Ryan in meine Kniekehle, hebt mein Bein an und trifft durch den veränderten Winkel mit jedem zuckersüßen Stoß meine empfindlichste Stelle.

»Ryan ...« Mein Körper rauscht auf ein gewaltiges Erdbeben zu.

Ich stöhne auf, als der Orgasmus mich überfällt, und sehe in diesem Augenblick, wie ein besonderer Glanz in Ryans Augen erscheint, der mich zusätzlich zu meinem inneren Beben erschüttert. Weil in diesem so viel mehr liegt als ein *Ich bin verrückt nach dir*.

Während ich mich um ihn herum zusammenziehe, beginnt Ryan, mich mit schnellen, harten Stößen zu nehmen und ich weiß, dass darin immer noch ein restlicher Anteil an Wut auf mich enthalten ist. Aber genau das macht diese Leidenschaft aus.

Ein letzter fordernder Stoß und er bäumt sich auf, erobert meinen Mund, der sein lautes Knurren mit einem Kuss verschluckt.

Während die Wellen des Orgasmus abebben, verteilt Ryan sanfte Küsse auf meinen Lippen, meinem Hals und meiner Schläfe, wobei er weiterhin langsam in mich hinein- und wieder herausgleitet.

Keiner von uns denkt im Augenblick daran, diese Verbindung zu unterbrechen. Wir schweigen, küssen und genießen.

Ein atemloses Lächeln umspielt seine Lippen und ich streiche ihm eine feuchte Strähne aus der Stirn. Ich mag es, ihn so sorglos wie jetzt zu erleben, wo er seine Gefühle sonst sehr gern unter Verschluss hält.

Gleichzeitig bereitet es mir wahnsinnig viel Freude, wenn seine Miene ernst wird und ich ihn aus der Reserve locke.

Versöhnungssex ist was Feines. Und das Vorspiel erst. Ich könnte mich daran gewöhnen.

~

Während die ersten Sonnenstrahlen über die Matratze tanzen und mein Schlafzimmer in goldig warmes Licht tauchen, beobachte ich Ryan, der seelenruhig auf dem Bauch neben mir liegt. Eins seiner Beine lugt ausgestreckt unter der Bettdecke hervor und er atmet rhythmisch ein und aus.

Mein Herz beginnt zu flattern.

Es ist noch früh. Uns bleibt genügend Zeit, um gemeinsam in den Morgen zu starten.

Er ist der Boss. Und was bin ich? Eine x-beliebige Angestellte wohl nicht mehr. Das sexy Betthäschen? Die, die mit dem Boss schläft? Für so einen Quatsch bin ich mittlerweile zu alt und nicht naiv genug, um anzunehmen, dass das eine besondere Auszeichnung wäre.

Aber ...

Gestern Abend gab es diesen Moment, in dem sich alles richtig anfühlte. Jetzt, am Morgen danach, kurz nach dem Aufwachen und mit etwas Abstand, fühlt es sich noch richtiger an und hat sich zu einem gigantischen Gefühl in meinem Herzen entwickelt. Ich möchte mir gerade weder Gedanken darüber machen, was die Zukunft für uns bereithält, noch vermag ich im Augenblick zu analysieren, mit was für teils komplizierten Auswirkungen das verbunden sein könnte. Daher schiebe ich all das an den Ort, der für Herzschmerzkummer reserviert ist – ganz weit weg von mir.

Das Hier und Jetzt zählt. Schließlich wollte ich anfangen, egoistischer zu sein, mehr an mich zu denken. Und im Heute zu leben und diesen schönen Mann völlig ungeniert aus der Nähe anzuhimmeln, ist das, was ich gerade will.

Ich seufze glücklich.

Natürlich wünsche ich mir weiterhin, dass er mir nicht meine Kompetenzen abspricht und mich in der Kanzlei degradiert. Auf so einen Unsinn lasse ich mich nämlich nicht ein. Ich will, dass er meine Arbeit wertschätzt.

Meine Finger beginnen zu zucken. Gern würde ich über seine feste Armmuskulatur entlang des Tattoos streichen. Doch ich will ihn nicht wecken. Er sieht erschöpft aus.

Leise stehle ich mich aus dem Bett, um meine Blase zu entleeren und Kaffee zu kochen und danach wieder unter die warme Bettdecke zu kriechen.

Nachdem ich meine Notdurft verrichtet sowie mir die Hände und mein Gesicht gewaschen habe, werfe ich mir den leichten Seidenbademantel über, der hinter der Badezimmertür hängt.

Auf dem Esstisch entdecke ich mein Smartphone. Mehrere Nachrichten von Ava und Milly sind darauf eingegangen. Alle drehen sich nur um ein Thema: Ryan.

Ich klicke in das Antwortfenster unserer ›Single in the City‹-Gruppe – langsam müssen wir uns einen passenderen Namen ausdenken, Single ist immerhin nur noch eine von uns.

Wenn ich aber genauer darüber nachdenke, bezeichnet der Name uns, wie wir immer waren. Auf der Suche nach der großen Liebe in einer Millionenmetropole.

»Der heiße Boss aka der sexy Ex-Footballspieler liegt in meinem Bett«, tippe ich und lege das Handy zurück auf den Tisch.

Schmunzelnd betätige ich die Kaffeemaschine und beobachte, wie die heiße Flüssigkeit nach dem lauten Rattern in meine Lieblingstasse mit dem *Ernie und Bert* Aufdruck läuft. Ich mochte es sehr, wie sie sich um Kleinigkeiten stritten. Meine besten Freundinnen nahmen dies zum Anlass und schenkten sie mir nach der bestandenen Examensprüfung mit dem gesamten Inhalt einer XXL-Kondompackung. Welchen Zusammenhang sie dabei sahen, versuche ich bis heute zu ergründen. Nach der Prüfung hatte ich weder vor, mich durch die New Yorker Betten zu schlafen, noch eine ernsthafte Beziehung in Aussicht.

Eine weitere Nachricht ploppt auf. Kurz nippe ich am Kaffee, ehe ich aus dem Küchenbereich über den kalten

Holzfußboden laufe, und trinke einen weiteren Schluck, als ich die App öffne.

»Ich bin in ein paar Minuten bei dir. Wir müssen reden! Liam.«

Nur wenige Zentimeter über dem Tisch gleitet mir die Tasse aus den Händen, kippt um und der Inhalt ergießt sich auf der massiven Holzplatte.

Nein.

Ich verschlucke mich am Kaffee und beginne japsend zu husten.

Verdammt.

Das ist der denkbar ungünstigste Moment für einen Besuch. Wirklich ganz unpassend.

Mist.

Ich schnappe nach Luft. Die Nachricht wirbelt meine Gedanken komplett durcheinander, macht mich unfähig, in irgendeiner Weise zu reagieren. Wie festgefroren stehe ich da und starre auf den riesigen Kaffeefleck.

Die Klingel reißt mich aus meiner Trance.

Erschrocken schlage ich mir die Hand auf meinen weit aufgerissenen Mund, während der Kaffee auf den Boden tropft und in den flauschigen beigen Teppich einzieht. *Herrgott, Emma.*

Schnell sprinte ich in die Küche und schnappe mir ein Trockentuch vom Haken, um die Kaffeelache aufzuwischen. Sofort ist der karierte Stoff mit dunkler Flüssigkeit getränkt. Zum Glück behält der lasierte Tisch im Gegensatz zum weichen Bodenbelag keinen Schaden zurück. Denn der ist ruiniert. Diesen Fleck werde ich niemals wieder aus dem gewebten Material herausbekommen. Es hilft auch nicht, dass ich das Putztuch unter den Teppich schiebe. Damit erreiche ich nur, dass ich es vorerst los bin und der Kaffee nicht bis aufs Parkett durchsickert.

Ich rieche nach Sex.

Ich sehe aus nach Sex.

Und meine Stimme klingt höchstwahrscheinlich nach verruchtem Sex.

Wie soll ich das vor Liam verbergen? Aber warum denke ich überhaupt darüber nach, es vor ihm zu verheimlichen? In der kurzen Zeit, die wir uns kennen, hat Ryan mir gegenüber mehr Zugeständnisse gemacht, als der Staatsanwalt jemals bereit war, mir zu geben.

»Guten Morgen, meine Hübsche.«

Beim Klang von Ryans vom Schlaf heiseren Stimme rutscht mir mein Herz in die Hose, die ich gar nicht trage.

Überfordert schließe ich meine Augen, um mir in Gedanken einen Fluchtplan zurechtzulegen. Doch in diesem aufreizenden Aufzug ist es mir zu riskant, erwischt zu werden. Mir bleibt nur eins: mich beiden Männern zu stellen. Genau jetzt.

RYAN

Ich hatte nie ein Problem damit, einem anderen Kerl nur in einer Unterhose bekleidet gegenüberzutreten. Aber die Situation widerstrebt mir gerade sehr, da dieser Typ Emma überschwänglich an sich drückt, als sie ihm die Tür öffnet, und sie dabei an eindeutigen Stellen berührt, während ich mitten in ihrem Wohnzimmer stehe und hinter vorgehaltener Hand gähne.

Natürlich übersehe ich nicht, dass sie von der Begrüßung genauso wenig hält wie ich. Abwehrend presst sie ihre Handflächen gegen seinen Brustkorb und schiebt ihn bestimmt von sich weg. Doch zu meiner Aufmunterung reicht das nicht aus. Ich koche.

Soll ich ihm jetzt eins aufs Maul hauen oder abwarten?

Ich räuspere mich.

Betreten schaut Emma zu Boden und streicht sich mit einer Hand durch die Haare. Hilft ihr auch nicht, um zu verstecken, was wir getrieben haben.

»Guten Morgen, Liam«, sagt sie und schließt die Tür

hinter dem geleckten Anzugträger, der mich nun ins Visier nimmt.

Liam also.

»Guten Morgen, Emma.« Er sieht mich bei der Begrüßung an, nicht sie.

»Gibt es hier einen Notfall?«, frage ich, um meine Nerven zu beruhigen. Wer in Gottes Namen schlägt in den frühen Morgenstunden bei einer Frau auf, wenn es nicht ein fester Partner ist? Ein Wildfremder scheint er zumindest nicht zu sein. *Wer bist du? Der Rosenkavalier?*

Meine Verstimmung wird immer größer und die Wunde auf meinem Rücken droht von meiner inneren Anspannung aufzuplatzen.

Die Begegnung um diese Uhrzeit kommt einem Weltuntergang gleich, und ich frage mich, was ich schon wieder verbrochen habe, dass irgendetwas aus dem Ruder läuft und meine Nerven strapaziert. Vielleicht brauche ich doch noch ein paar Sitzungen bei einem Therapeuten, der meinen Verstand geraderückt.

Ja, verdammt! Ich bin eifersüchtig. Auf diesen Penner, der nun meinen Duft an seinen Fingern trägt. Das wiederum hellt meine Stimmung ein wenig auf.

»Ähm ...«, setzt meine bildschöne Freundin an, die im Übrigen in ihrem kurzen Seidenmantel echt heiß aussieht, wird aber von dem Kerl, der sich für meinen Geschmack hier viel zu sehr wie zu Hause fühlt, unterbrochen. Emmas morgendlicher Anblick sollte definitiv nur für mich reserviert sein.

»Ryan Holland?« Er mustert mich eingehend und reicht mir die Hand.

»Kennen wir uns?« Zögernd strecke ich meine Hand aus und schüttle seine.

»Nicht direkt.«

Auch wenn er mich namentlich kennt, wirkt er auf mich nicht, als ob er glücklich darüber ist, mich hier anzutreffen. Seine Miene ist alles, aber nicht freundlich.

Deshalb spare ich es mir, auf Schönwetter zu machen.

»Du warst Quarterback bei den Red Lions. Bist du nicht gleichzeitig auch ihr neuer Boss und wurdest Opfer dieses Überfalls, der auf meinen Schreibtisch geflattert ist und den Emma vertritt? Aber was tust du jetzt hier, bei deiner Angestellten in der Wohnung? Irgendwie surreal, nicht wahr, Emma?« Die Schärfe in seiner Stimme ist nicht zu überhören. Ihren Namen betont er sehr deutlich, während er eine Hand in der vorderen Tasche seiner Anzughose verschwinden lässt.

Er ist angefressen. Weil ich ganz eindeutig in sein Revier eingedrungen bin. *Tja, ich bin es auch.* Er befindet sich nämlich ebenso in meinem Terrain.

»Weshalb hat man Ihnen Informationen zu dem Überfall zugespielt? Sind Sie der Polizeichef? Oder von der hiesigen Presse?« Unkontrolliert schleudere ich ihm meine Fragen entgegen, die allein meiner Wut geschuldet sind.

»Ich bin der Staatsanwalt«, entgegnet er von oben herab.

Oh, wie schön.

Mit meinem Verdacht habe ich beinahe ins Schwarze getroffen. Ich bin nur ein paar Millimeter abgewichen.

»Ähm, Liam. Das ist Ryan ...« Kurz zögert sie, wofür ich sie am liebsten übers Knie legen und gleichzeitig ins Bett schleifen möchte, weil ihre Unsicherheit fast süß ist. Helfen werde ich ihr nicht. Dazu bin ich viel zu gespannt, welche Erklärung sie ihm zu unserer Konstellation liefert. Und ehrlich, ich bin scheiße nervös deswegen und hänge an ihren Lippen. »Das ist Ryan ...«, wiederholt sie.

Ein Handy beginnt zu klingen.

Verdammt, es ist meins.

Was ist heute Morgen eigentlich los?

Emma sieht mich an und lächelt, was sich wie ein großartiger Sieg anfühlt.

Ich ignoriere das Klingeln, gehe mit breiter Brust an meinem Kontrahenten vorbei, nehme wie selbstverständlich eine Tasse aus dem Küchenschrank heraus und schmeiße das Mahlwerk der Kaffeemaschine an.

Das ist eindeutig mein Revier, du Arschgesicht.

Lässig lehne ich mich an den Küchentresen und beobachte aus der Entfernung, wie gleich jemand eine Abfuhr erteilt bekommt.

»Liam ...« Sie atmet tief durch, ehe sie fortfährt. »Ryan und ich sind ein Paar, deshalb ist es auch nicht verwunderlich, dass er hier bei mir ist.«

»Emma, was soll der Mist?«, knurrt er.

Mist? Hat der eine Vollmeise?

Ich stoße mich vom Tresen ab und verfinstere meine Miene.

Aufgebracht sieht er mich an. »Willst du etwa das wegwerfen, was wir hatten? Haben dir die Rosen nicht gefallen? Hast du deswegen meine unzähligen Anrufe und Nachrichten ignoriert? Weil du zu feige warst, mir zu sagen, dass du neuerdings mit deinem Boss fickst?«

Ah ja, er ist der Rosenbote. Der, der Emma nicht mehr fickt.

Dieser Satz bringt das Fass meiner Wut zum Überlaufen und ich würde ihm dafür gern seine Nase brechen. Ich will einschreiten, doch Emma hält mich auf, indem sie ihre Hand auf meinen Arm legt und mich eindringlich ansieht. Deshalb belasse ich es dabei, die Hände zu Fäusten zu ballen und halte mich zurück.

»Liam, ich finde es unmöglich, dass du der Meinung bist, dir darüber ein Urteil erlauben zu dürfen. Mit wem, wann und wo ich ficke, ist allein meine Sache und geht dich nicht das Geringste an. Das zwischen uns ist vorbei«, keift sie ungehalten los. Emmas Gesichtsfarbe hat von blass zu tiefrot gewechselt. Ihre Wut ist unübersehbar.

Aha, also ist er ihr verletzter Ex. Anderweitig ist seine filmreife Eifersuchtsszene nicht erklärbar.

Dieser Schlagabtausch gefällt mir mehr, als er sollte, und ich komme mir vor wie ein Voyeur in ihrer Vergangenheit.

»Gibs zu. Du hast uns beide gleichzeitig zu deinem Vergnügen benutzt, ehe du einen absägst.«

Bei diesem Vorwurf versteife ich mich kurz. Hat sie?

Vehement schüttelt Emma mit dem Kopf und hält mit einer Hand den Seidenbademantel vor ihrer Brust geschlossen, während sie die andere zur Faust geballt demonstrativ in ihre Hüfte stemmt. »Nein!«, widerspricht sie lautstark. »Das ist ganz großer Schwachsinn.« Zu meiner großen Freude schießen aus ihren Augen scharfe Pfeilspitzen, die diesmal ihm und nicht mir gelten. Aber ich liebe ihr unübertreffliches Temperament und dass sie sich nicht von ihm einschüchtern lässt. »Du müsstest am besten wissen, dass ich nie eine abgezockte Schlampe war.« Sie schnaubt abfällig und tigert auf und ab. »Ich war stets loyal zu dir. Ich wollte immer mehr. Du hast dich dagegen gesträubt, nicht ich. Ich habe deine Vorstellung von einer nicht existierenden Beziehung viel zu lange einfach hingenommen. Jetzt, nachdem ich für mich entschieden habe, dass es so nicht mehr weitergehen kann, willst du etwas zurück, was es nie gab. Liam, das ist purer Egoismus, aber niemals Liebe.«

Puh! Mein angehaltener Atem entweicht mir erleichtert.

Emma, dafür möchte ich dich über meine Schulter werfen, dich in meine Höhle tragen und dir zeigen, wie ich mir bedingungslose Liebe vorstelle. Indem ich dich nicht mehr gehen lasse, dich in den siebten Himmel vögle und dir meine Welt zu Füßen lege – das wird mir in diesem Augenblick mehr als klar.

Der Herr Staatsanwalt schiebt beide Hände in die Taschen seiner Anzughose und blickt mich herausfordernd an.

O Mann, was will er noch?

»Ich schätze, ich bin ein schlechter Verlierer. Berufskrankheit«, sagt er. »Nächsten Freitag um neun Uhr findet die Anhörung statt.« Er reicht mir die Hand. »Wir sehen uns bei Gericht.«

Ein schlechter Verlierer oder aber ein aufgeblasener Waschlappen. Das wäre zumindest meine erste Assoziation, wenn ich ihn beschreiben müsste. Ich würde mich niemals kampflos geschlagen geben, wenn es um Emma geht. Das, was wir haben, will ich festhalten – für immer.

Ich nicke und spare mir jegliche Höflichkeitsfloskel. Denn diese hat er sich nach seinem unverschämten Auftritt nicht mehr verdient. Und meinen Respekt ebenfalls nicht.

Zu meinem Ärger küsst er Emma zum Abschied trotzdem auf die Wange und geht. Irgendwie habe ich das ungute Gefühl, dass das nicht die letzte Begegnung dieser Art war.

Ich kann mich auch irren. Aber bei einer Sache täusche ich mich nicht: Emma. Für diese Darbietung hat sie sich einen intensiven Höhepunkt verdient. Und noch mehr.

Wie eine mitgenommene Kämpferin steht sie mit dem Rücken zur Wohnungseingangstür und blinzelt ein paar Mal. Ihre Arme hängen kraftlos neben ihrem sündhaft heißen Körper und sie sieht mich mit geschürzten Lippen an.

Vorhin war ich kurzzeitig im Begriff, Dummheiten zu begehen. Jetzt allerdings ist es an der Zeit, mich ihrer Hilflosigkeit zu ihrem Vergnügen anzunehmen.

Mit wenigen Schritten überbrücke ich die Distanz zwischen uns.

»Ryan …«, beginnt sie, bevor ich ihre Lippen mit einem vielsagenden Kuss verschließe.

Sofort schlingt sie entgegenkommend ihre Arme um meinen Nacken. Ich hebe sie hoch und trage sie zurück in ihr Bett – auf unsere Spielwiese für die nächsten Stunden.

KAPITEL 14

EMMA

Es ist Mittag. Mein Magen knurrt. Ich bin erschöpft vom Kistenpacken. Seit Tagen ist es regnerisch und kalt. Sobald die Sonne am Himmel blinzelt, wird sie von dunklen Wolken verdeckt, die sich dann in einem Regenschauer entleeren. Der Spätsommer nimmt leider langsam Abschied, während der Umzug in großen Schritten näher rückt. Einen modernen Bürokomplex im *Lincoln Square* Viertel zu beziehen, klingt immer noch wie ein unwirklicher Zukunftstraum.

Leider passt sich meine Stimmung heute eindeutig dem schlechten Wetter an. Sie schwankt von euphorisch bis übellaunig – blöde Hormone.

Als ich das Diktiergerät ausschalte, ploppt auf meinem Bildschirm der Posteingang mit dem Aktenzeichen der Anklageschrift auf. Eigentlich bin ich am Verhungern. Dennoch öffne ich die Mail, statt meine Tasche zu nehmen und das Büro zu verlassen, um meinen heißen Boss zum Lunch zu treffen.

Schließlich geht es hierbei um ihn.

... Die Beschuldigte, Leah O'Connor, wird hiermit angeklagt,

gemäß den einschlägigen Gesetzen und Bestimmungen, ... wiederholt wurde das Opfer, Ryan Holland, verfolgt, bedroht und unerwünschter Kontakt hergestellt ... Das Opfer wurde durch einen körperlichen Angriff mit einem Messer verletzt, das die obersten Hautschichten durchbohrte und eine Wunde hinterließ. Dieser Übergriff ist eine Straftat ... Die Anklageschrift wird demnach eingereicht, um die Angeklagte wegen der oben genannten Straftaten zu verfolgen und zu belangen. Aufgrund erhöhter Suizidgefahr und des schlechten geistigen Zustands der Angeklagten wird diese von der Krankenstation des Bundesgefängnisses überstellt und zum Hauptverfahren unter strenger Beobachtung anwesend sein.

Ich scrolle nach unten und entdecke eine abschließende Notiz von Liam, der die Strafverfolgung trotz des kleinen Zwischenfalls in meiner Wohnung weiterführt und mir die Anklageschrift zur Einleitung des Gerichtsverfahrens weitergeleitet hat.

Übrigens: Als man der Angeklagten nach der Verhaftung den schweren Ring vom Mittelfinger nahm, wollte sie diesen herunterschlucken. Daraufhin schrie sie, dass sie das Miststück von Anwältin noch in die Finger kriegen werde, die jetzt unerlaubte Besitzansprüche auf den Mann erhebt, der ihr gehöre. Ich schätze, das solltest du wissen. Gruß Liam

Ein eiskalter Schauer läuft mir über den Rücken. Das ist eine Drohung, die mich betrifft. Vergeblich versuche ich, meine Hand von der Maus zu nehmen, doch sie scheint wie mit dieser verschmolzen zu sein. Der Ring. Meine Atmung setzt aus. Ich schnappe nach Luft. Sie ist es. Sie ist die Person, die mich auf dem Weg zu Ava absichtlich angerempelt und mir die gehässigen Worte um die Ohren geschleudert hat.

O Gott.

Der Ring am Mittelfinger. Sie ist es. Da besteht kein Zweifel mehr.

Ich zittere. Obwohl der Übergriff einige Wochen zurückliegt, kriecht die Angst in mir hoch.

Was ist, wenn ...?

Nein.

Ryans Aussage ist wasserdicht. Schließlich ist er Anwalt, warum sollte man ihm keinen Glauben schenken? Ihr kryptischer Brief, der eindeutig ihre Handschrift trägt, seine Verletzung, die Tatwaffe und die deutliche Drohung an meine Person müssen als Beweise ausreichen.

Sie wird ihre gerechte Strafe bekommen und im Gefängnis absitzen müssen. Und die wird nicht von kurzer Dauer sein. Es werden ihr immerhin schwere Körperverletzung und Nachstellung zur Last gelegt. Aber was ist dann? Ich will gar nicht darüber nachdenken. Natürlich wird das psychologische Gutachten bei dem Strafmaß berücksichtigt. Und das spricht nicht für sie. Ganz im Gegenteil. Sie ist labil.

Es fällt mir schwer, die Fassade der toughen Anwältin aufrechtzuerhalten. Weil ich nun nicht mehr nur indirekt involviert, sondern ebenso ein Opfer ihrer krankhaften Psyche bin.

Meine Bürotür schwingt auf und mein Traummann erscheint im Türrahmen.

»Was ist los?« Ryan runzelt seine Stirn. »Du siehst aus, als ob du Freddie Mercury live und in Farbe gesehen hättest.«

Die Realität ist leider deutlich schlimmer. Wie ferngesteuert stehe ich auf, gehe auf Ryan zu und schlinge meine Arme ganz fest um seinen Körper. Ich drücke mich an ihn und kann die Tränen nicht mehr stoppen.

»Hey, Baby ... Ist etwas Schlimmes passiert?«, fragt er besorgt und schiebt mein Kinn mit zwei Fingern nach oben.

Ich sehe ihn an und schniefe. »Leah ...«, setze ich an, doch meine Stimme bricht.

»Was ist mit ihr?«, spuckt er aus.

Ich spüre, wie die Wut durch seine Adern rauscht. Sein gesamter Körper verspannt sich und seine Augen verdunkeln sich bedrohlich.

»Die Person, die mir den Kaffeebecher absichtlich aus der Hand schlug und mich schubste, war Leah.«

»Was?«, presst er hervor, während er meine Schultern umfasst und mich eindringlich ansieht.

»Liam hat mir die Anklageschrift geschickt«, entgegne ich mit erstickter Stimme. »In dieser Mail hat er mir zusätzlich einen wichtigen Hinweis zugespielt, zu etwas, das sich nach der Verhaftung zugetragen hat und mich betrifft. Sie ist eine Wahnsinnige ... Ein dauerhaftes Annäherungsverbot ist die einzige Möglichkeit, die uns schützen wird.« Ich schmiege mich an seine Brust.

Ryan streicht mir liebevoll über mein Haar. »Immer mit der Ruhe, Emma. Wie hoch ist das Strafmaß?«

Meine Atmung bebt, ehe ich antworten kann. »Vermutlich fünf bis sieben Jahre.«

Aufmunternd sieht er mich an. »Mach dir keine Sorgen. Sie wird uns nichts tun. Ich habe ein paar Anrufe getätigt. In der Vergangenheit war sie ebenfalls kein Unschuldsengel. Sie hat den Wagen ihres Bruders gestohlen und das Haus ihrer Eltern angesteckt, bevor sie verschwand.«

»Das wird ja immer vertrackter.« Ich wische mir die halb angetrockneten Tränen aus dem Gesicht und schüttle fassungslos den Kopf.

»Glaub mir, sie wird sich nicht nur wegen dieser Straftat verantworten müssen. Ihre Zeit hier draußen ist vorerst abgelaufen.«

»Noch beruhigt mich die Tatsache nicht.«

Er legt mir seine Arme um die Hüften und zieht mich an sich. »Hey ...«, raunt er, während sein warmer Atem meinen Hals streift. »Wir gegen den Rest der Welt.«

Meine Angst wird beim Klang seiner Worte von einem wohligen Schauer abgelöst. *Wir gegen den Rest der Welt,* wiederhole ich stumm und umarme ihn fester. Ein unglaubliches Gefühl, das ich bisher in dieser Stärke noch nicht kannte, durchströmt mich, und mein Herz jubelt.

Es blitzt und kurze Zeit später grollt ein Donner am Himmel. Regen prasselt gegen die Scheiben meines Büros, das durch all die aufgestapelten Kisten darin noch kleiner wirkt und in dem ich nicht beschützter sein könnte. Seine Nähe gibt mir Sicherheit.

Ein Klopfen an der Tür lässt uns auseinanderweichen.

»Das müssen die Möbelpacker sein.« Mein Blick schweift zu der tickenden Wanduhr, die mich schon seit Ewigkeiten verrückt macht. Die wird keinen Platz in meinem neuen Büro finden, so viel ist sicher. Ich hasse sie ebenso wie die verstaubten Räume, die in dem maroden Gebäude untergebracht sind. Doch diese und die Geschichte der Kanzlei gehören bald der Vergangenheit an.

»Jetzt schon?«

Doch zu unserer Überraschung ist es Kira, die ihren Kopf zur Tür hereinsteckt und sagt: »Emma, deine Mom ist hier. Sie muss dich dringend sprechen.«

Erstaunt über den unerwarteten Besuch, runzle ich die Stirn. »Oh ... meine Mom?« Wenn sie den weiten Weg durch den dichten Verkehr auf sich nimmt, um in der Kanzlei vorbeizuschauen, dann muss es wirklich etwas Wichtiges sein. Augenblicklich verspüre ich ein schlechtes Gewissen, weil ich mich seit Tagen nicht bei ihr gemeldet habe.

Sie nickt »Willst du sie hier empfangen? Oder ...«

Kira kommt gar nicht dazu, ihren zweiten Satz zu beenden, weil meine Mom plötzlich im Türrahmen steht und grinsend einen Umschlag hochhält.

Ihre Haare sind gestylt. Ihre Augen glänzen. Sie sieht viel

besser aus als noch vor ein paar Wochen. Ich bin froh darüber, dass sie wieder zu leben beginnt und ihr die Therapie weiterhilft. Mein Dad weiß ja gar nicht, was er verpasst. Frauen in den Sechzigern können auch noch sehr sexy sein.

»Hallo, Mom.« Ich umarme sie zur Begrüßung, atme ihren vertrauten Duft ein und bin glücklich darüber, sie zu sehen. Natürlich hätte ich mir für ein erstes Aufeinandertreffen zwischen ihr und Ryan einen schöneren Rahmen gewünscht, aber der Umzug fordert uns gerade so sehr, dass ich noch keine Gelegenheit hatte, ihr den Mann an meiner Seite vorzustellen. Schließlich ist er für sie noch ein Unbekannter. Sie kennt weder Ryan Holland, meinen neuen Boss, noch den Ryan Holland, mit dem ich mein Bett teile.

Voller Neugier blickt sie mich für ein paar Sekunden an. Selbstverständlich will sie wissen, wer die Person in meinem Büro ist und versucht, mir diese Informationen mit einem tiefen Blick in meine Augen zu entlocken. Sie spürt, wie wichtig er mir ist.

Ich lächle verliebt.

Als ich sie und Ryan miteinander bekannt machen will, ergreift sie zu meiner Überraschung die Initiative.

Auf ihrem Gesicht breitet sich ein Strahlen aus und sie streckt ihm die Hand entgegen. »Ich bin Hillary Haynes, Emmas Mom«, sagt sie mit einem herzlichen Blick.

»Mrs. Haynes, wie schön Sie endlich kennenzulernen. Ich bin Ryan Holland.« Mit einem umwerfenden Lächeln nimmt Ryan ihre Hand entgegen, und meine Beine werden zu Pudding. Es ist mein *fucking* erstes Mal, dass ich meiner Mom jemanden vorstelle. Bei Ryan bin ich mir jedoch sicher, dass er es wert ist, tiefer in meine Familiengeschichte eintauchen zu dürfen. »Entschuldigen Sie, dass wir es bisher nicht geschafft haben, Sie gemeinsam zu besuchen.«

Sein Blick schwenkt in meine Richtung und er sieht mich liebevoll an. Die zärtliche Wärme, die in seinen Augen liegt, spricht von bedingungsloser Zuneigung und tiefer Vertrautheit und sagt mehr über unseren Status aus als Worte es könnten.

»Ich bin Hillary«, korrigiert sie ihn. »Und Sie müssen sich nicht entschuldigen.« Sie zwinkert mir verschwörerisch zu. Mütter haben einen sechsten Sinn, sie können beinahe Gedanken lesen. »Junge Liebe braucht Zweisamkeit und keine Eltern, die mit schlauen Ratschlägen nerven.«

Mir wird warm ums Herz. Das hat sie schön gesagt.

»Bitte sag ebenfalls Du«, entgegnet Ryan.

»Aber was führt dich zu uns?«, will ich wissen. Ihr Besuch muss einen bestimmten Grund haben.

»Es mag sein, dass dein Vater uns Haynes Frauen für dumm hält. Aber dieses Dokument hier lügt nicht. Und es wird ihn innerlich zerfressen, dass ich es gefunden habe.« Meine Mom lacht schadenfroh.

Neugierig blickt Kira von mir zu meiner Mom und zu Ryan und wartet auf weitere Anweisungen. Es genügt nur einer von seinen strengen Blicken und sie tritt sofort den Rückzug an. Diese natürliche Autorität scheint bei allen zu fruchten. Nur bei mir nicht. Ich liebe es, ihn genau dann herauszufordern.

»Mom, wovon redest du?« Irgendwie bin ich ein bisschen in Sorge und bitte meine Mutter Platz zu nehmen.

Ryan will sich aus der Affäre ziehen, vermutlich, damit ich allein mit meiner Mutter sprechen kann. Doch ich halte ihn am Arm fest und fordere ihn stumm zum Bleiben auf.

Nun sitzen wir zu dritt an meinem Schreibtisch und ich überfliege das Schriftstück, das sich in meinen Händen befindet.

Ich zittere abermals. Doch diesmal ist der Grund ein anderer. Ein viel erfreulicherer, wenn auch unerwarteter.

O mein Gott. Mein Vater wird vor Wut platzen.

Sprachlos lehne ich mich nach hinten und blicke meine Mom und Ryan mit geschürzten Lippen an. *Wie kann das sein?*

Ein irres Lachen entweicht mir. »Ryan, ich schätze, du bist seit eben nicht mehr der einzige Boss der Kanzlei Haynes & Holland.«

Ich reiche ihm das Dokument, das er mit angespannten Gesichtszügen studiert. Es vergehen mehrere Minuten, ehe Ryan die Stille durchbricht. »Ich wusste, dass dieser Deal nicht wasserdicht ist. Mein Vater hat sich blenden lassen. Warum habe ich meiner inneren Eingebung nicht mehr Beachtung geschenkt?«, knurrt er ungehalten und klatscht das beglaubigte Dokument meines Großvaters auf den Tisch. »Verdammt.«

Er schüttelt den Kopf, steht auf, weicht meinem Blick aus, während er die Hände in die vorderen Hosentaschen schiebt, und stürmt wortlos aus meinem Büro.

Mist.

Ich will aufspringen, ihm folgen, doch meine Mom hält mich auf. »Lass ihn. Diese Nachricht muss er erst einmal verdauen.«

Ich auch. Denn das verändert alles.

RYAN

Bin ich wütend? Ja. Will ich alles hinschmeißen? Nein.

Es ist spät. Ich schmore seit Stunden in diesem stickigen Büro und beiße mich an meinem nächsten Fall fest. Die Ablenkung tut gut – zu hundert Prozent gelingt es mir jedoch nicht. Sogar das Unternehmen, das die Umzugskisten abholen wollte, sperrte ich aus und polterte wie ein arroganter Arsch los. Ich bin angefressen.

Ist das verwunderlich? Nein.

Wenn Kira wegen meinem ungehobelten Verhalten kündigt, ist es mir egal. Eine gute Assistentin weiß, wann sie besser nicht stören sollte. Sogar Emma weiß, was sich gehört. Sie ist seit dem Besuch ihrer Mutter abgetaucht. Was mich andererseits richtig stört und das Ausmaß meiner Wut befeuert. *Wo ist sie?* Vermutlich feiert sie mit ihren Freundinnen und schmeißt eine Party, während ich die Welt und vor allem meinen Dad verfluche.

Ich schnaube verächtlich. Wir hätten tiefer bohren müssen. Aber wie, wenn niemand auf die Idee kam, dass bereits in der Vergangenheit Vorkehrungen für Emma getroffen worden sein könnten? Haynes muss die Unterlagen bewusst unter Verschluss gehalten haben. Aber warum? Er ist ein mieses Schwein.

Ein zaghaftes Klopfen ertönt an meiner Tür.

Ungehalten stöhne ich auf. *Herrgott. Was will Kira denn noch?*

Ich knurre ein grobes »Herein« und stütze mein Gesicht auf der geballten Faust ab, während ich die Details der Aussage meines Klienten überprüfe. Die Informationen, die er mir liefert, sind absoluter Schwachsinn. Das weiß ich, das weiß er, und dennoch ist es meine verdammte Aufgabe, ihn zu verteidigen, weil er mich bezahlt.

»Ryan …« Emmas sanfte Stimme erregt sofort meine Aufmerksamkeit.

Während ich mich wie ein feiger Idiot in meinem Büro eingeigelt und ihr eine wilde Party angedichtet habe, war sie die ganze Zeit hier.

Ich habe sie vermisst.

Obwohl sie direkt nebenan war und uns nur zwei Türen voneinander trennten, hat mich mein verstimmtes Ego davon abgehalten, zu ihr zu gehen und mit ihr zu reden. Sogar den Lunch ließ ich ausfallen und kämpfe deshalb zu allem Übel auch noch mit meinem knurrenden Magen.

Ryan, du bist ein Vollidiot.

Sie schließt die Tür und wirkt für meinen Geschmack viel zu gut gelaunt. Was auch kein Wunder ist. Sie hat nun einen Trumpf gegen mich in der Hand.

»Willst du heute in deinem Büro übernachten?«, fragt sie, während sie lächelnd ihren Kopf schief legt und unaufgefordert näher kommt. »Oder kommst du mit mir nach Hause?«

Will ich, dass sie mich um Erlaubnis anbettelt, mein Büro

betreten zu dürfen, damit sie spürt, wie sehr mich die Neuigkeit verärgert hat? Im Augenblick genieße ich es, wie sie langsam ein Bein vors andere setzt, mich und meinen verhärteten Gesichtsausdruck mit Vorsatz ignoriert.

»Oder willst du mich verwünschen, Ryan?« Sie betrachtet mich mit einem sinnlichen Augenaufschlag und lässt ihre Fingerspitzen an der Knopfleiste ihrer Bluse entlang gleiten.

Was hat sie vor?

Dieser laszive Hüftschwung, der mich hypnotisiert, lässt meinen Schwanz freudig zucken.

Ihre überwältigende erotische Ausstrahlung zwingt mich in die Knie, und es kostet mich eine große Portion Überwindung, sie nicht sofort an mich zu reißen und meine Wut an ihr auszulassen. Denn ich hätte gewaltige Lust, sie im Büro ihres Dads zu ficken, um ihr zu zeigen, wer hier der Boss ist.

Gerade vermittelt sie mir allerdings das unmissverständliche Gefühl, dass meine Empfindungen hier nichts verloren haben. Denn ehe ich mich versehe, drängt sie sich zwischen den Schreibtisch und meinen Stuhl und platziert ihren süßen Hintern rücksichtslos auf der aufgeschlagenen Mandantenakte.

»Hey ... du zerknitterst meine Ausfertigungen«, merke ich in gespielt strengem Ton an.

Sie hebt eine Augenbraue und zuckt gleichgültig mit den Schultern, als wäre mein Einwand völliger Blödsinn. »Denkst du, ich habe eine Fälschung anfertigen lassen, um dich aus der Kanzlei zu verdrängen?«

»Die Echtheit des Dokumentes anzuzweifeln, liegt nahe. Aber ich weiß deine Loyalität zu schätzen. Im Gegensatz zu deinem Dad würdest du mich nicht vorsätzlich hinters Licht führen.« Normalerweise würde ich toben und meine Position klar definieren. Aber gerade hege ich großen Gefallen daran, ihr die Oberhand zu lassen. Hätte ich das in der Vergangenheit nie zugelassen, erweckt sie jetzt in mir die Sehnsucht, mich endlich fallen lassen zu können. Sie macht mich schwach.

Emmas Augen beginnen zu leuchten, während sich ein verführerisches Lächeln auf ihre Lippen stiehlt. Sie fordert mich ganz eindeutig heraus. Sie zieht ihren Rock höher, spreizt aufreizend ihre Beine, wobei sie ihre High Heels neben meinen Oberschenkeln ins kalte Leder des Bürostuhls presst, und wickelt sich meine Krawatte um ihre Hand.

Ich bin ihr ausgeliefert und mein Schwanz wird umgehend hart. In diesem Augenblick steht mir der Sinn nicht danach, ein ernsthaftes Gespräch zu führen und irgendwelche Entscheidungen zu treffen. Zudem halte ich es für unhöflich, nicht auf ihren Annäherungsversuch einzugehen. Nicht unbedingt das Vorspiel, welches ich in der Regel bevorzuge, dennoch ist es ein wahrer Genuss, sie so zu erleben.

Offenbar hat sie große Freude daran, mich mit ihrer drängenden und selbstbewussten Art zu verführen. Sie genießt es regelrecht, die Führung zu übernehmen, und ich lasse es nur zu gern geschehen.

Dieser simple Scheiß macht mich echt heiß.

»Wirst du es trotzdem tun?«, säuselt sie und bringt ihren Mund näher an meinen.

»Was tun? Das Testament deines Großvaters anfechten?« Ich schüttle den Kopf, streichle absichtlich mit dem Daumen an der Innenseite ihres Schenkels entlang und setze meine Reise auf ihrer Haut fort. »Nein«, entgegne ich rau und mir entgeht ihre körperliche Reaktion auf meine Berührung nicht. Sie atmet schneller, beißt sich auf die Unterlippe und schließt ihre Augen.

Ich bewege mich nicht. Nur mein Daumen gleitet unter

ihren Slip und durch ihren feuchten Spalt, bevor ich ihn sanft in ihre Hitze eintauche.

Sie seufzt schwer und presst im nächsten Moment ihre Lippen auf meine. Sie erobert mich, nicht ich sie. Der Kuss ist wie ein explosives Gemisch aus Wut, Lust und Leidenschaft. Immer tiefer gleitet sie mit ihrer Zunge in meinen Mund, während ich meinen Daumen um ihre Perle kreisen lasse und sie necke.

Sie küsst mich hart und einnehmend wie nie zuvor. Wir können nicht genug voneinander bekommen. Immer drängender werden unsere Berührungen. Bis wir auseinanderweichen, um mit fliegenden Händen die störenden Kleidungsstücke loszuwerden. Ich öffne meine Hose. Sie streift ihren Slip ab.

»Bist du sauer?«, fragt sie, als sie sich auf meine harte Erektion sinken lässt und sie der Länge nach tief in sich aufnimmt.

Fuck. Schon wieder fallen wir im Büro übereinander her, wenn Unstimmigkeiten drohen. Wird das zu unserem Ritual?

»Ja.« Ich stöhne und umfasse grob ihre Hüften, sodass eine Flucht von meinem Schritt aussichtslos ist. »Schließlich hat deine Mutter mit dieser Nachricht eine fette Bombe platzen lassen, die meine gesamten Pläne kräftig durchgerüttelt und dir einen glorreichen Sieg beschert hat.«

Ich sehe ihr tief in die Augen und komme ihren kreisenden Bewegungen hart entgegen. Normalerweise würde ich mich nicht zu solch außergewöhnlichen Vertragsverhandlungen hinreißen lassen. Aber Emma schafft es, dass mein Geist komplett entgleist. Sie hätte die Macht, meine Eier zu zerquetschen. Im Augenblick noch mehr als sonst. Weil ich sie liebe.

Emma streicht entlang des Hemdenstoffes an meinem

Arm hinauf. Genau an dieser Stelle ließ ich mir vor ein paar Tagen mein neues Tattoo stechen. Der Phönix aus der Asche ist noch ganz frisch und ergänzt den Kompass mit der abgebrochenen Nadel. Er steht für einen Neuanfang. Alles Vergangene lasse ich zurück und schlage ein neues, viel besseres Kapitel in meinem Leben auf.

»Beschneidet es dich in deinen Kompetenzen, mein Geschäftspartner zu sein? Ich hätte nichts dagegen einzuwenden, dass du bleibst.« Sie lächelt siegessicher.

Bevor ich antworte, muss ich sie schmecken und küsse sie gierig. Wenigstens jetzt muss ich ihr zeigen, wie besitzergreifend ich sein kann und wie sehr mich das alles durcheinandergebracht hat. Ich lasse meine Hände unter ihre Bluse gleiten, reibe mit den Daumen grob über ihre Brustwarzen und umfasse ihre Brüste. Dann beiße ich in ihre Unterlippe. Emma stöhnt. Anschließend lecke ich über die versehrte Stelle. Sie schmeckt wundervoll.

»Ich hasse es, wenn man mir die Kontrolle entreißt«, gebe ich nach einem langen heftigen Kuss zu.

»Ryan, ich will dir gar nichts entreißen. Ich will, dass wir gemeinsam ein Ziel verfolgen. Dass wir als gleichberechtigte Partner agieren – eben als Haynes & Holland. Was spricht dagegen?«

»Nichts«, entgegne ich aufgegeilt und kann meine Lust kaum noch zügeln.

Sie krallt ihre Finger in mein Haar, treibt mich unter diesem intensiven Druck an und ich stoße von unten in sie, bis sie zu wimmern beginnt.

Mein Herz schlägt wild gegen meinen Brustkorb und ich spüre, wie sich erneut etwas zwischen uns verändert. Und wir bereit sind, etwas Großes zu erschaffen. Unsere Zukunft.

Ich bin endgültig bereit, mit meiner Vergangenheit abzuschließen und mich mit all meinen Stärken und Schwächen auf Emma, die neue Frau an meiner Seite, einzulassen.

»Nichts?«, haucht sie verwirrt. Ihre Bewegungen werden exzessiver und ihre Laute erotischer. Sie rauscht unverkennbar mit Vollgas auf den Gipfel der Lust zu. Und ich folge ihr. Weil ich es immer tun würde. Egal wohin.

KAPITEL 15

EMMA

Ryan legt zwei Finger unter mein Kinn und hebt es an, sodass wir uns ansehen. »Vergiss niemals, wie verführerisch es ist, zu wissen, dass sich mein Büro direkt gegenüber von deinem befindet. Und dass ich es begrüßen würde, wenn du deinen hübschen Hintern mehrmals am Tag in mein Zimmer schiebst und mich küsst. Jetzt, wo wir gleichberechtigt sind.«

Lachend verschränke ich meine Arme vor der Brust und werfe meinen Kopf in den Nacken. »Weißt du, wie das klingt? Verdammt sexistisch.«

»Ich dachte, das wäre genau das, was du hören willst. Oder habe ich mich da etwa geirrt, Boss?«

Obwohl wir etwas abseits von unseren Gästen stehen, senke ich meine Stimme. Nicht jeder muss bei der feierlichen Verkündung unserer Partnerschaft von Haynes & Holland mitbekommen, dass wir nach Feierabend sehr gern die Schreibtische zweckentfremden und hemmungslosen Sex im Büro haben.

»Richtig. Und weil ich der Boss bin, sage ich dir, Finger

weg, bis wir zu Hause sind«, flüstere ich und winke Ava und Ethan zu, die sich nähern.

»Wo bleibt denn da der Spaß? Vergiss nicht, wie intensiv unsere letzten Male waren«, beschwert sich Ryan und lässt seine Handfläche über meinen Po gleiten.

Ich drehe mich einmal um meine eigene Achse und lasse meine Hand oberhalb seines Herzens über sein perfekt sitzendes Sakko wandern. »Dieser Bürokomplex ist durch die bodentiefen Fenster viel heller und freundlicher gestaltet und damit eindeutig einsehbarer, sodass man uns leichter entdecken würde.«

Für ein paar Sekunden leuchten seine Augen unheimlich intensiv. Ich weiß, was ihm vorschwebt.

»Emma, das ist eine lausige Ausrede. Von außen kann niemand hineinsehen. Die Scheiben sind wie Spiegel«, widerspricht er mir.

Leider müssen wir die angezettelte Diskussion auf später vertagen, unsere Gäste sind im Anmarsch.

»Herzlichen Glückwunsch zur Eröffnung eurer Kanzlei«, sagt Ava und umarmt mich herzlich. »Ich bin wirklich überrascht. Zwischen dem alten und dem neuen Gebäude liegen wahrlich Welten. Die Räumlichkeiten gefallen mir richtig gut. Sehr modern und lichtdurchflutet. Echt schön, Emma. Du hast es dir verdient.«

»Danke, Süße«, entgegne ich, während sich winzige Freudentränen in meinen Augenwinkeln sammeln.

Überglücklich sehe ich mich um. Das ist unser gemeinsames Projekt. Ryan und ich haben alle fortschrittlichen Technologien einfließen und innovative Arbeitsplätze anlegen lassen, um unsere Wettbewerbsfähigkeit in der sich recht schnell wandelnden Zeit zu erhöhen. Für mich ist es absolutes Neuland. Dadurch, dass Ryan in einer der renommiertesten Anwaltskanzleien an der Westküste gearbeitet hat, bekomme ich von ihm wertvolle Nachhilfestunden. Wir sind ein unschlagbar gutes Team – in allen Belangen.

Nachdem Ryan und Ethan sich begrüßt haben, gratuliert mir auch Ethan zur eigenen Kanzlei. Wir stehen zu viert in dem großen Empfangsbereich, an dem Kira nun endlich ausreichend Platz und mehr Komfort zur Verfügung hat, und halten Smalltalk.

Dieser Augenblick erwärmt mein Herz. Denn ich bin richtig happy, dass Ava und ich unser Liebesglück gefunden haben.

Leider fehlt in unserem Bunde noch eine, die sich mal wieder verspätet. Milly. Momentan reicht es nicht aus, dass sie sich ständig rar macht. Nein, sie ist auch noch ständig unpünktlich. Ausgerechnet an diesem wichtigen Tag. Meine permanente Sorge um sie steigt mal wieder an. Denn wir tappen bei ihr immer noch im Unwissenden. Das macht mich verrückt.

»Wird dein Dad auch kommen?«, fragt meine beste Freundin und reicht mir ein Glas von dem Champagner, der gerade von einem Kellner auf einem Tablett vorbeigetragen wird.

»Nein!« Wir stoßen an und ich trinke einen großzügigen Schluck von dem gut gekühlten Getränk, das ich mir zur Feier des Tages verdient habe. »Der soll sich in Florida von einem Hai fressen lassen. Ich bin unendlich wütend auf ihn und weiß nicht, ob ich ihm jemals wieder ohne Groll gegenübertreten kann. Er hat mir vorsätzlich das Erbe meines Großvaters vorenthalten, damit er die alleinige Entscheidungsgewalt über die Kanzlei hat. Das ist unverzeihlich.«

Ein herzerfrischendes Lachen malt sich auf Avas Gesicht ab und sie drückt mich liebevoll. »Sieh nach vorn und nicht zurück. Der Typ neben meinem Traumtyp macht den Eindruck, dass er es wert ist, das Risiko mit der Partnerschaft einzugehen. Nicht nur hier«, Ava macht eine ausschweifende Geste mit der Hand. »Sondern auch in deinem Bett«, sagt sie mit gesenkter Stimme.

»Du hast recht. Mittlerweile ist meine größte Wut verraucht. Und das nur, weil ich auf Umwegen mein Glück gefunden habe. Ich bin ab sofort Partnerin einer Kanzlei, die ganz nebenbei auch noch zur Hälfte mir gehört. Der Schwindler hat es mir nie zugetraut. Und ich habe mir geschworen, dass ich ihm sein schadenfrohes, glückliches Grinsen irgendwann aus dem Gesicht wische. Er hat sich mit seiner eigenen Gier selbst zu Fall gebracht. Das ist wohl mein größter Triumph gegenüber meinem Vater. Und Ryan ist eben Ryan. Es ist sehr erfrischend.«

Wir umarmen uns ein weiteres Mal und strahlen glücklich um die Wette.

Zwei meiner Träume sind in Erfüllung gegangen. Ich habe meinen Traummann gefunden und bin ab sofort mein eigener Boss. Es ist schwer zu sagen, welcher Zukunftstraum mehr Sympathiesterne verdient hat. Ohne Ryan wäre das alles wohl gar nicht erst entstanden. Demnach kann es nur einen Favoriten in meinem Leben geben: Ryan.

In einem langen eleganten Kleid kommt meine Mutter in Begleitung des bekannten Malers Pucci auf uns zu. Sie sieht umwerfend aus. Eduardo ist mit seiner introvertierten und einfühlsamen Art das genaue Gegenteil meines egozentrischen Vaters und tut ihr wirklich gut.

Ich nehme sie in den Arm und begrüße den neuen Mann an der Seite meiner Mutter. Ich freue mich, dass sie die schreckliche Trennung von meinem Vater überwunden hat und wieder glücklich ist.

»Du siehst wunderschön aus. Das Kleid steht dir unglaublich gut«, sage ich.

»Du auch«, erwidert sie leise und streicht mir liebevoll

über den Arm. »Du strahlst förmlich vor Glück.« Sie blickt in Ryans Richtung und zwinkert mir zu.

Es ist ein perfekter Tag im Kreise lieber Menschen. Ich kann mich glücklich schätzen, immer einen Rettungsanker zu haben, der mich hält, wenn ich falle.

Nun ist ein weiterer dazu gekommen, den ich unendlich schätze und liebe.

Grinsend klopfe ich mit meinem Ring, einem Erbstück meiner Großmutter, gegen das Champagner-Glas und bitte um Aufmerksamkeit. Das Stimmengemurmel wird leiser und Ryan sieht mich verwundert an. Geplant war, dass er die Ansprache hält. Wird er auch noch. Doch diese Worte gelten nur ihm.

»Niemals hätte ich für möglich gehalten, dass ich mich ausgerechnet an meinem Arbeitsplatz verliebe. Die goldene Regel *Küsse niemals deinen Boss* haben wir vollkommen missachtet.« Grinsend stößt Ava Ethan an und der innige Blick, den sie austauschen, spricht Bände. »Dass wir uns dann auch noch Wochen später einen gemeinsamen Traum erfüllen und zusammen diese innovative Anwaltskanzlei einweihen, macht mich nicht nur stolz, sondern unendlich glücklich.« Ich sehe Ryan mit klopfendem Herzen an. »Denn an meiner Seite habe ich einen Partner, der es nicht nur versteht, ein Unternehmen zu führen, sondern ebenso ein großes Talent darin besitzt, mich auf Händen zu tragen.« Ryan umschließt meine Hand mit seiner und drückt sie anerkennend sanft. »Im Laufe meines Lebens hatte ich viele Träume. Aber einen Mann wie dich zu finden, ist ein Glücksfall, den ich nie wieder hergeben will. Ich liebe dich, Ryan Holland.« Die letzten Worte hauche ich meinem Traummann entgegen, der nun beide Arme schützend um mich legt und mich küsst.

Um uns herum brechen Applaus und Jubelschreie aus. Mit dieser Ansprache habe ich nicht nur Ryan zu Tränen gerührt. Auch bei Ava und meiner Mom glitzert verräterische Freude in den Augen.

Ryan und ich in unserer kleinen, perfekten Welt, das ist alles, was ich brauche. Es ist ein Anfang – und ein Ende ist nicht in Sicht.

Sein Blick hat es in sich. Dieser Augenblick ist eigentlich viel zu intim, um ihn mit allen zu teilen. Aber was ist bei uns schon normal verlaufen? »Ich liebe dich, Emma Haynes.« Ein schelmisches Grinsen legt sich plötzlich auf seine Lippen. »Und egal wie sehr du dich dagegen sträubst, aber das werden wir nachher in meinem Büro auf meinem Schreibtisch feiern«, flüstert er leise an mein Ohr und berührt ganz unauffällig meinen Schritt, der ganz zufällig nur mit dem schwarzen Cocktailkleid, das aus einem seidigen Hauch von Nichts besteht, bedeckt ist.

»Hoffentlich weißt du, auf was du dich da einlässt«, gebe ich mich geheimnisvoll.

Er nickt. »Ja, das weiß ich. Wir beide gegen den Rest der Welt ...«

Glücklich stupst ein riesiger Schwarm Schmetterlinge von innen gegen meine Bauchdecke, der jedoch von einem mulmigen Gefühl verdrängt wird, als die Lifttüren sich mit einem *Pling* öffnen.

In einem zerknautschten Shirt und einer schlabbrigen Jogginghose hüpft Milly aus dem Fahrstuhl. Sie sieht aus wie eine Undercover-Journalistin auf der Flucht. Ihre Haare stehen in alle Richtungen ab. Sie ist ungeschminkt und hat tiefe Ränder unter den Augen. So ungestylt habe ich sie zuletzt gesehen, als sie durch einen fiesen Virus ans Bett gefesselt war.

Herrgott, Milly. Wo bist du nur hineingeraten?

Auf Zehenspitzen schleicht sie auf uns zu. Völlig entgeistert sehe ich sie an, während sie sich alle paar Sekunden umdreht, um nachzusehen, ob sie verfolgt wird.

»Wie siehst du denn aus?«, ruft Ava erschrocken. »Hast du unter einer Brücke geschlafen?«

In meinem Magen setzt sich ein betonschwerer Brocken fest und Angst kriecht in mir hoch. »Ist dir etwas Schlimmes zugestoßen?«, will ich wissen.

»Mädels, ich brauche eure Hilfe. Ich bin aufgeflogen.«

ENDE

DANKE

Es ist ganz wundervoll, dass Du Dich für meinen zweiten Bossroman entschieden hast und dafür danke ich Dir sehr. Es bedeutet mir sehr viel, Dich als Leserin gewonnen zu haben und ich hoffe, dass Dir die sinnliche Geschichte in Manhattan, von Emma & Ryan, gefallen hat.

Und da ich jetzt total neugierig bin, wie sie Dir gefallen hat, würde ich mich sehr über ein Feedback oder Rezension freuen. Das wäre großartig!

Möchtest Du mehr von mir, meinem Leben, meinen Büchern und meinen Neuerscheinungen, die unter meinem anderen Pseudonym erhältlich sind, erfahren, bist Du herzlich eingeladen, Dich auf meiner Homepage umzusehen. Und ich würde mich freuen, wenn Du mich auf meinem Weg weiterhin begleitest und wir miteinander verbunden bleiben. Lass uns zusammen auf romantische Entdeckungsreisen gehen, um dem stressigen Alltag zu entfliehen.

www.velvetscott.de

Möchtest Du mir schreiben? Du hast Fragen an mich? Melde Dich bei mir: info@velvetscott.de.

Ich freue mich auf Dich!

Deine Velvet

NEW YORK SECRETS

Part 1 **ETHAN & AVA**

My perfect forbidden BOSS

Part 2 **RYAN & EMMA**

My perfect passionated BOSS

Part 3 **COLTON & MILLY**

My perfect arrogant BOSS —> 2024

»ETHAN & AVA« PART 1

»MY PERFECT FORBIDDEN BOSS«

Er ist der Typ Mann, der mich fasziniert.
Es gibt nur einen Haken – er ist mein neuer BOSS.

Um ihrer finanziellen Notlage endgültig zu entkommen, tritt die lebensfrohe Ava Parker einen neuen Job als Assistentin bei einem New Yorker Investmentunternehmen an.

An ihrem ersten Arbeitstag begegnet sie ihm – unfassbar sexy, aber mit eiskaltem Blick.

Noch ahnt sie nicht, dass es sich bei dem unverschämt attraktiven Fremden um den milliardenschweren CEO der börsennotierten Holding handelt und sie sich von nun an täglich über den Weg laufen.

Für Ava ist die Anziehungskraft unaufhaltsam, sie kann sich von dem charismatischen und erfolgreichen Ethan Stark nicht fernhalten. Selbst wenn sie dadurch ihren Job aufs Spiel setzt ...

Ethan ist reich, liebt unverbindliche One-Night-Stands und bevorzugt ein zurückgezogenes Leben. Er ist es gewohnt, dass seine Anweisungen befolgt werden. Niemals werden seine Entscheidungen infrage gestellt. Er bekommt immer, was er will.

Bis zu dem Tag, an dem seine neue Assistentin mit ihrem kessen Mundwerk bei ihm in die Chefetage rauscht.

Ava Parker ist die Erste, die es wagt, ihm die Stirn zu bieten und übt damit einen so großen Reiz auf ihn aus, dass er sogar bereit wäre, diese zauberhafte blonde Frau in sein Bett zu lassen.

Die wichtigste aller Regeln lautet: Hände weg vom CEO! Doch dagegen zu verstoßen, ist verführerisch ...

»RYAN & EMMA« PART 2

»MY PERFECT PASSIONATED BOSS«

Er ist der Typ Mann, mit dem ich durchbrennen will. Leider hat er mir verschwiegen, wer er wirklich ist – mein neuer BOSS.

Emma Haynes führt ein perfektes Leben. Sie liebt ihren

Job als erfolgreiche Anwältin und hat die besten Freundinnen, die man sich wünschen kann.

Doch als ihr Vater den Verkauf der Kanzlei verkündet, bricht für sie eine Welt zusammen.

Sie ist nicht bereit, ihr geordnetes Leben von einem arroganten BOSS durcheinanderwirbeln zu lassen. Niemals.

Am liebsten würde sie mit Ryan, dem unfassbar attraktiven Fitnesstrainer, mit dem sie ein verheißungsvolles Date hatte, durchbrennen. Zwischen ihnen sprühen heftig die Funken, sie will ihn unbedingt wiedersehen. Was sie nicht ahnt: Er ist ihr neuer BOSS.

Emmas Gefühlswelt steht Kopf, denn Ryan ist nicht der Einzige, der sie zurück in seinem Bett haben will ...

Ryan Holland ist zurück in New York. Der überzeugte Single bevorzugt heiße One-Night-Stands in teuren Hotels. Sein Bett ist für seine unverbindlichen Affären tabu. Gut aussehend, unanständig sexy, zielstrebig – eigentlich der perfekte Traummann. Doch sobald sich der Womanizer seinen maßgeschneiderten Anzug überwirft, verwandelt er sich in einen arroganten Mistkerl, für den seine Karriere an erster Stelle steht. Bis zu dem Tag, an dem die heiße Anwältin Emma Gefühle in ihm weckt, die er sich für immer verboten hat. Obwohl er alles unternimmt, damit seine geheimnisvolle Fassade nicht zu bröckeln beginnt, scheitert er bei Emma kläglich ...

Die goldene Regel besagt: Küsse niemals deinen BOSS!
Dagegen zu verstoßen wäre fatal: Ryan und ich sind tabu.
Aber warum will ich nichts mehr, als dass er mich ein
letztes Mal küsst? Denn letzte Küsse gibt es nicht.

»COLTON & MILLY« PART 3

»MY PERFECT ARROGANT BOSS«

COMING SOON!

Der dritte Teil der **NEW YORK SECRETS - Reihe** erscheint voraussichtlich im Herbst 2024!

Er ist der Typ Mann, von dem ich unbedingt die Finger lassen sollte.
Ein einziger verbotener Kuss könnte mein Leben verändern – wäre er nicht mein Fake-BOSS.

Texte: Velvet Scott
c/o Federina Books
Krammwinkel 9
45891 Gelsenkirchen

Cover-/ Umschlaggestaltung:
Buchgewand Coverdesign –
www.buch-gewand.de

Bildmaterialien:
stock.adobe.com:
© Unleashed Design, © Dell,
© Creative Clicks © Fortis Design
depositphotos.com:
© tomert

Korrektorat: Hannah Schink

FSC
www.fsc.org
MIX
Papier | Fördert
gute Waldnutzung
FSC® C083411